Cosecharás tempestades

AF275443

Crimen y Misterio

Donna Leon
Cosecharás tempestades

Traducción del inglés por
Maia Figueroa Evans

Seix Barral

PEFC Certificado

Este libro procede de
bosques gestionados
de forma sostenible

PEFC/14-38-00305   www.pefc.es

La lectura abre horizontes, iguala oportunidades y construye una sociedad mejor.
La propiedad intelectual es clave en la creación de contenidos culturales porque
sostiene el ecosistema de quienes escriben y de nuestras librerías.
Al comprar este libro estarás contribuyendo a mantener dicho ecosistema vivo y
en crecimiento.
En **Grupo Planeta** agradecemos que nos ayudes a apoyar así la autonomía creativa
de autoras y autores para que puedan seguir desempeñando su labor.
Dirígete a CEDRO (Centro Español de Derechos Reprográficos) si necesitas fotocopiar
o escanear algún fragmento de esta obra. Puedes contactar con CEDRO a través de la
web www.conlicencia.com o por teléfono en el 91 702 19 70 / 93 272 04 47

Título original: *So Shall You Reap*

© 2023 by Donna Leon and Diogenes Verlag AG Zurich
  All rights reserved
© por la traducción, Maia Figueroa Evans, 2023
© Editorial Planeta, S.A., 2023
  Seix Barral, un sello editorial de Planeta, S.A.
  Avda. Diagonal, 662-664, 08034 Barcelona (España)
  www.seix-barral.es
  www.planetadelibros.com

Adaptación de la cubierta: Booket / Área Editorial Grupo Planeta
Fotografía de la cubierta: © Donald Jean / Arcangel
Primera edición en Colección Booket: junio de 2024

Depósito legal: B. 9.829-2024
ISBN: 978-84-322-4366-0
Impresión y encuadernación: Liberdúplex, S. L.
Printed in Spain - Impreso en España

Biografía

Donna Leon nació en Nueva Jersey el 28 de septiembre de 1942. En 1965 estudió en Perugia y Siena. Continuó en el extranjero y trabajó como guía turística en Roma, como redactora de textos publicitarios en Londres y como profesora en distintas escuelas norteamericanas en Europa y en Asia (Irán, China y Arabia Saudita). Ha publicado, siempre en Seix Barral, las novelas protagonizadas por el comisario Brunetti: *Muerte en La Fenice* (1993), que obtuvo el prestigioso Premio Suntory a la mejor novela de intriga, *Muerte en un país extraño* (1993), *Vestido para la muerte* (1994), *Muerte y juicio* (1995), *Acqua alta* (1996), *Mientras dormían* (1997), *Nobleza obliga* (1998), *El peor remedio* (1999), *Un mar de problemas* (2001), *Amigos en las altas esferas* (2002) —Premio CWA Macallan Silver Dagger—, *Malas artes* (2002), *Justicia uniforme* (2003), *Pruebas falsas* (2004), *Piedras ensangrentadas* (2005), *Veneno de cristal* (2006), *Líbranos del bien* (2007), *La chica de sus sueños* (2008), *La otra cara de la verdad* (2009), *Cuestión de fe* (2010), *Testamento mortal* (2011), *La palabra se hizo carne* (2012), *El huevo de oro* (2013), *Muerte entre líneas* (2014), *Sangre o amor* (2015), *Las aguas de la eterna juventud* (2016), *Restos mortales* (2017), *La tentación del perdón* (2018), *En el nombre del hijo* (2019), *Con el agua al cuello* (2020), *Esclavos del deseo* (2021), *Dad y se os dará* (2022), *Cosecharás tempestades* (2023) y *El fuego purificador* (2024). También ha publicado *Las joyas del Paraíso* (2012), una novela negra ambientada en el mundo de la ópera; el libro de ensayos *Sin Brunetti* (2006), el prólogo de la guía *Paseos por Venecia* (2008) y *Una historia propia* (2023), sus atípicas memorias. Sus libros, por los que ha sido galardonada con el Premio Pepe Carvalho 2016, han sido publicados en treinta y cinco países y son un fenómeno de crítica y ventas en toda Europa y Estados Unidos.

Para Cecily y Johannes Trapp

¡Ay, consecuencia funesta
de la rabia, que la razón no domina!
Aun con la justicia que administra,
ninguna atadura al monstruo furioso confina:
va de vileza en vileza ciegamente,
sin más fin que su destrucción inminente.

HÄNDEL, *Saúl*, acto II, 68

1

Un sábado de inicios de noviembre, Guido Brunetti estaba en casa sin ganas de salir, tratando de decidir qué libros retirar de los estantes que Paola le había cedido en su estudio. Años atrás, unos meses antes del nacimiento de su hija, había renunciado a la posesión del que había sido su estudio para que su segunda criatura tuviera una habitación propia, y Paola les había ofrecido refugio a los libros en cuatro de sus estantes. En su momento, Brunetti ya había sospechado que no bastarían y el tiempo le había dado la razón: había llegado la hora del sacrificio. Se enfrentaba a la decisión de qué eliminar de esas baldas. En la primera, empezando por arriba, estaban los libros que sabía que leería de nuevo; la segunda, a la altura de la vista, contenía libros que quería leer y aún no había leído; la tercera, libros que no había terminado y, sin embargo, creía que terminaría, y, en la última, la de abajo, estaban los libros que siempre había sabido, a veces incluso al comprarlos, que nunca leería.

Decidió empezar con los de abajo. Apoyó una rodilla en el suelo y estudió los lomos. Cuando iba por la mitad, vio una cara conocida, la de Proust, y otra cara conocida, también la de Proust, y otra más, de nuevo Proust. Metió las manos en los huecos antes del primer libro y después del último, dijo «Ahora» en voz alta y los extrajo todos en bloque. Se levantó, los llevó al escritorio de Paola, giró las manos y los posó de modo que formaron una columna inestable sobre la mesa, y después los recolocó dando golpecitos a los lados. Retrocedió un paso y contó las caras de Proust: siete.

Fue a la cocina y regresó con una de las bolsas que el ayuntamiento repartía para la recogida selectiva del papel. La abrió y, con cuidado, metió los volúmenes de Proust; luego se acercó a la librería con la bolsa en la mano. La dejó a su lado, se arrodilló de nuevo, se fijó con más cuidado en los ejemplares restantes y tomó una serie de decisiones impulsivas, con las que añadió varios libros a la bolsa sin molestarse en darles la oportunidad de suplicar por sus vidas desde la seguridad temporal que ofrecía el escritorio de Paola. *Moby Dick; The Man of Feeling; Los novios,* que había tenido que leer por obligación en el *liceo* y había detestado. Había sobrevivido todo ese tiempo porque, hasta ese momento, no había tenido el valor de convencerse de que un «clásico» podía ser tan aburrido, pero *Los novios* acabó en la bolsa. Llegó a los cuatro volúmenes de obras de teatro y poesía de D'Annunzio y supo al instante que su destino sería también la bolsa: ¿era porque había sido mal escritor o mala persona? Para sellar la disputa, abrió al azar uno de los libros de poesía y leyó el primer verso del primer poema que vio. «*Voglio un amore doloroso, lento...*»

Brunetti dejó caer la mano a un costado, aún sosteniendo el libro.

—Así que quieres un amor doloroso y lento... —le dijo al difunto poeta—. ¿Pues qué tal algo rápido e indoloro?

Se agachó, abarcó los dieciséis centímetros de tomos de D'Annunzio entre las manos y los dejó junto a Manzoni.

—Tal para cual —dijo al mirar la bolsa, satisfecho con su decisión.

La librería de segunda mano de Campo Santa Maria Nova los aceptaría de buen grado.

Brunetti estudió los huecos que habían quedado en la estantería y se preguntó con qué podría rellenarlos. Antes de que se le ocurriera algo, le sonó el móvil.

Iba a decir su nombre, pero lo interrumpió una voz que identificó como la de Vianello, que le preguntaba:

—Guido, ¿puedes encontrarte conmigo en Piazzale Roma?

—Es sábado, Lorenzo —le respondió a su amigo y compañero—. Además, llueve y hace frío.

—Ya, pero es importante —repuso Vianello.

—Dime.

Vianello hizo una pausa suficiente para proferir un buen suspiro y después dijo:

—Me ha llamado Fazio.

Brunetti tardó un momento en reconocer el nombre: un sargento del cuerpo de Treviso con quien tanto él como Vianello habían trabajado.

—Han detenido a Alvise.

—¿A Alvise? —preguntó el *commissario,* incapaz de disimular el pasmo. Y, para estar seguro, repitió en voz más baja, pero no menos sorprendido—: ¿A Alvise?

—Sí.

—¿Dónde?

—Allí. En Treviso.

Brunetti se preguntó qué demonios hacía Alvise en Treviso. De hecho, ¿qué hacía cualquiera allí, sobre todo en un día como aquel?

—¿Qué hacía allí?

—Estaba en la manifestación.

Brunetti pensó un momento y trató de recordar si alguien había amenazado con alguna protesta para ese fin de semana. Los conductores de trenes no eran; tampoco los antivacunas que quedaban ni los trabajadores de Marghera, que siempre parecían en perpetuo estado de protesta. Tampoco eran los profesionales sanitarios, que ya se habían manifestado dos semanas antes.

—¿En cuál?

—El orgullo gay —respondió Vianello con absoluta objetividad.

—¿El orgullo gay? —repitió Brunetti en voz más alta—. ¿Alvise? Nosotros no participamos en las patrullas de Treviso —le recordó al *ispettore*.

—No estaba de servicio.

—Entonces ¿qué hacía allí?

—Pues a eso vamos a Treviso. A averiguarlo.

—¿Qué ha pasado?

Se oyó el ruido de un *vaporetto* metiendo la marcha atrás para detenerse en una parada. Una voz que no era la de Vianello dijo:

—Ca' Rezzonico.

Brunetti ya se dirigía hacia la puerta; por la mañana había dejado allí el impermeable y el paraguas, al regresar de tomar un café y comprar la prensa.

Se pasó el móvil a la mano izquierda y palpó el bolsillo del impermeable buscando las llaves de casa.

—Vale. Nos vemos delante de la parada de taxis —dijo, y, antes de que Vianello desapareciese, Brunetti le preguntó—: ¿Por qué lo han detenido?

—Por resistencia a la autoridad.

El *commissario* se quedó sin palabras.

—Y por atentado contra la autoridad —añadió Vianello.

A Brunetti no le costó nada traducir el vocabulario policial a la realidad.

—¿Atentado? ¿Alvise?

—Fazio no está seguro de qué ha pasado. Me ha llamado en cuanto han llevado a Alvise a la *questura* y me ha pedido que vaya. Y que vengas conmigo —explicó Vianello.

—De acuerdo. Salgo ya.

Brunetti colgó.

A pesar de la lluvia y el frío, prefirió ir a pie: con ese tiempo, en los *vaporetti* haría demasiado calor, por el exceso de viajeros. Solo de pensar en la bruma animal de aire caliente y húmedo de la cabina de pasajeros, supo que había escogido la opción más sabia.

De camino hacia Piazzale Roma, reflexionó sobre lo que Vianello había dicho. ¿Alvise? Alvise llevaba en el cuerpo tanto como Brunetti; pero, en ese tiempo, mientras él había subido en el escalafón, Alvise (que era lento, educado, inepto, irreflexivo y caía bien, a pesar de que por lo general se lo consideraba tonto) seguía siendo un agente de a pie. Aun con todas sus cualidades contradictorias, Alvise se había convertido en la mascota de la *questura*, y se podría decir incluso que en una mascota querida. Nunca había disparado el arma y jamás se había dado cuenta al instante de quién era el responsable de un delito, pero más de una vez se había jugado el tipo para ayudar a un compañero. Había perdido un poco de pelo, le habían salido canas en las sienes, se le había envejecido el rostro y había ganado algo de peso. Nunca hablaba de sí mismo, se interesaba por sus compañeros, se acordaba de cómo se llamaban sus esposas y sus hijos, era leal y se esforzaba al máximo. Y ahora lo habían detenido en el desfile del orgullo gay de Treviso y, al parecer, había agredido a un compañero.

Brunetti trató de recordar si alguna vez se había encontrado con Alvise en un lugar que no fuese la *questura* o desempeñando un papel distinto del de policía y le resultó imposible. Tal vez debido a que sus compañeros no se lo tomaban en serio, Alvise no acababa de parecerles una persona real. Brunetti se detuvo sin querer al caer en la cuenta de que tal vez no lo reconocería en caso de verlo sin el uniforme. Volvió la cabeza y miró el escaparate de una tienda durante un momento, mientras intentaba rememorar su aspecto. Todo lo que pudo evocar fue: un rostro redondo sin bigote ni barba, el pelo castaño en su mayoría, ojos que se cerraban al sonreír y la incapacidad general de quedarse quieto del todo cuando estaba de pie. Aparte de eso, Alvise era como un dibujo animado de un señor con uniforme cuya gorra siempre parecía que le quedaba demasiado grande.

—Es como si en realidad no existiera —musitó Brunetti.

Eso lo llevó a preguntarse cuántos otros agentes de la comisaría tampoco existían para él y, a raíz de eso, se planteó cuántos habían conseguido separar su vida privada de la vida profesional. Dejó de mirar los zapatos que había en el escaparate y continuó andando después de calcular la hora a la que llegaría el barco en el que viajaba Vianello.

Trató de pensar en incidentes en los que su compañero se hubiera visto envuelto y, en todos ellos, Alvise se las había apañado para provocar el caos: había ido a la dirección equivocada a efectuar una detención y se había dejado en un autobús una maleta llena de declaraciones de testigos. Pero también había desarmado a un hombre que amenazaba a su esposa con un cuchillo de cocina y, en una ocasión, había evitado una pelea en un restaurante en el que un cliente, que al parecer no estaba satisfecho con la cena, le había lanzado un plato de pasta al camarero y había volcado la mesa. Alvise, que estaba en la contigua, se las había arreglado para calmar al hombre, había hablado con él durante unos minutos y le había sugerido que le pidiera disculpas al camarero y lo ayudase a darle la vuelta a la mesa.

La madre del cliente, según le había dicho Alvise al propietario, estaba en el hospital y no se esperaba que sobreviviera: la pasta se parecía tanto a la que preparaba ella que la situación había podido con él. La disculpa había sido sincera y llorosa. Al día siguiente, la historia había llegado hasta la *questura*, pero Alvise se había limitado a decir que se había desperdiciado un plato de una pasta muy buena.

Brunetti divisó a Vianello, que llevaba pantalones de pana y una parka gruesa y lo esperaba junto a la parada de taxis, y fue hacia él. En cuanto lo vio llegar, el *ispettore* se inclinó, abrió la puerta trasera de un taxi, lo rodeó y se subió por el otro lado. Antes de que Brunetti pudiera hablar, su compañero dio la dirección de la *questura* de Treviso y se acomodó.

—¿Y bien? —preguntó Brunetti.

Vianello se echó hacia delante y cerró el panel de cristal que los separaba del conductor. Se volvió hacia Brunetti y, sin levantar la voz, dijo:

—El desfile ha sido igual que siempre: unas doscientas personas con pancartas coreando eslóganes. Fazio dice que había muy buen ambiente, incluso a pesar de la lluvia.

—¿De dónde han partido? —preguntó el *commissario*.

—De delante de COIN. Tenían permiso para ir por Via Lazzari. Se suponía que iban a cantar y que quizá habría algún discurso, pero no contaban con la lluvia, así que todo se ha vuelto un poco confuso y les han dado las once antes de salir desde COIN.

—¿Y? —preguntó Brunetti.

Los retrasos con doscientas personas le parecían difíciles de evitar.

—Entonces ha habido unos cuantos que se han metido con ellos —continuó Vianello.

—¿Cómo? —quiso saber él.

¿Un sábado por la mañana, con esta lluvia?

—Fazio estaba presente. Dice que eran unos veinte. Los de siempre: tipos gordos con pancartas de citas bíblicas. Ninguna mujer. Los han insultado y les han dicho que estaban condenados.

—Según parece, están tan locos como los antiabortistas.

—No te olvides de los antivacunas —dijo Vianello.

Brunetti asintió con la cabeza y suspiró al acordarse de una manifestación particularmente desagradable que hubo delante del hospital.

—¿Qué ha pasado?

—Fazio iba de uniforme, lo habían designado como escolta. Dice que uno de los que se oponían al desfile... —Vianello hizo una pausa para sopesar ese concepto y después prosiguió— ha corrido hacia los de la manifestación con la pancarta delante, colocada en sentido horizontal, y ha arremetido contra ellos a propósito. Ha tumbado a tres o cuatro.

—¿Les ha hecho daño?

—No mucho. Más que nada los ha sorprendido.

—¿Qué ha pasado entonces?

—Fazio dice que el tipo se ha puesto a agitar la pancarta, de manera que golpeaba a la gente con ella. Así que ha echado a correr hacia él, pero antes de que llegase, uno de los del desfile se la ha agarrado, se la ha quitado y la ha atizado un par de veces contra el suelo. La ha dejado hecha trizas.

—¿Y qué ha hecho el otro?

—Según Fazio, se ha puesto a gritarle al que le había quitado la pancarta; lo de siempre: «Putos maricones», «Sois todos unos pecadores». Entonces el teniente ha llamado a Fazio por radio y, cuando ha terminado de hablar con él, ha mirado a su alrededor y ha visto que uno de sus hombres estaba poniéndole las esposas al que había roto la pancarta.

—No irás a decirme que era Alvise, ¿verdad? —preguntó Brunetti, incapaz de disimular la sorpresa.

Vianello asintió con la cabeza.

—¿Alguien ha visto lo sucedido?

—Fazio les ha pedido los datos y la dirección a unos cuantos que estaban presentes, pero ya sabes cómo van las cosas: nadie había visto nada.

Brunetti lo sabía. A menos que lo hubieran grabado con el móvil para fardar, eran muy pocos los que estaban dispuestos a admitir que habían sido testigos de un delito, pues eran reacios a quedar atrapados en la lenta rueda de molino de la justicia.

El coche frenó y él miró por la ventanilla: estaban delante de la *questura* de Treviso.

Vianello pagó y se apeó del taxi; Brunetti lo siguió y, tal y como había hecho la primera vez que había estado allí, se quedó mirando boquiabierto el edificio e intentó contar las plantas que tenía. Fracasó como todas las veces; el arquitecto, que le había asignado más de una ventana horizontal a cada planta, lo había derrotado de nuevo. Brunetti se dio por vencido y siguió a Vianello al interior. Mientras el *ispettore* lo llevaba por distintos pasillos, nadie les preguntó quiénes eran ni qué hacían allí. El *commissario* no sabía si era por falta de seguridad o si los dos tenían pinta de policías y por eso los dejaban en paz. O, quizá, tal como le habían dicho muchos delincuentes, daba igual adónde quisieras ir: mientras pareciese que sabías adónde ibas, nadie te molestaría. Entró en el ascensor detrás de Vianello, salió con él en la primera planta y lo siguió de cerca mientras él giraba hacia la derecha y luego a la izquierda hasta acabar delante de un despacho con una placa en la puerta donde ponía DANIELI.

Vianello llamó con los nudillos, una voz de hombre dijo algo y entraron. Detrás del escritorio había un tipo bajo y robusto. Tenía el cabello oscuro, espeso y muy corto, y llevaba un traje gris con una camisa blanca y una corbata de rayas rojas y azules. Levantó la mirada y se puso de pie; tenía los ojos de un azul muy pálido, con el rabillo levemente inclinado hacia arriba.

—Me alegro de que hayan venido, caballeros. Ya me han dicho que los han llamado.

Se fijó en Brunetti, puesto que había percibido de algún modo que él ostentaba el mayor rango de los dos, y le dijo:

—Danieli.

Brunetti los presentó a ambos y dijo el rango de Vianello. En lugar de tenderles la mano, Danieli les señaló las sillas que había frente a la mesa y esperó a que se sentaran antes de regresar a su sitio.

Brunetti rebuscaba el nombre en la memoria: le sonaba, pero no recordaba de qué.

—Han venido por su compañero —dijo Danieli, que había hecho una afirmación y no una pregunta dirigida a ambos.

—Sí —contestó Brunetti—, por Alvise. —Entonces, rescatando de la memoria el nombre de pila, añadió—: Dario.

Sobre el escritorio de Danieli había un expediente abierto; le echó un vistazo y a continuación preguntó:

—¿Cuánto tiempo lleva en el cuerpo en Venecia?

Brunetti se volvió hacia Vianello, que respondió:

—Décadas.

—¿Qué piensan ustedes de él? —preguntó usando el plural para que contestase cualquiera de los dos.

Habló Brunetti:

—Es fiable, honesto, se le da bien la gente.

Danieli miró a Vianello, que dijo:

—Es uno de los hombres más populares del cuerpo, nunca ha tenido problemas disciplinarios y más de una vez ha conseguido neutralizar situaciones que podrían haber derivado en violencia.

Brunetti asintió con la cabeza: estaba de acuerdo.

—¿Su homosexualidad ha producido algún tipo de problemas?

Estupefacto, Brunetti se recostó en la silla, casi como si esa palabra lo hubiera empujado hacia atrás. Entrelazó las manos y estudió el mapa de Treviso que había en la pared del fondo. ¿Alvise?

—No, que yo sepa no —contestó al cabo.

Eso era cierto, sin duda. Entonces, con la esperanza de alejar el rumbo de la conversación de donde fuera que el otro policía tuviera intención de llevarla, añadió:

—Me gusta pensar que esa época ha quedado atrás.

—¿Qué época? —preguntó Danieli con educación.

—La que todos vivimos —dijo Brunetti—, cuando nuestros amigos homosexuales tenían que mentir y fingir y, algunos de ellos, casarse e incluso tener hijos. —Encogió los hombros, miró a Vianello un momento, después al otro hombre y preguntó—: Y, total, ¿para qué?

—Me imagino, más que nada, que para conservar el empleo —respondió Danieli—. Y lo que antes conocíamos por honradez.

Vianello lo interrumpió y le dijo:

—Discúlpeme, *signore,* ¿le importaría decirme por qué pregunta eso?

Danieli echó un vistazo rápido al archivo (que, tal como Brunetti había visto, contenía tan solo una página) y contestó:

—He oído historias contradictorias de lo que ocurrió. Alguien que estaba en el lugar dice que su agente se ha resistido a uno de los nuestros cuando este lo esposaba.

Antes de que Vianello pudiera intervenir, Danieli continuó:

—Otra persona dice que su agente ha tratado al nuestro con una brusquedad deliberada e innecesaria.

—¿Qué ha dicho el agente Alvise? —preguntó Brunetti.

Danieli dio unos golpecitos en el archivo con el índice.

—De momento, no ha tenido la oportunidad de decirle nada a nadie.

—¿Se refiere a que está solo en una celda esperando a que vayamos a sacarlo? —inquirió el *commissario*.

Danieli, tal como Brunetti pretendía, sonrió al oír la pregunta.

—Sí, más o menos. Lo han metido allí en cuanto lo han traído. Uno de los hombres de la patrulla que estaba en la manifestación lo ha reconocido y ha dicho que era del cuerpo de Venecia.

—Entiendo —contestó él.

—Así que le he pedido a Fazio que llamase a alguien que conociera en el cuerpo de Venecia, alguien en quien confiase, y le dijera que teníamos a un hombre suyo y que queríamos que viniera para ayudarnos a resolver la situación.

—¿Resolverla como amigos? —preguntó Brunetti.

—Por supuesto —respondió Danieli sin dudarlo—. Lo último que necesitamos es que *Il Gazzettino* dé la lata con el tema de la brutalidad policial. —Miró detrás de ellos, como si alguien estuviera proyectando la primera plana de *Il Gazzettino* en la pared—. Se vuelven locos cada vez que alguien afirma que lo han herido mientras estaba retenido, como si esto fuese el Bronx.

Brunetti se fijó en que había dicho *retenido* y no *detenido*.

—A veces pasa, ¿verdad? —señaló Vianello.

—Casi nunca —convino Danieli con tono neutro, y después los miró a los dos—. Creo que eso es innegable.

Brunetti asintió con la cabeza y, a continuación, lo hizo Vianello, que dijo:

—Seguramente se debe a que Venecia es un sitio tan pequeño (y con un acervo génico tan reducido) que siempre cabe la posibilidad de retener al primo de alguien que conozcas o al profe de Matemáticas de tu hijo.

A Brunetti le gustó que el *ispettore* hubiera usado la misma palabra: *retener*.

—Todo el mundo sabe lo violentos que son los profes de Matemáticas —apostilló el *commissario* para aligerar el tono de la conversación.

Danieli se rio un poco y dijo:

—Entonces ¿intentamos resolver esto como compañeros?

Brunetti, que había reparado en que *amigos* se había reducido a *compañeros,* dejó pasar unos segundos antes de preguntar:

—¿Podríamos hablar primero con Alvise?

Danieli no intentó siquiera disimular la sorpresa, pero respondió con calma.

—Por supuesto. Haré que lo traigan.

Descolgó el teléfono que había sobre su mesa y pulsó dos números. Mientras esperaba a que alguien contestase, hizo un gesto con la mano que abarcaba el despacho e indicó:

—Pueden hablar con él aquí.

Antes de que pudieran oponerse a semejante generosidad, levantó la mano y habló al teléfono:

—Gianluca, ¿podrías traer a mi despacho al hombre que han detenido esta mañana? Está en una de las salas de interrogatorios de la planta baja. Han venido dos hombres a hablar con él. —Hizo una pausa y después respondió—: Sí, el de la manifestación.

El otro hombre añadió algo; Danieli le dio las gracias y colgó. Los miró y dijo:

—Enseguida estará aquí.

Brunetti sabía que ese era el momento en el que los tres debían entablar una conversación sobre deportes o cualquiera de los temas con los que los hombres pasaban el rato. Sin embargo, a todos les faltaban las ganas o sencillamente no tenían nada que decir.

Transcurrieron cuatro minutos, que es mucho tiempo para alguien que espera a que pase algo.

Se oyeron unos golpes secos en la puerta. Danieli dijo «*Avanti*» y la puerta se abrió.

Entró un policía uniformado, saludó a Danieli con cierta formalidad y se hizo a un lado para dejar pasar al hombre que iba detrás de él.

Alvise, con las manos a los costados, se adentró unos pasos en el despacho. Al ver a Vianello, parte de la tensión de su rostro se disipó, aunque reapareció en cuanto vio que lo acompañaba Brunetti. Juntó los pies e hizo un saludo formal mirándolo a él, pero no dijo nada.

Era Alvise, el bueno de Alvise, vestido con vaqueros, una sudadera gruesa de color azul marino con cremallera y un anorak azul oscuro de los que se llevan a bordo de un barco o en un día de lluvia.

Sin el uniforme, no recordaba tanto al Alvise que conocían; era más pequeño, pero más concreto. Lo que hacía que se pareciese menos a sí mismo era la magulladura de color rojo oscuro que le salía en la mejilla izquierda y la venda ancha y ensangrentada de la frente, que cubría gran parte, pero no toda, de una rozadura severa, como si lo hubieran arrastrado bocabajo por una superficie áspera.

Sin pensarlo dos veces, Brunetti se levantó y cogió otra silla.

—Siéntate, Alvise —dijo.

Quizá porque no sabía cómo comportarse en presencia de hombres que lo superaban en rango, Alvise no hizo nada más que el saludo militar y esperó con el cuerpo rígido.

Vianello recurrió al veneciano y dijo:

—Por el amor de Dios, Alvise, ¿qué te ha pasado?

Aún rígido y con los dedos como pegados a la frente, Alvise aprovechó la oportunidad de responder en dialecto y, al final, dijo:

—Me he caído por la escalera.

2

Danieli aprovechó la circunstancia para cerrar el archivo que tenía en la mesa y levantarse.

—Lo dejo hablar con su agente, *commissario* —le dijo a Brunetti—. Cuando acaben, estaré en el primer despacho a mano izquierda.

Dejó la documentación sobre la mesa y salió.

Alvise, que seguía inmóvil y tieso como una estatua, bajó la mano al costado.

Vianello se levantó y le acercó más la tercera silla.

—Siéntate, Dario, y cuéntanos lo que ha pasado.

Mientras lo miraban, Alvise empezó a moverse poco a poco y dio unos pasos hacia la silla. Apoyó la mano en el respaldo, la rodeó y se sentó. Miró a Vianello y después a Brunetti, y por último cerró los ojos como si tuviera miedo de que fuesen a gritarle.

Al final, el agente volvió la cabeza hacia Brunetti y dijo:

—En realidad no me he caído por la escalera, *commissario*.

Después de eso, apretó los labios, como si parte de él fuese reacia a continuar.

Esperaron en silencio y, por fin, Alvise declaró:

—No quiero meter en líos a los de aquí.

—Olvida lo que consideres conveniente, Alvise —dijo Brunetti con tono neutro—, pero cuéntanos lo que ha pasado.

El agente levantó los hombros un momento, perdió el interés y los dejó caer.

—En realidad no importa, *commissario*. Además, fue solo uno de ellos.

—¿Cuál? —preguntó Vianello.

—Petri —contestó Alvise—. Hace tiempo que lo conozco.

Vianello asintió con la cabeza como si también supiese quién era.

—Trabajaba en la ciudad —continuó Alvise, que obviamente se refería a Venecia—, pero lo trasladaron a Treviso hará dos o tres años.

—¿Trabajaste con él alguna vez? —preguntó Brunetti.

—Alguna, señor —respondió Alvise, incapaz de disimular las reticencias a seguir hablando.

—¿Y no te reconoció? —inquirió Brunetti de forma que quedaba claro que no era una pregunta, sino que pedía explicaciones.

Alvise se metió las manos debajo de los muslos con las palmas hacia abajo, como si temiese que fueran a traicionarlo haciendo algún gesto, y contestó:

—Decidió no reconocerme, señor; así que creo que yo no quiero reconocerlo a él.

—Ni causarle problemas —interrumpió Vianello.

—Ni causar ningún problema a nadie —dijo Alvise.

—¿Podrías contarnos un poco más? —preguntó Brunetti.

El agente ya se acercaba la mano a la frente cuando se dio cuenta de que estaban sentados y Brunetti le había pedido una cosa, no le había dado una orden. Cambió la trayectoria de vuelo, abrió la mano y se pasó los dedos por la cabellera antes de aterrizar en el reposabrazos de la silla.

—Es... —empezó a decir, pero no supo seguir la frase—. Ehh..., algunos compañeros tuvieron problemas con él.

—¿Y tú no los tuviste?

—Hasta hoy no —contestó, miró a Vianello y agachó la cabeza como si lo hubieran pillado mintiendo—. Me refiero en cuanto a lo físico.

Brunetti tardó un momento en comprender y, cuando lo hizo, le preguntó:

—O sea, que sí habías tenido problemas con él.

El *commissario* vio que con eso había puesto a Alvise en una encrucijada: responder que sí podía conducir a dificultades y responder que no sería una mentira.

—¿Problemas verbales? —matizó Brunetti.

Alvise contrajo el rostro mientras le buscaba el sentido a la pregunta de Brunetti. Y cuando lo entendió, le dijo:

—¿Se refiere a si me decía cosas?

—Sí —respondió él.

Reprimió el impulso de felicitar a Alvise por haberlo entendido.

—Él era así, señor —dijo el agente en voz baja, casi como si estuviera defendiendo a Petri o, lo que era más probable, esquivando la pregunta.

A Brunetti esa reticencia le resultó interesante.

—¿Qué se supone que significa eso? —interrumpió Vianello de nuevo.

—Bueno, le dice cosas a la gente. Y habla sobre la gente.

—Pon un ejemplo —le pidió el inspector, que aún parecía enfadado.

Alvise se centró en los puños de la chaqueta y se remangó uno y luego el otro. De pronto levantó la cabeza y miró a Vianello a los ojos.

—Conocen a Biozzi, ¿verdad?

Vianello y Brunetti se miraron un instante. ¿Qué persona del cuerpo no conocía a Biozzi o no había oído hablar de él? De él o de su esposa, asesinada por su amante seis años después de divorciarse de Biozzi.

Ambos esperaron en silencio a que Alvise se explicase.

—Estaba en la oficina de los agentes cuando él volvió al trabajo.

Brunetti reprimió el impulso de agarrar a Alvise y darle una sacudida y le dijo:

—No estoy seguro de a quién te refieres, Alvise.

El *commissario* miró a Vianello como si quisiera preguntarle si él también estaba confundido. El *ispettore* respondió que sí con la cabeza.

—Petri estaba en la oficina de los agentes —aclaró Alvise—. Y llegó Biozzi.

Miró a su alrededor; sus dos interlocutores asintieron para indicar que ahora lo habían entendido.

—Esto debió de ser hará unos tres años. Petri hablaba con alguien, no me acuerdo de con quién. —Alvise alzó ambas manos, hizo un gesto negativo y empezó de nuevo—. Debió de ver a Biozzi al entrar. Levantó la voz y dijo algo como: «Al menos es más rápido que un divorcio».

Alvise hizo una pausa con aversión en el rostro, cosa que hizo que Brunetti se arrepintiese de haberse mostrado impaciente.

—¿Qué pasó entonces? —preguntó Brunetti.

Alvise no respondió.

—¿Y bien? —lo instó Vianello.

El agente superó las reticencias a continuar hablando y dijo:

—Yo estaba leyendo el periódico. Así que me levanté, lo cogí, me dirigí al puesto de Petri y di un golpe fuerte con él en la mesa, delante de él. Entonces me acerqué a Renato, le rodeé los hombros con un brazo y dije que me alegraba de que hubiese vuelto.

Ninguno de los tres habló hasta después de varios segundos, cuando Brunetti volvió al quid de la cuestión:

—Y cuando te trajeron aquí, ¿el único que sabía lo que había pasado de verdad era Petri?

Alvise lo miró sorprendido y asintió con la cabeza.

—Sí, *commissario;* lo único que yo quería era salir de aquí antes de que alguien se enterase de que era policía. —Entonces encogió los hombros y añadió—: No quería líos y, sobre todo, no quería molestarlos a usted y al *ispettore*, señor.

—De momento, lo único que me molesta es que te hayan maltratado en la manifestación.

—Fue solo uno de ellos, señor. Oí que alguien le decía que parase.

—¿Estás seguro de que era Petri? —preguntó Vianello.

Alvise hizo lo que en el caso de otro hombre habría sido una pausa reflexiva y luego dijo con evidente reticencia:

—No, *ispettore*. Estaban detrás de mí. —Abrió los ojos con curiosidad y, acto seguido, preguntó—: ¿Eso cambia algo?

—Supongo que no —respondió Vianello—. Si lo que queremos es sacarte de aquí —empezó a decir, y luego habló despacio y con cuidado—, nada de eso tiene que haber pasado.

Alvise tardó un momento en comprenderlo, pero cuando lo hizo, dijo:

—Es lo mejor, ¿verdad?

Tras pensarlo, Brunetti asintió:

—Seguramente sí, para todos.

—¿Qué pasa con esto? —preguntó Alvise, y se tocó las vendas, pero no las magulladuras, que no veía—. ¿Cómo explicaré esto?

La respuesta de Vianello contaba con la suavidad de la impaciencia contenida.

—Tú mismo lo has explicado, Alvise. Te has caído por la escalera.

Entonces, para evitar que Alvise dijera que en la calle no había escalera alguna, añadió:

—Al llegar a la *questura*.

Tanto Brunetti como Vianello observaron a Alvise mientras lo digería.

—Por supuesto, señor. Ahora me acuerdo.

Su sonrisa les indicó que había comprendido por fin.

Brunetti se levantó y dio dos pasos hacia la puerta antes de detenerse y mirarlos a ambos.

—¿Estamos de acuerdo, agente Alvise?

—Sí, señor —contestó este—. Tengo que mentir y la mentira se convertirá en la verdad.

¿Acaso hablaba con ironía? Brunetti quiso saberlo. Podría ser sarcasmo. O tal vez fuera Alvise siendo él mismo retorciendo la verdad. El *commissario* esperó por si Alvise quería explicarse o añadir algo, pero el agente le sonrió y afirmó con la cabeza, así que Brunetti dio por sentado que estaban todos de acuerdo.

Abrió la puerta y fue a llamar al primer despacho de la izquierda. Danieli se acercó, abrió y dijo:

—Qué rápido ha sido.

—Alvise nos ha contado lo sucedido —explicó Brunetti como si nada—. Ya se ha acordado de que, cuando lo han traído aquí, estaba tan afectado que no miraba por dónde iba y ha tropezado en la escalera.

Danieli sonrió de oreja a oreja.

—Eso es justo lo que yo creía que había pasado, *commissario*. Es un gran alivio que nos lo confirme...

—Alvise —aportó Brunetti.

—Exacto —convino Danieli—. En ese caso, rellenemos el papeleo para que puedan marcharse todos a Venecia.

La manera en que lo dijo dejó claro hasta qué punto le aliviaba haber resuelto el asunto.

—Me alegro de que esté contento con el resultado —dijo Brunetti.

Danieli, que ya tenía la mano en el pomo de la puerta, se volvió hacia él.

—Las cosas no siempre se arreglan con tanta facilidad, *commissario* —repuso. Entonces, sin hacer pasar aquella pregunta por algo sin importancia, añadió—: ¿Les ha dicho quién lo agredió?

En lugar de responder, Brunetti le contestó con otra pregunta:

—¿Por qué lo dice?

—Porque no me gustan los abusones.

Brunetti, que opinaba que pocas personas eran más aborrecibles que esas, asintió y dijo:

—Creo que es asunto suyo si quiere decir quién ha sido, no mío.

Danieli también asintió.

—Si yo estuviera en su situación, haría lo mismo. —Estiró el brazo y le ofreció la mano—. Filippo.

—Guido —dijo Brunetti con una sonrisa, y se la estrechó.

3

Danieli les proporcionó un coche con chófer para regresar a Venecia; Brunetti, que no había olvidado que era sábado y no estaban de servicio, no lo rechazó. Antes de salir de la *questura,* le devolvieron a Alvise sus efectos personales y lo primero que hizo una vez en la calle fue alejarse unos metros hacia la plaza a hacer una llamada. Brunetti vio el instante en el que la otra persona contestaba al teléfono: a Alvise se le iluminó la cara, pero después se volvió, de modo que no pudo estudiarle más que la espalda. El *commissario* se alegró de ver que parecía una espalda bastante contenta.

Brunetti, Vianello y Alvise esperaron delante de las ocho torres naranjas de la *questura.* Tal como le pasaba cada vez que había estado allí, el *commissario* se maravilló ante el tamaño de los edificios. Tiempo atrás, Venecia había tenido todo un imperio que gobernar (aunque sus líderes fueran lo bastante astutos para no haberlo llamado jamás así), y, en la ciudad, las instalaciones de la policía se alojaban en un *palazzo* venido a menos y unos cuantos edificios modernos. Treviso, que nunca había sido una gran potencia, contaba con ocho torres de varios pisos que recordaban, más que nada, a archivadores con rendijas para el aire.

Llegó el vehículo y Brunetti se alegró de ver que no era un coche patrulla de color azul claro, sino una especie de berlina azul de las que usaban los políticos. Le dio las gracias a Danieli y, una vez dentro, cerró el panel de cristal que los separaba del chófer. Oía el sonido suave del motor. ¿Era un coche eléctrico?

Sentados en el asiento trasero, se abrocharon los cinturones con cierta dificultad, sobre todo Alvise. Cuando ya estaban los tres seguros, el chófer salió de la *piazza* que había delante de las torres y emprendió el camino a Venecia. Alvise se volvió un poco hacia Brunetti y habló con gran formalidad.

—Muchas gracias por venir a buscarme, *commissario*. —Se giró hacia Vianello y añadió—: A usted también, Lorenzo. —Y a ambos—: Siento haberles estropeado el sábado.

—Creo que la lluvia ya se había encargado de eso, Alvise —repuso Brunetti.

Sabía que ese era el momento de hacerlo. Si no se lo preguntaba entonces...

Pero antes de pensar en cómo plantear la cuestión, Alvise carraspeó, repitió «Eh» varias veces y dijo:

—He llamado a mi pareja.

Brunetti y Vianello no pronunciaron ni media palabra.

—Es carpintero —explicó Alvise, y añadió—: Me había llamado varias veces. Estaba preocupado.

—Es comprensible —dijo Brunetti.

Alvise apoyó las manos en los muslos y tamborileó con los dedos unas cuantas veces antes de añadir:

—Es la primera vez que se lo cuento a alguien.

—¿El qué? —preguntó Vianello.

—Que tengo pareja.

—¿Y cómo te ha sonado?

—Un poco raro —respondió Alvise, que enseguida añadió—: Pero bien. Me gusta. Me gusta cómo suena, y decirlo también.

—Si es tu pareja, deberías —confirmó Brunetti.

—¿Por qué no lo intentas otra vez, pero diciendo su nombre? —le sugirió Vianello, y le dio un pequeño codazo en el costado—. Quizá te suene incluso mejor.

—¿Está de broma? —preguntó Alvise nervioso.

—Dario, esto es demasiado importante para hacer bromas.

Alvise respondió asintiendo varias veces con la cabeza y luego dijo:

—Cristiano. Mi pareja.

Con total naturalidad, Brunetti preguntó:

—¿Cuánto hace que lo conoces?

—Seis años.

Brunetti se quedó pasmado. Seis años y en la *questura* todo el mundo creía que vivía en el Lido con su madre viuda.

—Vino a casa un día porque mi madre necesitaba que alguien arreglase las puertas de un armario de nogal que lleva mucho tiempo en la familia —explicó Alvise—. Él le dijo que tenía que volver a buscarlo con una furgoneta, porque se le había hecho una grieta grande en el panel trasero y necesitaba llevárselo al taller.

A Brunetti le sorprendió la facilidad con la que Alvise les contaba la historia. Los informes que preparaba, ya fuesen escritos o de viva voz, siempre eran caóticos: no había cronología ni descripciones de las personas involucradas ni constancia de lo que habían dicho. A menudo, el agente se retractaba y contaba versiones contradictorias.

Y, sin embargo, allí estaba: detallando el tipo de madera del armario, que tenía dos puertas y que había habido que llevarlo al taller de su pareja. Se preguntó si el hecho de hablar de alguien a quien quería hacía que la historia fuese más importante y más fácil de recordar.

El coche hizo un ligero viraje a la izquierda. El movimiento debió de sorprender a Alvise, que se tapó la boca con una mano como si quisiera detener el torrente de palabras del que no había sido consciente hasta ese momento.

—Lo siento —dijo, y miró a los dos policías y luego al chófer, como si le preocupase que lo hubiera oído todo.

Brunetti se preguntó si alguno de los agentes de la comisaría estaba al tanto de lo de Alvise y enseguida se dio cuenta de que no tenía modo de averiguarlo. Y no le quedó más remedio que admitir que tampoco importaba en lo más mínimo.

Alvise era feliz: eso era lo importante.

De repente, este soltó:

—Los sábados cuida de los hijos de su hermana. —Pasaron unos segundos antes de que añadiese—: Por eso no ha podido venir.

Los tres hombres guardaron silencio durante el resto del trayecto hasta Piazzale Roma. El chófer se colocó detrás de un autobús a punto de salir y detuvo el coche. Vianello abrió la puerta de su lado y los tres se apearon.

En la acera formaron un triángulo.

—¿Cree que el asunto está finiquitado, *commissario*? —preguntó Alvise.

—Me parece que sí. Danieli parece de fiar. Al fin y al cabo has tropezado y te has caído.

Vianello asintió con la cabeza.

—¿Y si alguien quiere saber qué hacía allí, *signore*? —le preguntó Alvise a Brunetti en voz baja.

El comisario estuvo a punto de decirle que podría contar que había intentado ayudar a sus compañeros de Treviso y que las cosas se habían torcido, pero había descubierto un lado nuevo de Alvise que le gustaba, así que repuso:

—Eso tienes que decidirlo tú.

El agente asintió con ademán rígido, con la espalda tan tiesa que, para mover la cabeza, tuvo que inclinar todo el tronco adelante y atrás como si hubiera consultado al cuerpo entero y no solo al cerebro.

Al cabo de poco encogió los hombros y soltó un gran suspiro.

—Creo que tendré que contar la verdad, *commissario* —dijo, y su cuerpo repitió ese movimiento extraño—. He ido porque creo que todos deberíamos poder amar a la persona que amamos. —Se quedó inmóvil y miró a Brunetti, que era bastante más alto que él—. Es así de sencillo, ¿verdad?

—Ojalá lo fuese —respondió él.

—Yo voy a coger el transbordador —dijo Vianello—. ¿Vienes, Dario?

—Gracias, Lorenzo, pero hoy me toca cocinar y quiero hacer la compra. —Alvise esbozó una sonrisa irónica y añadió—: No sabía que tardaría tanto en volver.

—Bueno —terció Brunetti—, pues nos vemos el lunes.

Se fijó en la mano de Alvise para ver si se movía con su habitual deseo nervioso de saludar a su superior. Pero, en lugar de eso, el agente retrocedió un paso que lo alejó de ambos y se llevó la mano al corazón.

—Me siento muy ligero. Como cuando era niño y salía del confesionario sabiendo que estaba perdonado.

—Solo que ahora no hay nada que perdonar —dijo Brunetti.

Alvise bajó la mano y les ofreció a él y a Vianello una sonrisa como jamás le habían visto; después se volvió muy deprisa y bajó los escalones que conducían al *imbarcadero* del número 1 en dirección al Lido.

4

El sol había vuelto con ellos a Venecia, así que Brunetti decidió ir a casa a pie y aprovechar al máximo todo lo
que pudiera de un día que había quedado muy agradable.
Se le presentaban múltiples opciones: lo único que tenía
que hacer era decidir qué iglesia quería ver. Si cruzaba el
puente Tolentini, podía pasar por delante de Santa Maria
dei Frari, o podría girar a la derecha y pasar por San Pan-
talon y, desde allí, ir rápido hacia casa.

Al final se decidió por la segunda ruta porque había
estado no hacía mucho en un funeral que se había cele-
brado en los Frari y había sido tan triste y aburrido que ni
siquiera la *Asunción* de Tiziano le había ofrecido consuelo
ni solaz. Había tenido la clara sensación de que el éxtasis
de la Virgen era resultado de estar en el carril rápido de la
asunción.

¿Cuándo y por qué había perdido tanta calidad y gusto la liturgia? Muchas veces, los curas no daban señales de
familiaridad alguna con el fallecido; los parientes que se
dirigían a la comunidad pronunciaban una retahíla de
clichés como si ellos tampoco hubieran conocido al fina-
do. Y la música... La música era tan mala que Brunetti se

había marchado de al menos dos iglesias. Esta era la ciudad de Gabrieli, Vivaldi, Marcello, y ahora los dolientes tenían que escuchar una especie de batiburrillo contemporáneo de canciones grabadas de guitarra rítmica que fracasaba en mantenerlos despiertos y mucho menos inspiraba a la congregación a deshacerse de las vicisitudes diarias y cantar por el descanso eterno del difunto. La única emoción que provocaba la música en la congregación, al menos que Brunetti hubiese visto las poquísimas ocasiones en que iba a misa, era vergüenza e inquietud.

A veces se preguntaba si él era el único que se percataba del abismo que se abría entre la abrumadora gloria visual de las iglesias y el horror auditivo que se daba en ellas. Al menos ante un cuadro feo podía cerrar los ojos, pero con la música desagradable no se podía cerrar los oídos.

Sin pensárselo, giró a la izquierda y fue hasta San Giacomo dall'Orio, donde no había estado desde hacía meses. Por suerte para ellos, en el interior no había ningún cuadro famoso (siempre y cuando no se contasen como famosas un puñado de imágenes de Palma el Joven) y, por tanto, suponía un cambio relajante respecto de los templos donde había una o dos obras maestras, mientras que el resto se consideraban «producto de su juventud» o «atribuidas a». En esas iglesias, Brunetti observaba a menudo grupos que se detenían a admirar los supuestos cuadros buenos, mientras que los demás, que a veces eran de belleza igual o superior, malgastaban su primor ante un vacío.

Una vez dentro de San Giacomo, paseó despacio de obra en obra, perplejo por la costumbre colectiva de los sujetos representados en las obras de arte religiosas de lanzarse al suelo e igual de confundido por la desmesurada abundancia de brazos desnudos y musculosos alzados hacia el cielo.

Cuando salió al pequeño *campo* que había frente a la iglesia, miró la hora y vio que eran casi las cuatro. El sábado se había esfumado y no le quedaba más que la cáscara del día y una luz que se disolvía con rapidez. Sacó el móvil del bolsillo y marcó el número de Paola. Cuando contestó, Brunetti dijo:

—Estoy en Campo San Giacomo dall'Orio.

—¿Cómo te ha ido el día? —dijo su mujer como si nada, antes de que él pudiera continuar. Lo pronunció tranquila, curiosa, sin preguntar dónde había estado todo ese tiempo.

—Ha sido interesante —respondió él—. He tenido que ir a Treviso a sacar a Alvise de un lío.

—¿A Alvise? ¿En qué lío se ha metido? —preguntó ella, y antes de que Brunetti respondiese, añadió—: Me lo imagino estropeando algo o haciendo alguna tontería, pero no causando problemas.

—Es gay —contestó Brunetti.

Paola no respondió. En la *questura* esa afirmación sería la exclusiva del año, pero ella no había dicho nada.

—¿Me has oído? —le preguntó.

—Sí. Pero decías que se había metido en un lío. ¿De qué iba la cosa?

—Lo tiró al suelo alguien que protestaba contra la marcha del orgullo gay en Treviso, y la policía se lo ha llevado a comisaría.

—¿Y a la persona que lo ha tirado al suelo?

—Eso ya no lo sé.

—Me imagino que habrá sido un hombre de mediana edad con una cruz colgando del cuello —dijo ella con evidente desdén.

—Algo así, supongo.

—¿Y has tenido que ir a Treviso?

—Sí. Con Lorenzo.

—¿Habéis traído a Alvise de vuelta?

—Sí.

Al cabo de una breve pausa, Paola dijo:

—Bien hecho.

Brunetti lo oyó con el corazón. Se dio cuenta de que, incluso después de tantos años, después de las décadas que habían pasado juntos, todavía valoraba la aprobación de su mujer por encima de muchísimas cosas y, sin lugar a dudas, por encima de la de cualquier otra persona.

—Nos ha contado algunas cosas.

—¿De su vida? —preguntó ella.

—Sobre su pareja. Cristiano. Es carpintero.

—¿Lorenzo y tú habéis tenido que darle una paliza para que os lo contase? —preguntó.

—Me prometiste que jamás repetirías nada de lo que te he confiado sobre nuestros métodos de trabajo —dijo Brunetti con su voz de policía duro.

—¿Qué tal si vienes a casa y me lo cuentas?

Media hora más tarde, Brunetti había hecho eso, se había tomado un café y se había puesto un par de pantalones de lana marrón y un jersey grueso de color beige: la ropa que lo había ayudado a sobrevivir el invierno anterior en un edificio que tenía más de quinientos años de antigüedad. Se sentó en el sofá del salón; Paola lo escuchaba desde el sillón de delante.

—¿Nunca lo habías pensado? —quiso saber ella cuando parecía que había terminado.

—¿El qué?

—Que podría ser gay.

—¿Alvise? —preguntó él y después repitió el nombre, como si con eso bastase para demostrarle a cualquier interlocutor que la mera idea era imposible.

—No está casado, debe de tener más de cincuenta años y pensabais que vivía con su madre en una casa del Lido —enumeró Paola—, y ¿a nadie se le ha ocurrido que podría ser homosexual?

—Nadie ha sugerido nunca que fuese una posibilidad —insistió Brunetti—. No se lo he oído decir a sus compañeros.

—Hombres... —resopló Paola con un tono que los despreciaba a todos.

—¿Cómo que «hombres»?

—Ninguno le ha prestado suficiente atención como persona para fijarse en esos datos y reflexionar al respecto.

—Eso es absurdo —repuso Brunetti—. Nadie lo pensaría.

Lo que quiera que Paola fuese a responder quedó interrumpido por el sonido de una llave en la cerradura de la puerta de entrada. La precaución con la que se cerró entre susurros indicó que era Chiara.

Paola se tapó la boca con la mano y tosió para que su hija supiera que había alguien en casa. Al cabo de un momento, Chiara apareció en el umbral y se acercó a darles besos a ambos.

—Chiara —dijo su madre—, ¿puedo hacerte una pregunta?

Tal como era de esperar, ella se volvió, sonrió y dijo:

—No sé, tú sabrás si eres capaz.

Paola no solo no le hizo caso, sino que prosiguió:

—¿Qué dirías de un hombre soltero que vive con su madre en el Lido?

Chiara dejó de sonreír.

—¿Es una pregunta trampa?

—No.

—¿Cuántos años tiene? —quiso saber Chiara.

—Cincuenta y pocos, diría yo —respondió Brunetti.

—¿Ha estado casado? —inquirió Chiara, con ademán de abogado de la acusación de una película de serie B.

—No —contestó Paola.

—Es gay —aseguró Chiara, se volvió y siguió pasillo abajo en dirección a su dormitorio.

—¿Y bien? —dijo Paola.

—Vale. Pero es porque nosotros no hablamos de esas cosas.

—¿Quiénes sois vosotros?

Brunetti dejó que la pregunta diese un par de vueltas alrededor de la habitación mientras pensaba en cómo responder.

—De acuerdo —cedió al final—, los hombres.

—¿No especuláis sobre el comportamiento sexual de vuestros compañeros?

—Bueno —dijo al cabo de un rato—, supongo que quizá sí. Es decir, en privado o con nuestros mejores amigos.

La esposa de Brunetti tenía una fiereza que él admiraba y temía, y se le notó en la voz cuando ella le preguntó:

—¿Alguna vez os lo habéis planteado Lorenzo y tú mientras hablabais de algún compañero?

Brunetti pensó en algunas de las conversaciones, las más despreocupadas, que Vianello y él habían mantenido a lo largo de los años.

—Pues la verdad es que no —dijo al final.

Ella miró al techo y pidió:

—Llévame ahora, Señor, no vaya a ser que mi marido me mienta.

Brunetti se rio.

—Vale —concedió—, a lo mejor alguna vez hemos mostrado... curiosidad por alguien. Pero es más probable que nos pase con las personas a las que interrogamos.

—¿Y eso por qué? —quiso saber Paola.

Esa vez, Brunetti se preparó la respuesta con la esperanza de desviar la conversación de su posible interés en las vidas privadas de sus compañeros de trabajo.

—Porque así averiguamos más cosas, que añadimos a lo que sabemos de ellos.

—¿Y qué aporta esa información a lo que ya sabes acerca de una persona? —preguntó Paola tranquila.

Brunetti, aunque no era aficionado a la televisión, de vez en cuando veía documentales de naturaleza y conocía la postura que adoptaban las cobras al prepararse para atacar. De algún modo, conseguían elevar la cabeza unos treinta centímetros del suelo y describían un elegante movimiento de lado a lado que a Brunetti siempre le había parecido hipnótico. Sacaban la lengua una y otra vez, listas para atacar mientras su presa se quedaba inmóvil y trataba de decidir qué hacer.

Pero Brunetti conocía las tácticas de su esposa desde hacía tanto tiempo que, de algún modo, partes del código genético de la mangosta se habían fusionado con el suyo y le sugerían los movimientos correctos para retirarse de la zona de ataque de forma segura.

—En primer lugar, nos hace tener en cuenta que podrían correr el riesgo de sufrir chantajes.

—Entiendo —dijo ella—. ¿Algo más?

—Bueno, como la mayoría de las personas tienen una

mala opinión de la policía, me gustaría decirte que muchos de nosotros sentimos cierta simpatía por ellos.

—Entiendo —asintió Paola.

Mientras él observaba, ella dejó de sacar la lengua, paró de moverse de lado a lado y se convirtió de nuevo en su esposa, el tesoro y la alegría de su vida.

5

Chiara había decidido hacía varios años que no quería seguir comiendo carne y, desde entonces, la familia había ido accediendo de manera gradual a sus preferencias. El cerdo había sido el primero en galopar hacia el horizonte, seguido, más o menos al cabo de un año, por un rebaño de corderitos. Con eso, la migración había cesado; la puerta la habían cerrado de golpe Brunetti y su hijo, Raffi: la mitad carnívora de la familia. Los pollos podían quedarse y las vacas tenían permiso para pasar por allí de vez en cuando. No obstante, una vez a la semana, Chiara tenía el poder, y el resto de la familia se dejaba llevar sin protestas. Así pues, esa noche en concreto el menú se componía de calabacines asados y pimientos rojos rellenos con una mezcla de quinoa, feta, especias y lo que Raffi insistía en llamar las «entrañas» de las hortalizas.

Ese día habían recibido el paquete que les había enviado un amigo de Brunetti que había dejado el cuerpo de policía cinco años antes y se había mudado a Cerdeña para ocuparse de la granja familiar. El paquete contenía cuatro quesos blancos del tamaño de un pomelo cada uno, hechos del mismo *pecorino*, pero con maduraciones distintas: ocho, doce, dieciséis y veinte meses.

En la mayoría de los hogares se habrían comido primero los más jóvenes, seguidos de los otros en sucesión cronológica. En cambio, a los Brunetti, bajo la tutela de Paola, les sirvieron los cuatro a la vez. Paola había marcado con números del 1 al 4 la corteza de cada uno, pero solo ella sabía a qué maduración correspondía cada cifra.

No se podía hacer comentarios ni emitir ningún juicio hasta que hubieran probado los cuatro quesos, tras lo cual cada uno podía defender su preferencia personal. En esa ocasión, después de repetidas pruebas y de que Brunetti y Paola cambiasen a un vino blanco más suave, hubo un voto unánime a favor del queso que resultó ser el de dieciséis meses de maduración.

—Me gusta que sea tan granuloso —opinó Chiara la primera, y se frotó los dedos como palpando la textura.

—Los demás eran todos demasiado finos —convino Raffi—. El *pecorino* no debería ser así.

—Yo he votado por el sabor: es el mejor —dijo Brunetti.

Chiara protestó:

—Vaya, qué comentario tan útil y preciso.

Paola cortó un pedazo del vencedor, lo pinchó con el tenedor, lo levantó y lo contempló.

—Me gusta la insinuación mohosa del romero recién cogido, el trasfondo de tomillo, aumentado por la consistencia de la granada madurada. —Se acercó el cuchillo a fin de examinar las grietas que se habían formado al cortar el pedazo—. Y la textura, con ese toque de mármol de veta fina, el aspecto atractivo del revestimiento exterior que se desprende con tal facilidad de los hombros con un mero roce...

—En vez de seguir elogiándolo, querida, ¿por qué no te lo comes? —sugirió Brunetti. Luego se levantó de la silla, fue a buscar el tarro de miel del armario y lo llevó a la mesa—. Sandro dice que hay que probarlo con miel.

Paola abrió la boca para proseguir, pero Raffi tendió la mano con los dedos bien abiertos y preguntó:

—Otra vez has estado leyendo revistas de cocina, ¿verdad?

Paola estiró el brazo, se acercó la miel y repuso:

—No, ha sido la prosa de un folleto de vinos que nos ha llegado por correo. —Miró alrededor de la mesa y dijo—: Supongo que no queréis oír más, ¿no?

Ninguno se dignó a responder. Se acabaron el último trozo de queso, y Chiara fue a buscar las fuentes de verduras asadas que servía en lugar de la carne.

Cuando acabaron de cenar, Brunetti se fue al salón y, al cabo de un rato, Paola llevó un café y un traguito de *grappa* para cada uno. Dejó las tazas y las copas en la mesita baja y se sentó en el sofá, a su lado.

Brunetti le tendió un café a su esposa y cogió el otro.

—Siento haberme perdido la comida en casa de tus padres —dijo—. ¿Cómo están?

Ella dio un sorbo y luego otro, se acabó el café y dejó la taza en la mesa antes de responder:

—Mi padre estaba de mal humor.

Como su suegro acostumbraba a estar de buenas, Brunetti preguntó:

—¿Y eso?

—Pues por uno de esos asuntos venecianos que a veces se remontan unos cincuenta años —contestó Paola, sin disimular la exasperación.

—Cuéntame —dijo Guido, y cogió la *grappa*.

—Es complicado.

—Si viene de hace cincuenta años... —respondió él, y dejó la frase colgando.

Ella sonrió.

—En realidad no ha pasado tanto tiempo. Pero hay cierto lío de viejas amistades y negocios y hombres que fueron juntos a la escuela.

—¿Perdona? —dijo Brunetti.

Paola cogió su copa, pero no hizo ademán de beber, sino que la hizo rodar atrás y adelante entre las palmas de las manos.

—Me ha dicho que un viejo amigo le había preguntado si sabía si el Palazzo Zaffo dei Leoni estaba en venta.

Antes de que Brunetti pudiera hablar, ella prosiguió:

—Al parecer, este hombre, el amigo de mi padre, había oído rumores de que una cadena de hoteles había hecho una oferta para comprar el edificio.

—Justo lo que necesitamos: otro hotel —repuso él con tono cortante.

Paola continuó con paciencia estudiada, como si su marido no hubiera dicho nada.

—El amigo de mi padre no lo quiere para un hotel, Guido. Lo pregunta por su hijo. Lleva años viviendo con su familia en Roma, pero echa de menos Venecia y quiere volver y que sus hijos crezcan aquí.

—¿Y quiere que crezcan en ese *palazzo*? —preguntó Brunetti con especial énfasis en la última palabra, a pesar de que no tenía ni idea de dónde estaba el edificio.

Se arrepintió del tono en cuanto se oyó a sí mismo.

Paola hizo una pausa que pareció extremadamente larga antes de responder.

—El amigo de mi padre conoce al dueño: Renato Molin. Da clases de Historia Medieval en la universidad. Pero años atrás tuvieron algún problema y hace una eternidad que no se hablan, así que no puede ponerse en contacto directamente con él. Le preguntó a mi padre si se le ocurría algún modo de averiguar si es verdad que el *palazzo* está en venta; ni que decir tiene que sin que Molin se entere de a quién le interesa. —Reflexionó un instante y añadió—: Por eso he dicho que era un asunto veneciano.

Brunetti dejó la copa vacía en la bandeja. Paola terminó la suya e hizo lo mismo. Él se recostó y cruzó los brazos; después se volvió hacia ella y dijo:

—Pues es un asunto que está a punto de ser aún más veneciano.

—¿Todavía más? —preguntó ella desconcertada.

Brunetti sonrió, guardó silencio unos instantes y luego dijo:

—Fui a la escuela con Gloria Forcolin.

—¿La hija de Luigi? —preguntó ella.

—Sí. Iba un par de cursos por detrás de mí.

A Paola se le iluminó el rostro.

—Claro, claro. Es la segunda esposa de Molin. Se casó con él hará unos diez años.

—Gloria y yo nos cruzamos por la calle de vez en cuando y nos ponemos al día —le contó, aunque a una veneciana no hacía falta explicarle esto.

—Cómo no —repuso ella.

—Sí, lo de siempre.

Ninguno habló hasta después de un poco, cuando Paola dijo:

—Molin heredó el *palazzo* hace años, hará unos cuarenta.

Antes de que Brunetti tuviera ocasión de decir algo, ella continuó a medida que recordaba más detalles.

—De una tía suya, si no me equivoco. —Levantó una mano para evitar que Brunetti hablase y prosiguió—. Me suena que dos ramas de la familia reclamaban el título nobiliario, así que el asunto acabó en la Consulta Araldica —dijo, sin necesidad de explicarle a Brunetti que ese era el organismo que decidía las cuestiones de linaje de la nobleza—. Al parecer, no se conforma con haber heredado el *palazzo*: también quiere el título y se comporta como si ya lo tuviera. El testamento de su tía estaba muy claro y él era el único descendiente vivo de esa parte de la familia. Pero quiere el derecho a usar el título.

Brunetti esperó; sin embargo, parecía que a Paola se le habían acabado los chismes. Sonrió.

—Eso es más o menos lo que yo había oído.

De repente, ella dijo:

—Me imagino que jamás lo venderá.

—¿Por qué?

—Lo he oído hablar del tema un par de veces. —Al ver la expresión de Guido, continuó—: A mí no me lo cuenta porque sabe que no me interesa, pero a los profesores nuevos y a los alumnos, sí. Para mucha gente, la palabra *palazzo* tiene un sonido embriagador —añadió con el desdén que comparten los que han crecido en uno.

Sin hacer caso del comentario, Brunetti dijo:

—Creo que esta es la manera de conseguirlo.

—¿Conseguir el qué?

—Averiguar si está en venta, para tu padre. Si alguien lo sabe, tiene que ser Gloria.

6

El domingo, mientras Brunetti continuaba con el sacrificio de libros, lo acompañaba el recuerdo de las veces que el *conte* había sido generoso con él. No tenía ni idea de la cantidad de favores a Brunetti que el *conte* había acumulado en su haber a lo largo de la vida. Con el transcurso de los años, su suegro lo había avisado, le había proporcionado información y halagado, y muchas veces le había allanado el camino gracias a que estaba muy dispuesto a pedirles favores a sus amigos en beneficio del marido de su hija.

Eran muy pocas las ocasiones en las que Brunetti había tenido la oportunidad de devolverle una pequeña parte de lo que, con tanta facilidad, había hecho por él. Gracias a las amistades del *conte* había conocido, interrogado (e incluso detenido en una ocasión) a hombres cuya fortuna y contactos normalmente los habrían mantenido a salvo de los requerimientos de un mero policía como Guido Brunetti, hijo de un trabajador del puerto, el equivalente urbano de un campesino.

Había transcurrido muy poco desde que el *commissario* había sido capaz de aceptar que lo que el *conte* al principio hacía con cierta reticencia después lo había hecho por amor. La capacidad de devolverle aunque fuera una mínima parte de su generosidad habría sido la manera de demostrar su gratitud. Y su amor.

Preguntarle a Gloria si su casa estaba en venta era fácil, pero primero quería saber qué aspecto tenía. Uno de los libros que había salvado del sacrificio era un lujoso tomo ilustrado que contenía fotografías de jardines venecianos de inicios del siglo anterior, pero, del Palazzo Zaffo dei Leoni, haber no había ninguna. Dio con otro libro publicado en 1973 en el que aparecía una foto en color de la fachada, que se había tomado desde lo que supuso que era la entrada desde la calle. Una puerta grande, dos enormes ventanas a cada lado y más hileras de ventanas hasta el tejado, donde se veían las peculiares chimeneas venecianas con forma de seta.

Hacía mucho tiempo que gran parte de los edificios de dimensiones parecidas se habían dividido en viviendas más pequeñas y las habitaban familias independientes. No se le ocurría ningún otro *palazzo* de ese tamaño en el que vivieran tan solo dos personas.

El jardín que rodeaba el edificio parecía un jardín formal de hierba bien cortada y cuidada. Colocados con precisión quirúrgica, había parterres rectangulares de flores rebosantes de especies que reconocía, pero no sabía nombrar. Discurrían en paralelo a los laterales de la vivienda y desaparecían por los márgenes de la foto.

Buscó en Google Earth y encontró una imagen reciente del *palazzo* y del jardín, tomada desde un helicóptero o un dron. Se veían las chimeneas y el tejado y, alrededor de la casa, algo que parecía un ejército de monstruos verdes al acecho. Cuando se acercó más a la pantalla del ordenador, vio que no eran monstruos, sino árboles sin podar y setos o arbustos que habían crecido hasta el punto de enredarse entre sí y dilatarse hasta el muro bajo de piedra que había a mano derecha. Al otro lado de la tapia se extendía un césped tan bien cuidado como el de la foto anterior.

Google mostraba lo cerca que estaba el *palazzo* del Campo Santi Apostoli, algo que Brunetti no sabía y que lo sorprendió, puesto que conocía la zona, aunque no tenía ni idea de la existencia de una casa de ese tamaño.

Curioso, sacó su ejemplar de *Calli, Campielli e Canali* y vio que el *palazzo* estaba a un minuto de distancia de ese *campo*; el edificio aún más grande y el jardín que había a su lado aparecían como «*Convento*».

Aquel *palazzo* oculto con el jardín abandonado le picó la curiosidad. Además, el *convento* lo confundía, ya que había otro justo al lado de la iglesia dei Miracoli. ¿Tantas propiedades y terrenos habían retenido las órdenes religiosas?

Entonces le vino a la memoria una exposición fotográfica a la que había asistido, sobre jardines venecianos vistos desde arriba. Había sido hacía más de veinte años, pero aún recordaba lo pasmado que se había quedado al darse cuenta de cuántos espacios abiertos había en Venecia, cuánto verde y cuántos árboles.

Mientras pensaba en bienes inmuebles, Brunetti perdió su parte de policía y se volvió solo veneciano, alguien interesado en metros cuadrados y espacio de almacenamiento y en hasta dónde llegaba el *acqua alta*. Y en por qué el jardín estaba tan descuidado.

Como a la mayoría de los venecianos, no le hacía falta buscar piso ni tenía ninguno que quisiera vender. A los vecinos de Venecia les bastaba con saber que alguien quería comprar o vender una propiedad para lanzarse a conversar sobre el tema como si llevasen años estudiando el mercado y tuvieran un archivo de fincas en el cajón del despacho de casa.

Así que Brunetti decidió que, a la mañana siguiente, de camino al trabajo, intentaría averiguar si el Palazzo Zaffo dei Leoni estaba en venta. Aunque era un *palazzo*, no estaba en el Gran Canal, y el *commissario* lo sabía porque, cuando era estudiante, lo habían obligado a aprenderse de memoria los nombres de todos los *palazzi* que lo bordeaban; no obstante, aun sin el canal, podía tener el atractivo suficiente para el hijo desplazado de un veneciano que ansiaba volver a casa.

7

El lunes por la mañana, al salir de casa, Brunetti llevaba consigo una de las bolsas de libros que había descartado con la idea de dejarlos en la librería de segunda mano de Campo Santa Maria Nova. Era demasiado pronto para que su amigo Carlo hubiera abierto, así que llevó los libros al bar de al lado y los colocó sobre la barra. El dueño asintió con la cabeza al ver a Brunetti y sonrió al ver la bolsa de libros. La cogió, la guardó detrás de la barra, se volvió y se dispuso a prepararle un café sin molestarse en preguntar.

Brunetti cogió *Il Gazzettino* y lo abrió sobre el congelador de los helados, que estaría de vacaciones durante todo el invierno. Al oír el silbido de la máquina, volvió a la barra a por el café, se lo llevó y continuó leyendo el periódico.

Se lo bebió en tres sorbos y ya se dirigía a la barra para pagar cuando su antiguo cartero entró y depositó un montoncito de sobres delante del camarero. Tenía el mismo aspecto de siempre, la cara redonda y los ojos azules, como si acabase de salir de un cartel turístico del Alto Adigio.

—*Commissario* —dijo Maurizio con evidente placer, puesto que lo había reconocido—. ¿Cómo está? ¿Qué tal su esposa y sus hijos?

Dejó unos cuantos sobres más en la barra y se acomodó la bolsa en el hombro. Le ofreció el puño y Brunetti lo chocó con el suyo de buen grado.

—Bien, bien —respondió Brunetti, que ya había olvidado todas las facturas que entregaba en direcciones equivocadas y las cartas que llegaban tarde—. ¡Así que ahora estás en Cannaregio! —exclamó, como si hubieran ascendido a Maurizio. Entonces, casi por instinto, le preguntó—: ¿Te apetece un café?

—No, no, gracias. Es como si ya me lo hubiera tomado, gracias. —Dejó la bolsa sobre el periódico, enderezó la espalda y movió el hombro haciendo movimientos circulares—. Caras nuevas. Es un cambio.

—Hace al menos un año ya —dijo Brunetti, y enseguida se dio una palmada en la frente—. No, qué va, mucho más. Desde antes de que empezase todo esto.

En lugar de definir qué era lo que había empezado, sacó la mascarilla un instante del bolsillo y luego la guardó de nuevo.

—Siempre parece más del necesario —dijo el cartero—. ¿Ustedes están todos bien? ¿A los críos les va bien en la escuela?

Mientras hablaba, seguía moviendo el hombro. Cuando parecía que se lo había desentumecido lo suficiente, se colgó la bolsa del otro lado y dijo:

—¿Va de camino al trabajo?

—Sí —contestó Brunetti.

Le abrió la puerta y esperó a que el cartero saliese delante de él. Cuando estaban ambos en el pequeño *campiello*, dijo:

—Maurizio, ya has tenido tiempo de aprenderte la zona.

El cartero asintió con la cabeza, pero no dijo nada.

—¿Conoces a la pareja que vive en ese *palazzo* de la calle que va al Coop? El que tiene el jardín al lado de las monjas.

Maurizio tardó un momento en decidir la mejor manera de responder. Al fin y al cabo, Brunetti era policía y dar información sobre cualquiera siempre era un riesgo. Pero el *commissario* nunca había fallado a la hora de darle un buen aguinaldo en Navidad, incluso cuando la gente ya no recibía cartas y había empezado a pagar las facturas por internet.

—A ella le mandan *Il Gazzettino* a diario y da el aguinaldo en Navidad, igual que hacía usted —respondió Maurizio sonriendo con tranquilidad. Tras una pausa y ya sin sonreír, añadió—: Al marido le envían *Il Giornale* y *La Verità*.

El mensaje político estaba claro: Maurizio, según recordaba Brunetti, detectaba el rastro de la Lega a partir de los periódicos que leía cada uno, y era probable que estuviese dispuesto a acudir a las barricadas a combatir las fuerzas de la derecha y ayudar de cualquier manera posible.

Asintió para indicar que había oído y comprendido.

—Me ha llegado que quieren vender la casa —dijo—. ¿Sabes algo del tema?

Al ver que Maurizio permanecía en silencio, Brunetti añadió:

—Un amigo conoce a alguien que busca un sitio grande. Me he acordado al verte, así que se me ha ocurrido que podía preguntártelo.

La bolsa del correo se le había descolgado del hombro; se la colocó bien y dijo:

—Ni siquiera he entrado. Si tengo una carta *raccomandata*, ella baja, firma y me da propina. Hoy en día, nadie se molesta en hacer todo eso. —El cartero se paró a pensarlo y añadió—: Bueno, la priora sí. Y me da un sobre en Navidad.

»Pero, en cuanto a su pregunta, *commissario*, no sé nada del tema. En cualquier caso, no es probable que ella me lo comentase a mí.

—Gracias, Maurizio —dijo Brunetti.

Automáticamente le tocó el brazo al cartero, olvidando, como siempre, que habían llegado tiempos nuevos y que los viejos ya no existían.

Cruzó el Ponte San Canzian de camino a Campiello de la Cason, y, como de costumbre, tocó los anillos de metal que había en la pared de la derecha, movido por la convicción de que, si no le traían la buena fortuna que, según la leyenda, se invocaba con ese gesto, tampoco le traerían mala suerte.

Se detuvo delante del bar nuevo y echó un vistazo en el interior. Tiempo atrás, aquel lugar había sido una *palestra*, aunque desde la puerta nunca había visto ningún tipo de equipamiento para hacer ejercicio; durante años había estado cerrado y había resucitado en su encarnación actual, según recordaba, poco antes de la pandemia. Delante de la puerta de madera había unas rejas metálicas cerradas y, entre ellas, había metidos vasos de papel y servilletas. Ese era uno de los síntomas que la ciudad había empezado a mostrar cuando un negocio ya no estaba en situación terminal, sino muerto.

Giró a la derecha y se adentró unos pasos en la calle. El muro que rodeaba el jardín tenía más de tres metros de altura, y los habituales grafiteros estúpidos se habían tomado la libertad de utilizarlo para demostrar su incapacidad de pensar o de escribir sin faltas de ortografía. «*Capitalizmo = Furto.*» Bueno, tal vez el capitalismo sí fuese un robo, pero también era muchas otras cosas, algunas bastante peores.

Tras unos pocos pasos se vio delante de una puerta alta de madera oscura. A mano derecha había un timbre solitario en el centro de una placa de latón bruñido con las letras RBM grabadas. Más abajo aparecía lo que supuso que era el escudo de la familia Molin: el habitual león con llamas saliendo de detrás, aunque también podrían haber sido un par de manguitos.

Brunetti sonrió al ver la combinación. Una de las costumbres de los nobles que quedaban en Venecia era poner solo sus iniciales en letras mayúsculas, ya fuera encima o debajo de los timbres, pero nunca los apellidos. El *professore* Molin podía exhibir los adornos y signos externos de la nobleza, pero la Consulta Araldica aún no había reconocido como tal a su rama de la familia; aunque tuviera el apellido, el blasón seguro que no se lo habían concedido.

Retrocedió para estudiar mejor la altura del muro; apoyó un pie en la fachada de la casa que tenía detrás y miró hacia arriba. En efecto, medía más de tres metros, quizá cerca de cuatro. En cualquier caso, se trataba de una altura que le impediría la entrada a cualquiera, salvo a los escaladores más entusiastas y habilidosos.

Oyó unos pasos que se acercaban por la derecha, cosa que significaba que venían del supermercado Coop o tal vez de más allá, de la zona que bajaba desde Fondamenta Nuove.

Echó un vistazo en dirección al sonido justo cuando una mujer alta y delgada doblaba la esquina y, aunque debía de haberlo visto, continuó aproximándose a él a la misma velocidad.

Brunetti se llevó las manos a la espalda y se propulsó al centro de la calle. Pisó fuerte con el pie izquierdo y no trató de recuperar el equilibrio, sino que abrió los brazos y dio dos pasos tambaleantes hacia la mujer, hasta que dio un pisotón con el derecho, a todas luces para evitar caerse.

La mujer se había detenido a menos de un metro de él y había levantado la mano para protegerse. Era unos pocos años más joven que Brunetti, tenía la nariz larga y una mirada amable que atenuaba el efecto de la nariz. Bajó la mano despacio sin quitarle ojo.

—*Scusi, signora* —dijo él—. Me he impulsado demasiado fuerte y he perdido el equilibrio. —La miró con preocupación y continuó—: Espero no haberla asustado. Le ruego que me disculpe.

Dicho eso, se apartó de ella hasta que llegó al lugar donde estaba antes, apoyado en la pared, pero con ambos pies en el suelo.

—No se preocupe, *signore* —contestó ella.

Brunetti asintió con la cabeza, pero sin decir nada. Tal vez con intención de rellenar ese hueco, la señora dijo:

—Cuesta creer la cantidad de gente que se para a mirar lo alto que es ese muro. Como si fuera el único de toda la ciudad.

Había hablado en italiano, pero Brunetti, para apaciguar sus nervios, cambió al veneciano que la cadencia del habla de la señora había delatado.

—Llevo pasando por aquí delante desde que era niño, pero hasta hoy nunca me había percatado de lo alto que es. —Dicho eso, prosiguió—: Los mayores tienen razón: todos los días se aprende algo.

Ella sonrió y respondió en el mismo dialecto.

—Eso es justo lo que siempre nos decía mi abuelo: «Salid a dar una vuelta por la ciudad y veréis la cantidad de cosas en las que nunca antes os habíais fijado. Solo hay que pararse a mirar».

Brunetti se apartó de la fachada y comenzó a sacudirse la espalda de la chaqueta. Levantó un brazo y trató de usar el otro para cepillarse el costado y la parte de atrás. La mujer, tal como él sospechaba que haría, se echó a la izquierda y le miró el abrigo. Él se giró un poco hacia ella y la mujer dijo:

—Está bien.

—Gracias, *signora*. No quiero que los de dentro piensen que soy un vagabundo.

Bajó los brazos a los costados y se tiró de ambos puños de la camisa.

—¿Los de dentro? —preguntó ella, y, sin poder disimular la curiosidad, añadió—: ¿Por qué lo dice?

—Un amigo me ha llamado esta mañana para decirme que los dueños han decidido vender el *palazzo*. Alguien se lo contó anoche en una cena.

—Usted es veneciano —afirmó ella en lugar de preguntárselo, como insinuando que debería tener grabada en la memoria una lista de las casas en venta.

—Sí, crecí en Castello, pero ahora vivo en San Polo. Cerca de la antigua Biancat —dijo.

Se refería a la floristería que había quebrado más de diez años antes: uno de los primeros canarios en morir en la mina y un nombre que, sin duda, tocaría la fibra sensible de cualquier veneciano.

—¿Conoce usted el *palazzo*? —preguntó ella.

—No, para nada —contestó Brunetti—. Esta parte de la ciudad no la conozco muy bien.

—¿Y por qué le interesa entonces?

—Otro amigo mío trabaja en una ONG de Londres —se inventó él—. Algo relacionado con energías alternativas. —Se metió las manos en los bolsillos y continuó—: Supongo que nunca le he prestado mucha atención, pero un día me dijo que buscaban un sitio en Venecia para montar una oficina y me pidió que si me enteraba de que quedaba disponible algún edificio grande... —Hizo una pausa, como reflexionando sobre el significado de la palabra—. Y mi amigo, el de aquí, no el de Londres, me contó que este es grande.

»No sabía nada más del lugar —prosiguió—, ni siquiera el nombre de los propietarios, pero como es un desvío de solo un par de minutos del camino que recorro para ir a trabajar, me pidió que llamase al timbre, a ver si era verdad. —Brunetti se sacó las manos de los bolsillos, levantó una y agitó los dedos rápido junto a la cabeza—. Es una idea absurda, pero él es un buen amigo, así que accedí. —Con apariencia de resignación y de, tal vez no estar muy contento de tener que hacerle ese favor, encogió los hombros y sonrió mientras se volvía hacia la puerta y decía—: A veces pasan cosas.

Levantó la mano y llamó al timbre, y ambos oyeron como sonaba a distancia, al otro lado del muro.

La mujer sonrió y dijo:

—Buena suerte con ellos.

Dio media vuelta y Brunetti le habló a la espalda.

—¿Van a darme problemas?

Ella lo miró.

—No más de los que les apetezca. —Antes de que él pudiera hacer otra pregunta, ella continuó—: He vivido en Campiello de la Cason toda la vida, así que los conozco un poco.

—Ah —respondió Brunetti—. Yo solo quiero preguntar. A mí no me incumbe.

Se dio cuenta de que al menos eso era verdad.

Ella quiso decir algo, pero antes se aseguró de que él le prestase atención.

—Tienen una especie de sirviente esrilanqués que vive en la casita del jardín: quizá él pueda decírselo. Pero, por lo que he oído, no creo que quieran vender la propiedad. —Después encogió los hombros y añadió—: Si puede, mejor hable con la mujer.

Entonces dio un paso hacia la derecha y siguió su camino.

Brunetti le había prestado tanta atención a la mujer que no había oído los pasos que se acercaban desde el otro lado del muro.

Oyó un ruido metálico repentino y después la puerta de madera se alejó de él despacio y dejó a la vista a un hombre robusto de piel oscura. Llevaba unos pantalones de pana marrón, por el cuello de un jersey beige asomaba el de una camisa blanca; encima llevaba una chaqueta gruesa de tweed.

No tenía ni una sola arruga en la piel, ni siquiera alrededor de los ojos o de la boca, cosa que dificultaba la tarea de adivinar su edad. ¿Cincuenta? ¿Sesenta? ¿Más? Brunetti observó que estaba hecho de músculo, no de grasa, pero su pose y su expresión no sugerían la más mínima amenaza.

—*Sì?* —inquirió el hombre con tono neutro.

Con solo esa frase, Brunetti no tenía ni idea de si hablaba italiano y, en caso de que sí, si lo hacía bien.

—Lo siento, *signore* —contestó sin intención de acercarse—. Me temo que simplemente quiero hacerle una pregunta extraña y después seguiré mi camino al trabajo.

Miró al hombre para ver si lo había entendido. Cuando este asintió con la cabeza, el *commissario* reprodujo la misma historia que le había contado a la mujer:

—Esta mañana he recibido una llamada de un amigo que decía que lo habían informado de que este *palazzo* está en venta. —Lo dijo con el rostro vacío de expresión, o quizá con algo de apuro, y después alzó ambas manos con las palmas vueltas hacia el hombre—. No soy de ninguna inmobiliaria, el *palazzo* no me interesa personalmente. Es tan solo por hacerle un favor a un amigo, que me ha pedido que lo averigüe.

El hombre no se movió ni dijo nada, pero tampoco intentó cerrar la puerta. Brunetti tuvo la precaución de no moverse del sitio y no acercarse; tampoco intentó mirar detrás de él para ver qué había. Probó con una sonrisa, que le salió fugaz y nerviosa.

—Soy solo una especie de recadero.

El hombre asintió con la cabeza y se le suavizó la expresión, como queriendo dar a entender que tenía experiencia en hacer cosas que no lo incumbían. Apoyó el cuerpo en el otro pie y dijo:

—No, *signore*. El *palazzo* no está en venta.

Hablaba italiano con corrección y su pronunciación era precisa: era imposible que hubiera malentendidos sobre lo que había dicho.

Brunetti asintió, pero no se movió para alejarse de la puerta.

—En ese caso, si no le importa, me vuelvo a mi trabajo —dijo el hombre.

Y, con otro gesto amigable y tras asentir con la cabeza, cerró la puerta.

Brunetti esperó y escuchó para ver si detectaba adónde iba el hombre, pero no oyó nada. Al cabo de un minuto entero, dijo en voz alta:

—Pues yo también me voy a trabajar.

Y eso hizo.

8

Contento con el éxito obtenido, Brunetti disfrutó mucho del paseo. El sol se escondía detrás de las nubes, pero fue desabrochándose los botones del abrigo durante la caminata y, cuando llegó a la *questura,* lo llevaba desabotonado y lo incomodaban un poco las cinco capas de ropa que se había puesto: camiseta, camisa, jersey, chaqueta y abrigo.

El agente de la puerta lo recibió con una buena noticia relacionada con el tiempo, casi como si el responsable fuese él:

—Sol todo el día, *commissario.* Y mañana también —dijo el policía uniformado, y lo saludó levantando la mano.

—Muy bien —contestó Brunetti, porque no se le ocurría nada más interesante que decir.

Procedió hasta su despacho sin que nadie lo molestase, colgó el abrigo y fue al escritorio para encender el ordenador y comprobar la dotación de personal de esa semana. Le llegó un correo electrónico de la *signorina* Elettra que respondía a esa cuestión. Lo abrió de inmediato.

Cuando mire los horarios del personal, verá que voy a ausentarme varios días de la *questura*. Los organizadores de una conferencia sobre programas espía y otras amenazas potenciales que se celebra en Ginebra me han invitado. No obstante, no lo dejaré abandonado, *commissario*. Le echaré un vistazo a su correo y a los documentos que consulte (mientras esta actividad tenga lugar desde su ordenador). Le deseo una semana agradable y productiva.

No le había dicho nada. ¿Ginebra?

—¿Cómo se las habrá apañado? —se preguntó en voz alta.

La habían invitado, pero ¿era como asistente o como participante? No lo especificaba. En la *questura* no había ningún asunto complicado, ningún delito que necesitase algún tipo de búsqueda de información, nada de meter las narices donde no estuviera permitido (o, como mínimo, donde la policía no pudiera meterlas). La *signorina* Elettra iba a aprender, hacer contactos y regresar a Venecia aún más preparada para entrar por la fuerza (por qué no decirse la verdad, al menos, a sí mismo) en cualquier despacho, sede, organización o cuenta de correo electrónico, por no hablar de organismos gubernamentales o, como había hecho hacía poco, en el Vaticano, con aún más destreza y gusto que antes. Aun así, no lo había avisado con antelación. Y tampoco había dicho cuánto tiempo iba a ausentarse.

Había otro párrafo: «El martes por la mañana, como de costumbre, traerán las flores. He pedido que las dejen todas en el despacho del *dottor* Patta a modo de disculpa por mi ausencia».

Se miró los dedos; al parecer, los tenía fusionados con el teclado del ordenador. Con cuidado los despegó uno a uno, decidió ponerse manos a la obra y por fin les echó un vistazo a los turnos de la semana. Leyó los nombres de los agentes que estaban de servicio y lo que a él le importaba más: a quién le había tocado con quién. Riverre y Alvise llevaban patrullando juntos desde hacía al menos una semana, un emparejamiento inteligente porque eran buenos amigos, además de buenos compañeros.

No obstante, esa semana habían destinado a Riverre a Murano, en turno de mañana y tarde, mientras que Alvise pasaría los días en el *commissariato* de Signorina Marco, donde se ocupaban más que nada de pérdidas: turistas que se perdían o perdían a sus hijos, carteras perdidas (aunque casi siempre se las habían robado), pasaportes perdidos, ancianos perdidos que habían perdido la cabeza, gente que perdía la paciencia y acababa peleándose verbal o físicamente, mochilas perdidas que tanto podían contener la comida de alguien como una bomba, y el tiempo que se perdía al dedicar todo un turno a problemas que los servicios sociales gestionarían mejor que la policía.

Entonces miró a quién habían asignado con Alvise y descubrió lo que querría no haber visto. Su compañero esa semana era Brandini, un miembro devoto de una organización semilaica llamada Paz y Reflexión, que en esos momentos estaba bajo el escrutinio del microscopio de bajísima resolución del Vaticano. Eran un grupo muy alegre de buenos señores que dejaban que las mujeres preparasen el café mientras ellos aportaban el rigor del punto de vista masculino para examinar el lugar que les correspondía a las mujeres en la sociedad, los horrores del aborto y las feroces mentiras que hacía circular la izquierda a fin de arrojar sospechas sobre las intenciones puras de los clérigos cuando trataban, sin supervisión, con niños.

—Que Dios no permita... —empezó a implorar Brunetti.

Sin embargo, enseguida recordó que nada podía evitar que las noticias sobre Alvise se convirtieran en la comidilla de la *questura*. Y mucho se temía que Brandini se henchiría de repulsión virtuosa solo de pensar en pasar cinco días (cinco minutos, más bien) en compañía de un homosexual declarado. La ley protegía a Alvise de acciones físicas y verbales evidentes, pero no había nada que lo protegiese de la repulsa fría y manifiesta de un compañero.

Como si estuviera calculado para distraerlo de esos pensamientos, a Brunetti le sonó el teléfono del despacho: era un viejo amigo que hacía poco que se había trasladado de Trento a Brindisi. Llamaba para decirle que esa mañana había entrado en un bar y lo había encontrado lleno de retratos de Mussolini, artículos de periódico que relataban las grandes victorias navales de la Segunda Guerra Mundial y botellas de vino que estaban a la venta con las caras de Mussolini y Hitler en la etiqueta.

—¿Qué has hecho? —preguntó Brunetti.

—Me he quedado tan anonadado que no sabía qué hacer. Ni qué decir. Me he bebido el café, he pagado, le he dado las gracias al camarero y me he ido.

Ninguno de los dos habló de inmediato, hasta que Brunetti dijo:

—Ahí abajo es otro mundo.

Al ver que su amigo no decía nada, Brunetti le deseó buena suerte y se despidió.

Oyó ruido junto a la puerta, levantó la vista y vio a Vianello.

—Entra, Lorenzo. Y cierra, si no te importa.

El *ispettore* hizo lo que le pedía y se acercó a su mesa. No llevaba ningún documento o archivo, pero se lo veía tenso y le faltaba su habitual sonrisa relajada. Se sentó y el *commissario* alzó la barbilla con ademán interrogativo.

—Alvise y Brandini —dijo Vianello.

Es decir que, hasta cierto punto, sí se trataba de un asunto policial.

—Alvise y Brandini, y que lo digas —respondió, y le señaló una de las sillas.

—¿Podemos hacer algo? —preguntó el *ispettore*.

—No creo. No puedo cambiar los turnos y no podemos preguntarle a Brandini qué opina de los gais ni pedirle a Alvise que se ande con cuidado.

—¿Con cuidado?

—No sé ni qué quería decir con eso —admitió Brunetti—. Decir algo: hacer algún comentario sobre otro miembro del personal, ofrecer su opinión acerca de alguna de las agentes. No tengo ni idea de qué podría provocar a Brandini. —Al cabo de tan solo un segundo, añadió—: Bueno, ni siquiera sé si se lo puede provocar.

—Es miembro de Paz y Reflexión, ¿no? —preguntó Vianello—. Y tiene seis hijos. —Antes de que Brunetti pudiese contestar, añadió—: En nuestro edificio hay una familia como ellos. La mujer ha parado a Nadia más de una vez para preguntarle si quería asistir a uno de los encuentros.

—¿Encuentros? —preguntó Brunetti.

Vianello asintió con la cabeza.

—No es una reunión y tampoco es una plegaria en común. Es un mero encuentro, como si fueran los Boy Scouts o una reunión de maestros con las familias de los alumnos.

—¿Y qué hacen en realidad? —preguntó Brunetti.

Vianello encogió los hombros y esbozó una sonrisa con cierto cargo de culpa.

—No tengo ni idea. Nadia siempre es muy cortés y le

dice que está ocupada. —Se frotó la cara con ambas manos y después añadió—: Yo me digo que es algo inocente y seguramente lo es. Aun así...

—Aun así, ¿qué?

Vianello tardó un tiempo en saber qué decir.

—Supongo que el problema no es Brandini. Es Alvise. No sé cómo se comportará si la gente cambia su actitud hacia él.

Brunetti evitó decir: «Eso si se da cuenta», porque estaba seguro de que incluso Alvise, por muy obtuso que fuese, se daría cuenta de eso, aunque no comprendía por qué estaba tan seguro. Al final repuso:

—Nadie lo sabe, Lorenzo. Y Alvise menos.

—Entonces ¿por qué eres tan protector con él?

—Tú y yo lo protegemos, eso está claro —contestó Brunetti—. Creo que hay que ser optimistas y confiar en ambos.

—¿Confiar en que hagan el qué? —preguntó Vianello.

—Confiar en que Brandini se comporte como ha hecho hasta ahora. Nunca me han llegado informes sobre problemas que haya provocado él, y parece que se lleva bien con la gente. —Pensó en Alvise y dijo—: Y Alvise es..., bueno, es Alvise.

Vianello asintió, se encogió de hombros y volvió a asentir.

—Con el nuevo sistema de Patta —dijo Brunetti— estarán todo el día en el *commissariato* y, al terminar el turno de tarde, vendrán aquí. Con la cantidad de gente que acaba en el *commissariato*, no tendrán mucho tiempo para hablar entre ellos.

Ambos estuvieron un momento en silencio; Brunetti sopesó las posibles conversaciones que podían mantener los dos agentes.

—Alvise seguramente no se da cuenta de... —empezó a decir.

—De nada —terminó Vianello.

Brunetti sonrió y la tensión se disipó. Pensó en las sospechas que le dictaba su instinto en relación con Brandini.

—Me pregunto si yo respondería así si Chiara anunciase que su novio es..., no sé..., miembro de la Asociación de Terraplanistas.

—Guido, a menos que tu familia conozca a la suya desde hace seis generaciones y lo hayas sometido a un interrogatorio de ocho horas sobre sus intenciones, siempre vas a reaccionar mal cuando Chiara te hable de cualquier novio. —Sin darle tiempo de protestar a Brunetti, Vianello añadió—: Es lo que hacen los padres. La resistencia a la llegada de otro macho la llevamos en los genes.

—Tal como lo dices, parece que hables de celos —dijo el *commissario* con tono ofendido.

—Pues no veo por qué no, al menos en parte. El chico llega y te quita el sitio, ¿no? Ella pensará que sus ideas son las correctas, dejará que la invite a todo, querrá que la abrace por la calle, que la proteja.

Dado que era Vianello el que hablaba, Brunetti escuchó; llegó a plantearse si lo que su amigo decía era cierto, por mucho que las palabras lo sorprendieran.

Esperó un poco antes de decir:

—Al parecer, nos hemos desviado de la conversación sobre Alvise y Brandini.

Vianello aceptó la propuesta de cambiar de tema.

—Creo que lo mejor es dar por sentado que dos hombres que llevan años trabajando bien juntos seguirán haciéndolo. No es necesario que seamos tan paternalistas.

Miró a Brunetti para ver cómo reaccionaba a la última palabra.

Él asintió con la cabeza. Tarde o temprano, Chiara encontraría a su príncipe azul y lo llevaría a casa. Y, cuando eso sucediera, ya vería...

—Entonces ¿estamos de acuerdo en esperar a ver qué pasa? —preguntó Vianello.

Brunetti asintió.

—No se puede hacer nada más.

Dicho eso, ambos decidieron que ya era hora de irse a casa a comer.

9

Después de comer, Brunetti llevaba una hora sentado a la mesa de su despacho cuando oyó un ruido que venía de la puerta; levantó la mirada y vio a su compañera Claudia Griffoni en el umbral.

—¿Tienes un momento, Guido?

—Por supuesto, Claudia. Pasa, por favor.

Ella entró y cerró la puerta. Llevaba vaqueros y una chaqueta de color azul oscuro: cruzada, con cuello mao y tres bandas estrechas doradas en los puños. Un húsar podría haber desfilado con ella sin llamar la atención. No llevaba medallas, aunque por el corte y —tal como vio Brunetti cuando ella se acercó— la tela habrían lucido bien unos cuantos diamantes decorativos en una diagonal pulcra sobre el pecho. A nadie le habrían parecido fuera de lugar.

O era la última moda o se la había robado a la nuera de algún dictador del Este que hubiera pasado la juventud viendo viejas películas de guerra. Brunetti sabía que si le dedicaba algún tipo de cumplido, ella se miraría la chaqueta, le haría un gesto despectivo con los dedos y preguntaría: «¿Te refieres a esto?».

De todos modos, cuando Griffoni se hubo sentado, Brunetti se interesó por la prenda:

—¿De dónde la has sacado?

Pensó que Chiara se volvería loca por tener una igual.

—¿El qué? ¿Esto?

Griffoni nunca lo decepcionaba.

—Sí.

—Me la compró una prima en una tienda de segunda mano.

—¿Dónde?

—En Taskent, me parece —respondió en serio—. Bueno, en algún sitio donde habían cambiado el gobierno hacía poco.

—Entonces no era Uzbekistán —repuso Brunetti con neutralidad, y añadió—: ¿En qué puedo ayudarte?

Ella sonrió ante la elegancia de su trato.

—Más bien tengo algo que quizá te interese.

—¿Qué es?

—Información sobre Luigi Rubini. Me han dicho que está volviendo a la vida.

Brunetti pensó que, sin duda, a ella se lo había contado alguno de sus informadores.

—Ajá —fue lo único que se permitió decir el *commissario*.

Eso llevó a Claudia a preguntar:

—¿Te lo esperabas?

—Sí, tarde o temprano.

—¿Por qué?

Brunetti habló sin pensar.

—Pobre necio. Antes de que se dé cuenta, volverá a estar dentro.

—¿Lo dices en serio?

—¿El qué? ¿Que lo encerrarán de nuevo?

—No, lo de que es un pobre necio —contestó ella poniendo énfasis en las dos últimas palabras. Tras un momento de reflexión, añadió—: *Pobre* cualquier cosa, ya que estamos.

A Brunetti le cambió la expresión y, con algo de retraso, dijo:

—Supongo que he hablado sin pensar.

—Por eso me resulta interesante —dijo Griffoni.

—¿Te refieres a mi empatía?

Ella tardó un poco en hallar la respuesta, pero al final dijo:

—No, a la empatía no, sino a que haya sido una contestación tan impulsiva.

—Es porque me cae bien, Claudia.

—Así es como somos —dijo ella, y sonrió en lugar de encoger los hombros.

¿Los italianos? ¿Los hombres? ¿Los humanos? Brunetti no lo sabía, pero tampoco lo preguntó.

El silencio se alargó y llenó el despacho. Un barco viró desde el Canale di Santa Giustina y, al pasar por delante de la *questura* a una velocidad no permitida, arrasó con la conversación. Cuando el ruido del barco se hubo reducido, Brunetti dijo:

—Cuéntame, ¿qué has oído?

Griffoni bajó la mirada y se quitó una mota de polvo de la rodilla. Pasó tanto tiempo que Brunetti pensó que no iba a responder. Se fijó en las manos de su compañera: finas y delgadas, con las uñas cortas. Observaba las venas azules que quedaban a la vista en la mano izquierda pero no en la derecha y, de pronto, la habitación se iluminó como si alguien hubiera traído las lámparas de otros despachos y las hubiera encendido todas a la vez.

Griffoni cogió aire de golpe y se volvió hacia la ventana.

—Dios mío, ha vuelto a salir el sol.

Brunetti miró hacia el mismo lugar y vio un cielo que a Tiepolo le habría encantado pintar: nubes corpulentas, fragmentos de firmamento tan azul como las vestiduras de la Virgen. Tan solo faltaban uno o dos ángeles probando las alas por primera vez entre la red de seguridad que ofrecían las nubes. El *commissario* se regocijó en la imagen e interpretó el cielo como señal de gloria, no como el punto adonde llegaban las brisas que soplaban desde Turín a Venecia y traían consigo el aire más contaminado de Europa.

10

Le dieron unos instantes a la luz para que les cambiase el humor antes de retomar la conversación sobre Rubini.

—No lo has conocido en persona —empezó Brunetti—, así que no has tenido tiempo de averiguar mucho sobre él.

—¿Como por ejemplo?

Él respondió con una sonrisa de oreja a oreja y sin pensarlo mucho.

—Que, hasta cierto punto, es un poco como nosotros.

Con tono neutro, ella dijo:

—Supongo que te refieres a la policía.

Brunetti asintió con la cabeza.

—Como nosotros, protege sus fuentes con rigor.

—¿Qué significa eso?

—Que nunca ha nombrado a nadie que haya trabajado con él o que lo haya ayudado con alguno de sus... asuntos.

—¿Y eso tengo que considerarlo una virtud? —preguntó aún con tono neutro—. Lo dices como si el hecho de que él no lleve a cabo los robos y nunca se arriesgue a que lo pillen con las manos en la masa lo convirtiese en una clase superior de delincuente.

Hizo una pausa para que Brunetti tuviera la oportunidad de contestar, pero él guardó silencio.

—Incluso hablas de que «trabajan con él» y «lo ayudan» —continuó—, como si tuviera una *pasticceria* en algún rincón de Castello y esta gente le echase una mano con los *panettoni*.

Brunetti se adaptó al tono serio de su compañera y le preguntó:

—¿Has leído los informes?

—Sí. Después de que mi... fuente lo mencionase, les eché un vistazo.

—Y...

—Y, sobre el papel, en las transcripciones de los interrogatorios que le han hecho, no estoy segura de si habría mucha gente que empatizase con él. —Alzó la mano y añadió—: Puede que sea una persona encantadora, pero sobre el papel tiene la sangre bastante fría. —Antes de que Brunetti pudiera preguntar, prosiguió—: He leído tres transcripciones de declaraciones que ha hecho a lo largo de los años y ni una sola vez parece comprender que hay gente que le atribuya un valor estético o incluso emocional a un objeto. A él le da igual que se trate de una pieza de cerámica, un collar, un cuadro o una pieza de cristal de Murano, porque para él un objeto nunca es nada más que un contenedor de dinero. Es un lugar donde el dinero escoge descansar un tiempo. Y si alguien lo pierde... —Griffoni miró a Brunetti para asegurarse de que le prestaba toda la atención antes de continuar—: Así es como él lo llama, perder algo, como si un cuadro se cayese por la ventana o alguien fuese tan descuidado como para dejarse una primera edición de *Pinocho* que pertenecía a su bisabuela en el autobús.

»O quizá sea porque varias veces se presenta a sí mismo como alguien a quien le sorprende darse cuenta de que ha hecho algo malo y promete no volver a hacerlo. —Griffoni dejó pasar unos segundos y añadió—: Pero vuelve a hacerlo y vuelve a hacerlo y vuelve a hacerlo. —Al final, habiendo perdido el control del tono de voz, dijo—: Escogió la profesión equivocada. Debería haberse dedicado a la política: ha nacido para eso.

A Brunetti, que siempre había sentido cierta simpatía por Rubini, la ira de Griffoni le resultó una sorpresa. Cuando se hubo calmado un poco, Claudia le preguntó a su compañero:

—¿Tú has leído las transcripciones?

Brunetti recordaba haber interrogado a Rubini en dos ocasiones. En ambos casos no había leído después las transcripciones, sino que se había guiado por las notas que había tomado en su momento.

—Tomé notas —contestó.

Griffoni estiró las piernas y dijo:

—Hace unos días hablé con alguien que trabajaba para él. Dijo que Rubini se quejaba de que las cosas estaban muy paradas.

Confundido, Brunetti preguntó:

—¿Qué significa eso traducido al idioma que hablamos tú y yo?

—Creo que quiere decir, y permíteme que use el lenguaje de los negocios, que a resultas de las grandes alteraciones que produjo la pandemia y lo que los economistas llaman *crisis de liquidez*, el mercado está estancándose. Además, cambian los gustos y Rubini tiene menos clientes.

Brunetti se frotó una de las sienes, donde el pelo empezaba a clarearle. No era fácil de distinguir, pero él creía que se lo veía en el espejo cuando se afeitaba.

—O sea, se traduce por: «La gente ya no quiere obras de los viejos maestros y por eso ya no tiene sentido robarlas», ¿no?

—Más o menos —admitió Griffoni—. También parece evidente que los cuadros no son los únicos damnificados; pasa lo mismo con las miniaturas de bronce, y olvídate de la porcelana o del marfil tallado.

Se metió la mano en el bolsillo de la chaqueta, sacó un bloc de notas pequeño y pasó algunas páginas.

Cuando dio con lo que buscaba, leyó a partir de una lista:

—El cristal veneciano es demasiado frágil. Nadie lo quiere, a menos que tengan la oportunidad de ir varias veces al lugar donde lo hayan encontrado —dijo con énfasis en la última palabra— y conseguir grandes cantidades, aunque en general es muy arriesgado. Con la plata ni te molestes.

»Los libros valen, pero solo si son pequeños, tienen al menos cuatrocientos años de antigüedad y se hallan en perfecto estado. —Pasó una página—. Sigue habiendo mercado para camafeos, sobre todo los romanos. —Entonces, como si hiciera falta dar explicaciones, añadió—: Porque son muy portables. —Hizo una pausa breve—. Oro y diamantes y otras piedras preciosas: parece que ahora son los artículos más populares. —Lo miró y, con voz grave y digna de la radio, dijo—: El mercado del oro y las piedras preciosas siempre es fuerte.

Con eso, acabó el informe.

—Así que los cuadros que cuelgan de las paredes de toda la ciudad están a salvo —repuso Brunetti.

Ella encogió los hombros, como queriendo insinuar

que ese era un problema que no la incumbía, cosa que bien podía ser verdad.

—Si son lo suficientemente grandes, sí. —Guardó el bloc de notas y cruzó las piernas—. Creo que estos cambios obligarán a Rubini a adoptar nuevas prácticas de negocio.

—¿A qué te refieres exactamente? —preguntó Brunetti.

Griffoni apoyó los codos en los reposabrazos de la silla, se recostó en el respaldo y entrelazó los dedos de las manos sobre el vientre.

—La gente que antes robaba cuadros y los vendía, o que mandaba a otros a robarlos, tenía que saber qué valía la pena descolgar de la pared o sacar de un marco; si lo ignoraban, recibían instrucciones sobre qué cuadro llevarse y tal vez incluso tuvieran fotos en el móvil. Si llevaban en el negocio desde hacía tiempo, sabían cómo tratar los lienzos para evitar dañarlos. O les habían enseñado a hacerlo.

Según la experiencia de Brunetti, así era como funcionaba.

—Por tanto, tratábamos con personas con cierta... —empezó a decir Griffoni, que buscaba la palabra correcta, y la encontró—: Con cierta cultura.

—¿Y los que trabajan ahora?

—El hombre con el que yo hablé me confesó que le ponía nervioso tratar con los nuevos, que pensaba que eran peligrosos. —Antes de que Brunetti pudiera hacer un comentario o una pregunta, ella dijo—: Si lo piensas, algo tienes que saber para robar el cuadro correcto.

»No puedes cogerlos todos y salir del domicilio con seis retratos debajo del brazo. —Hizo una pausa breve—. En cambio, si no sabes lo que valen los objetos y solo tienes una idea muy general, vas a por lo que encuentres:

joyas, piezas con piedras brillantes, las gemas verdes y las rojas. Las metes en una bolsa y te las llevas por la ventana.

Brunetti la interrumpió:

—Hablas de ellos como si fueran bárbaros.

—¿Es que lo son, ¿no? Les da igual si se les cae algo o si lo pisan y lo aplastan. Aunque los dueños amen un objeto, para ellos no significa nada. Así que sí, son bárbaros, vándalos.

—¿Y los profesionales que solo roban cuadros buenos? —preguntó, y, como había olvidado cuándo debía parar, añadió—: ¿Los ladrones de la vieja escuela son mejores?

Ambos sabían que Rubini era un ladrón de la vieja escuela.

Ella no consiguió disimular el impacto que le había causado la pregunta. Apartó la mirada, a Brunetti le pareció que durante mucho tiempo, y después lo miró de nuevo y dijo:

—Acuérdate de aquellos ladrones de Boston. No sé cuándo fue, ¿hará treinta años? Eran de todo menos bárbaros. Tenían una lista de la compra. Solo lo mejor de lo mejor: Vermeer y un par de cuadros de Rembrandt, algunos dibujos de Degas y más cosas que no recuerdo. Apenas produjeron daños y nunca los pillaron. Redujeron a los vigilantes, pero sin intentar asustarlos ni lastimarlos. —Dejó un tiempo para que Brunetti lo pensara y concluyó—: Eran ladrones, pero no eran bárbaros.

La clave sobre su opinión de esto último estaba en cómo había pronunciado la palabra.

—En Boston —dijo Brunetti, que recordaba haber leído sobre el tema— desaparecieron quinientos millones de dólares y nadie tiene ni idea de cómo ocurrió.

La respuesta de Griffoni se hizo esperar un tiempo.

—Conozco a uno de Nápoles que trabaja en robos y estafas de arte —dijo.

—¿Para nosotros?

Ella negó con la cabeza.

—Para la Interpol. Para ellos, el caso Gardner es como el santo grial, a pesar de que sucedió en Estados Unidos. —Hizo una pausa más extensa y después prosiguió—. Ese robo siempre me ha interesado: la selección era excelente y tuvieron mucho cuidado de no dañar nada.

—Tal como hablas de ellos, parecen marchantes de arte —observó Brunetti.

—Supongo que tienes razón —admitió al cabo de poco—. Conocían a los mejores y parecían cuidadosos y bien formados.

—¿Qué opinaba tu contacto de Rubini?

Griffoni cerró los ojos, como si estuviera harta y resignada, y dijo:

—Pues opinaba bastante como tú, como si respetar las reglas del juego lo excusase de sus actos.

Brunetti decidió no volver a ese tema, pero la interrumpió:

—Si lo dices así, parece que yo piense que Rubini es un querubín de Tiepolo.

—Basta ya, Guido —repuso ella, a pesar de que sonreía.

—Vale —convino él—. Si te prometo que no hago más bromas, ¿escucharás una cosa que quiero decirte sobre Rubini?

Ella asintió y se inclinó hacia delante, como si respondiese a un cambio de tono.

—Tres días después de la última condena, la del robo en Padua, me crucé con su esposa por la calle.

Griffoni se había quedado muy callada y, de manera inconsciente, se tensó en espera de lo que su compañero fuese a decir.

Brunetti habló con calma y absoluta objetividad.

—La saludé, pero no se me ocurría qué más decirle. Yo no había tenido nada que ver con el caso porque había sido fuera de nuestra jurisdicción, pero aun así... Bueno, yo trabajaba para el otro bando.

»Nos quedamos los dos ahí plantados, delante de Mascari. —Y, aunque no tenía nada que ver con el asunto en cuestión, Brunetti añadió—: Paola me había pedido que fuese a por una botella de calvados para algo que estaba guisando. —Dejó que el paso del tiempo se llevase consigo la trivialidad de lo que acababa de decir—: Al final le dije que sentía lo que había sucedido. —Prosiguió sin esperar a que Griffoni reaccionase—: Ella me contó que se había declarado culpable porque le habían dicho que, a menos que lo hiciera, presentarían como prueba las huellas dactilares de su esposa y su hija que habían obtenido de los cuadros. Cosa que las convertía en cómplices. —Guardó silencio unos segundos para que Claudia lo digiriese y después añadió—: Así era más fácil.

»Se declaró culpable, le impusieron una pena corta y no hubo juicio. —De nuevo hizo una pausa breve—. Quería que supieras por qué me parece un pobre necio, aunque sepa que no lo es.

Griffoni guardó silencio un buen rato y, al final, declaró:

—Rubini le dijo a mi contacto que tenía algunas joyas modernistas y le preguntó si le interesaban.

—¿Si le interesaban? —repuso Brunetti.

—Si quería fotos para enseñárselas a sus clientes —explicó.

—«Clientes» —repitió él—. Me pregunto si lo dicen así para que no suene tanto a delito —especuló.

Ella se encogió de hombros.

—Por lo que dice, no creo que al grupo nuevo con el

que trata Rubini le importe mucho a qué suena. Son unos matones que roban lo que les mandan robar. —Se puso pensativa—. Y son más peligrosos.

—¿Por qué? —preguntó él.

—Porque si alguien los pillase en su casa, no saldrían corriendo. —Sonrió para darle la razón a Brunetti y añadió—: Por lo que tú dices, supongo que Rubini sí se marcharía.

—Claro que se iría —respondió él—. ¿Y estos? ¿Qué crees que harían?

Ella reflexionó un buen rato antes de decir:

—Lo que hiciese falta para quedarse con lo que hubieran ido a robar.

Brunetti estaba de acuerdo. No entendía por qué motivo la gente, sobre todo los hombres, intentaban resistirse o reducir a los ladrones. Muchos eran matones, y los matones estaban acostumbrados a la violencia: en eso Griffoni tenía razón.

Tal como ocurría a menudo, la conversación se había desviado del tema inicial.

Griffoni parecía haber llegado a la misma conclusión.

—¿Podemos hacer algo en cuanto a Rubini? —preguntó.

—Es un hombre libre, Claudia —contestó Brunetti—. No podemos impedirle que haga nada.

—Aunque empiece a vender joyas robadas —dijo ella.

No era una pregunta, sino una afirmación.

Brunetti se levantó. El silencio se coló en el despacho de la mano de su sirvienta: la vergüenza.

—Vamos abajo a buscar a Vianello y nos tomamos un café.

11

El *ispettore* se alegró de verlos y se alegró todavía
más ante la posibilidad de bajar al bar del puente a tomar un café. Mientras caminaban por la *riva*, Brunetti le
preguntó si sabía algo de Alvise o de Brandini que diera
una idea de cómo iban las cosas en el *commissariato* de
San Marco. Naturalmente, la cuestión de cómo iban las
cosas entre ellos iba implícita.

Al oír la pregunta, Griffoni, que caminaba por la
derecha, del lado de los edificios, se cambió de sitio para
colocarse entre sus dos compañeros y así oír mejor lo
que Lorenzo, que iba por el lado del agua, tuviera que
decir.

—Muy poco —contestó Vianello al final—. El único
problema del que han informado, problema de verdad,
es una pelea que ha habido por la mañana entre una pareja de turistas.

—¿Qué ha pasado? —quiso saber Griffoni.

En ese mismo instante, Brunetti preguntaba:

—¿Quién te lo ha dicho?

—Brandini —contestó Vianello.

Brunetti quiso saber cómo podía haber sucedido algo

así. ¿Brandini había llamado a Vianello? Mientras le daba vueltas a esto, se perdió el principio del relato.

—... echado la culpa a su novia por hablarle mientras él miraba el mapa en el móvil para ver dónde estaban.

Griffoni había abierto la boca para pedir aclaraciones, cuando Vianello añadió:

—Una mujer que llevaba un bebé ha chocado con ellos y él ha tardado un par de minutos en darse cuenta de que le había birlado la cartera.

—Que probablemente asomaba por el bolsillo trasero de los vaqueros —dijo Griffoni.

Mientras debatían, los tres entraron en el bar y fueron a la barra. El camarero senegalés se acercó vestido con vaqueros y un jersey azul oscuro; hacía poco que había dejado de llevar la chilaba blanca. Con la chilaba también había desaparecido su antiguo mote, Bambola, reemplazado por su nombre de pila, que era Bamba. Les preguntó qué querían.

—Tres cafés —dijo Griffoni por costumbre.

Les propuso sentarse en el reservado del fondo, que estaba vacío. Bamba asintió con la cabeza y dijo que enseguida les llevaba los cafés.

Cuando hubieron tomado asiento, Brunetti le preguntó a Vianello:

—¿Qué les ha pasado a los turistas?

—Según me ha contado Brandini, el hombre no paraba de gritarle a su novia o a su mujer o lo que fuese y le decía que la culpa era de ella.

Al oírlo, Griffoni se tapó la boca con la mano y se dio unas palmaditas, como si intentase no bostezar.

Vianello no hizo caso.

—Sentado junto a la puerta, había otro turista que

acababa de denunciar lo mismo, solo que él había tenido la precaución de dejar el pasaporte y la tarjeta de crédito en el hotel, así que solo había perdido algo de efectivo.

En ese momento llegó Bamba y les puso delante una tacita y un vasito de agua a cada uno.

Griffoni abrió un sobrecito de azúcar y preguntó:

—¿Y entonces qué ha pasado?

Vianello removió el café y después prácticamente se lo echó directo al gaznate. Devolvió la taza al platillo y dijo:

—Pues nada que nos sorprenda. Él ha seguido chillándole a la chica que se callara y al final la ha cogido del brazo y se ha puesto a darle sacudidas.

Brunetti, que se había acabado el café, esperó a oír el resto de la historia con la taza suspendida en el aire. Como buen narrador, Vianello había introducido un tercer personaje, el otro turista, y luego lo había abandonado para centrarse en la acción principal.

—El otro turista ha levantado la cabeza y le ha dicho algo en inglés al que le gritaba a su novia. Así que este la ha apartado, ha agarrado al que le había hablado y lo ha levantado de la silla en la que estaba. Ha cerrado el puño y le ha dicho que iba a pegarle.

»Brandini dice que no le ha quedado más remedio. Lo ha rodeado con los brazos, lo ha cogido y no lo ha soltado hasta que ha parado de gritar. No ha tardado mucho más en dejar de dar patadas, y entonces es cuando Brandini lo ha dejado en el suelo. El tipo debe de haberse dado cuenta de que una comisaría de policía no era el mejor lugar del mundo para agredir a alguien.

—Agredir a dos personas —repuso Griffoni—. ¿Dónde estaba Alvise mientras ocurría todo esto?

—Es lo mismo que he preguntado yo —respondió Vianello—. Al parecer, uno de los hombres de la *piazza* había encontrado a un niño perdido y lo había llevado allí. El niño tenía miedo y ha dicho que necesitaba ir al baño, así que Alvise le ha enseñado dónde estaba. Cuando ha vuelto con el niño, ya había terminado todo.

—Alabado sea Dios —contestó Griffoni con entusiasmo exagerado, y preguntó—: ¿Es muy pronto para pensar que podrían llegar al final de la semana sin...?

Ninguno de los tres dio con la palabra adecuada, así que abandonaron el tema y se centraron en las bandas de críos que recorrían la ciudad por las noches. Al principio entraban en las tiendas que habían cerrado por culpa de la covid, pero esas pandillas de chicos, algunos de los cuales tenían tan solo doce años, ya no se divertían con los saqueos y el vandalismo, así que habían recurrido a formas de violencia con las que se entretenían más. Como la mayoría de los depredadores, preferían las presas pequeñas, por lo que sus víctimas ideales eran chicas jóvenes o, en su defecto, chicos de su edad, siempre y cuando los superasen en número. Aún mejor si iban solos.

La semana anterior se había producido un incidente particularmente triste: dos bandas se habían encontrado por casualidad poco después de la medianoche en Campo San Simeon Grando, un pequeño *campo* cerca de la estación, pero al otro lado del Gran Canal. No había testigos, aparte de los habitantes de las casas que daban al *campo,* que oyeron los primeros gritos y el ruido creciente. Cuando se asomaron a sus respectivas ventanas, la mayoría de los chicos habían huido y habían dejado a un niño de doce años tendido en el suelo con el brazo derecho formando un ángulo extraño y el pómulo izquierdo roto tras recibir un golpe con una barra de metal que su atacante había soltado y dejado allí abandonada, presa del pánico, al oír los gritos de los vecinos.

La cantidad de integrantes de la banda variaba de testigo a testigo: cuatro, seis, más. Al parecer, se peleaban con cualquiera que viesen; eran grupos salvajes y caóticos, y desaparecían de repente. En ese caso, lo único que habían dejado atrás era el niño herido.

—¿Qué dijeron sus padres? —preguntó Brunetti.

Daba por sentado que alguien habría llevado al chico al hospital, que alguien habría llamado a los padres (esa temida llamada nocturna) para que acudieran.

—No lo sé —respondió Vianello con aire cansado—. Alguna variante de: «Ya no sabemos cómo controlarlo».

Al cabo de una larga pausa, se hizo evidente para todos que las ganas que tenían de cambiar de tema no menguaban por el hecho de no verbalizarlas.

—Esta mañana he recibido un correo del *vicequestore* —soltó Brunetti en mitad del silencio—. Quiere verme esta tarde. A las cuatro.

—¿Te ha dicho por qué? —preguntó Griffoni.

Brunetti se encogió de hombros.

—Cuando he leído el correo electrónico, he pensado que ojalá tuviera uno de esos augures romanos en el despacho de al lado.

Griffoni intervino:

—Eso nos sería útil a todos. Mientras le garantizásemos al augur un suministro constante de gallinas, podría salir al jardín todas las mañanas y sacrificar una, interpretar los augurios y anunciar el tema del que el *vicequestore* quisiera hablar y el motivo. Así podríamos prepararnos a nivel psicológico para lo que quiera que nos fuese a decir.

Brunetti estaba a punto de hablar cuando Vianello lo interrumpió con impaciencia:

—¿Y cómo contabilizaría la *signorina* Elettra las gallinas? ¿Como gastos de oficina?

Se levantaron entre risas. Brunetti se acercó a la barra, pagó los cafés y siguió a sus compañeros a la *questura* mientras los oía reírse y pensaba que ser policía no tenía nada de malo.

Llegó puntual a la reunión con Patta; era después de comer y se había cambiado a un traje viejo de color gris oscuro que no le gustaba mucho, a fin de no insinuar ningún tipo de competición sartorial con el *vicequestore*. Llegó al pequeño despacho de la cancerbera de Patta, la *signorina* Elettra Zorzi, cuando faltaban tres minutos para las cuatro, con la esperanza de poder verla un momento y sugerirle que contratasen a un augur, pero entonces se acordó de que estaba fuera. Llamó dos veces con los nudillos, oyó el «*Avanti*» y abrió la puerta con una expresión más oficial que le tensaba el rostro, como si fuera el reflejo de una mente convencida de la importancia de aquella reunión.

—*Buondì, vicequestore* —dijo Brunetti con tono serio.

Patta levantó la vista de la hoja de papel que había sobre la mesa y le señaló con la barbilla una de las sillas que tenía delante. Cuando Brunetti se hubo sentado, dijo:

—Me gustaría hablar sobre el incidente de Treviso.

Ese día Patta llevaba un traje tan oscuro que lo mismo podría haber sido azul que negro; Brunetti no lo averiguaría hasta que tuviera la oportunidad de verle los zapatos. Si eran negros, el traje lo sería también; si eran marrones, el traje era azul.

—Con mucho gusto, *dottore* —respondió Brunetti.

Estudió la corbata de su superior buscando pistas, pero era de color granate apagado y combinaba con ambas posibilidades. Brunetti pensó en agacharse para atarse bien los cordones de uno de los zapatos, pero no estaba seguro de si alcanzaría a verle los pies a Patta.

Entonces le habló una voz interior que le dijo que el asunto no tenía la menor importancia: lo importante era que el traje de Patta fuese mejor que el que llevaba él. Siempre y cuando eso saltase a la vista, la reunión podía resolverse amigablemente. Pero si Brunetti dejaba ver por error un forro de seda de color burdeos, unas pinzas marcadas a la perfección en los pantalones o una chaqueta cuyo largo lo hiciese parecer más alto, lo que más le convenía era recordar que tenía una falsa cita con el médico o una llamada del presidente de Fiat o incluso de su suegro. De ese modo podía subir a su despacho, azotar la chaqueta contra la pared unas cuantas veces y regresar al de Patta para continuar con la conversación.

Sin embargo, en ese caso el *vicequestore* miró a Brunetti sin reparar en nada más que en su rostro, antes de decir:

—¿Qué sabe del tema?

Brunetti tuvo que pensar con cuidado cómo responder a la pregunta: no podía decir que había ido a Treviso para ayudar a que soltasen a Alvise; aún menos podía decir que Vianello lo había acompañado. Tampoco debía comentar que Alvise tenía derecho a hacer lo que quisiera con su vida privada.

—Seguro que menos que usted, *dottore*. No me cabe duda. —Antes de que Patta pudiera reaccionar, añadió—:

He leído el informe, pero cuando vi que no habían detenido a nadie, lo descarté.

No se le había ocurrido nada mejor y esperaba que bastase para satisfacer a Patta.

Su superior prestó atención de inmediato.

—Cuénteme lo que haya oído sobre la manifestación. Me han dicho que hubo violencia.

Brunetti respondió con expresión escéptica:

—No tanta como podría.

—¿Qué significa eso?

—Uno de nuestros hombres estaba allí; acababa de salir de COIN cuando empezaron los problemas. Vio que había muy pocos agentes uniformados, así que se acercó al mando para enseñarle la placa y ofrecerse a echarles una mano, pero antes de llegar, uno de los manifestantes lo atacó con un madero y lo tumbó. Cuando logró levantarse, se había formado el caos y lo único que pudo hacer fue tratar de defenderse. Al final, uno de los hombres de Treviso lo agarró, lo metió en un coche patrulla y lo llevó a la *questura*.

—¿A uno de mis hombres? —exigió saber Patta, como si Brunetti tuviera algo que ver con el tema.

—*Sì, signore.*

De pronto, Patta se quedó muy quieto. Miró a Brunetti como si estuviera a punto de evaluarlo o acusarlo de algo.

—¿Quién era? —preguntó.

—El agente Alvise, *signore.* —Entonces, convencido de que para Patta todos los policías uniformados se parecían como las piezas de un tablero de damas, continuó—: Lleva décadas en el cuerpo. He trabajado con él muchas veces y siempre me ha parecido un agente excelente.

—¿Alguna queja?

Brunetti esperaba esa pregunta, así que aprovechó la expresión de sorpresa que tenía preparada y dijo:

—Ninguna. —Se permitió sonreír con tranquilidad—. Hablé con un amigo que tengo allí, Danieli, un buen hombre, y lo arreglamos entre nosotros. Se disculpó en nombre de sus agentes y dijo... —Hizo una pausa para que el *vicequestore* estuviera preparado para la importancia de lo que iba a decir—. Dijo que nos debe un favor, y más aún en tiempos como estos, en los que todo el mundo está dispuesto a criticar a la policía por cualquier error, aunque sea pequeño.

Su superior se relajó y se recostó en el respaldo de la silla. Al cabo de poco, repitió: «Nos debe un favor», en un tono que, de haber sido Patta capaz de reflexionar, habría sido un tono de reflexión. En cualquier caso quedó claro que al *vicequestore* lo complacía mucho tener a otro policía en deuda con él.

Brunetti esperó en silencio a ver qué decía o hacía. Mientras el silencio se prolongaba, pensó en la decisión que había tomado de respetar las normas del juego, por decirlo de algún modo, y añadió:

—Quería pedirle consejo, *dottore.*

Tal vez porque era Brunetti quien lo decía, Patta lo miró con sospecha y contestó con cautela:

—¿Sí? ¿Acerca de qué?

—Tanto la *dottoressa* Griffoni como yo hemos oído hablar de Luigi Rubini en los últimos días.

Calló para que Patta tuviera la ocasión de decir si reconocía el nombre o no. Al parecer, no era el caso, así que Brunetti continuó:

—Lleva años trabajando en robos de arte, pero siempre como intermediario: debe de tener una lista de clientes a los que no les importa mucho la procedencia de los objetos, sobre todo cuadros, que él les vende. Y la gente que los tiene, es decir, que los tiene para venderlos, parece conocerlo y confiar en él.

—He oído hablar de él —dijo Patta.

—¿Sabe que salió de la cárcel hace un año?

Patta se mostró sorprendido al principio, pero enseguida asintió.

—A los dos nos han dicho que podría estar preparándose para volver al negocio.

El *vicequestore* levantó la mano y abrió la boca como si quisiera decir algo, pero luego la bajó y permaneció en silencio. Si eso era prueba de que pensaba respetar la intimidad de las fuentes de Brunetti y Griffoni, mucho mejor.

—Son solo rumores, señor —dijo Brunetti, que a continuación hizo una pregunta por mera cortesía—: ¿Cree que hay alguna posibilidad de convencer a algún juez de que nos permita acceder a su teléfono?

—¿Se refiere a acceder a la lista de números entrantes y salientes, o quiere grabar las llamadas?

—No, señor, solo son rumores; creo que bastaría con solicitar el registro de llamadas.

Brunetti, como siempre, tenía que calcular con exactitud qué pedirle a Patta para conseguir el equilibrio perfecto: la solicitud tenía que proporcionar información importante al tiempo que parecía inocua. Si gracias a los números de teléfono se conseguía detener a alguien, era evidente que el hecho de que Patta hubiera solicitado los números habría iniciado el camino hacia el descubrimiento. Si no había resultado alguno, se trataría de uno más de los intentos infructuosos de Brunetti. Al *commissario* le importaba muy poco de cuál de las dos se tratase, siempre que pudiera echarles un vistazo a los números.

Cuando Brunetti ya llevaba un rato esperando respuesta, Patta dijo:

—Haga lo que estime más adecuado. —Y volvió a dedicar su atención a la documentación que tenía sobre la mesa—. Le confirmaré si el juez a quien se lo pida está de acuerdo.

—Gracias, señor —respondió Brunetti, ansioso por escapar con el *sí* de Patta aún fresco en el recuerdo.

12

Al salir del despacho del *vicequestore*, Brunetti fue a ver si encontraba a Alvise para hacerse una idea más clara de cómo iban las cosas. Resultó que tanto él como Brandini estaban en la oficina de los agentes, aunque ambos ya se habían puesto la ropa de paisano y, en consecuencia, parecían más jóvenes y casi del todo inofensivos. Con los brazos cruzados y apoyados cada uno en una mesa, tenían aspecto de estar en mitad de una conversación animada.

A medida que Brunetti se acercaba, oyó que Alvise decía:

—No sabe mucho de cocina ni de comida ni de comer, así que puedo pasar por el supermercado de camino a casa y comprar un pollo asado, hervir unas patatas y ponerlo en la mesa. —Entonces, con evidente molestia, añadió—: Le da igual, come lo que sea.

Brandini (Brunetti no se había percatado hasta ese momento de lo alto y ancho que era) estaba boquiabierto con lo que Alvise acababa de decirle. Negó con la cabeza consternado.

—Increíble —dijo con la voz suavizada por la sorpresa.

—Los fines de semana hago lo que mi madre siempre ha hecho —continuó Alvise—. Preparo una comida especial para que luego nadie tenga ganas más que de estar en el salón, ver una peli vieja en la tele y echarse la siesta. Para hacer la digestión. —Se volvió hacia Brunetti y dijo—: Lo hacíamos todos los domingos mientras vivía en casa. ¿No hacían ustedes lo mismo, *commissario*?

—Sí, más o menos, Alvise —respondió Brunetti.

Sin embargo, en su casa nunca había habido televisor y solo de vez en cuando había suficiente comida para darse un festín en domingo. Pero aún se acordaba de las siestas de la tarde, en el sillón del salón, aunque esas solían ser con un libro abierto en el regazo. Se volvió hacia el otro agente y le preguntó:

—¿Y tú, Brandini?

—Igual que la familia de Alvise, señor. —Sonrió con el recuerdo y añadió—: Era el único día de la semana que tenía la sensación de haber comido lo suficiente.

—Eso es terrible —espetó Alvise de improviso—. Los niños deberían tener suficiente comida. Siempre. El hambre es horrible.

A pesar de que no se consideraba sensato aventurarse a mantener conversaciones personales con los agentes del cuerpo, a Brunetti lo impactó la vehemencia con la que hablaba Alvise.

—¿Eso pasaba en tu familia? —le preguntó.

La sonrisa habitual del agente apareció en su rostro.

—Uy, no, *signore*. Para nada. Mi padre era carnicero, así que en casa nunca faltaba...

—¿Dónde? —lo interrumpió Brandini antes de que Alvise pudiera continuar.

—En Via Garibaldi; a media altura, a la izquierda, entre la verdulería y la barbería.

—*Maria Vergine* —exclamó Brandini—. Mi madre iba a comprar ahí.

Brunetti vio que miraba a Alvise como si fuese la primera vez que lo veía.

—Decía que siempre tenía buena carne.

El *commissario* observó mientras algo llamaba a las puertas de la memoria de Brandini y después entraba. El agente se inclinó hacia delante y le tocó el brazo a Alvise para llamarle la atención.

—Me decía..., hablo de mi madre, me decía que a las mujeres que tenían tres hijos o más les metía un poco más de carne en la bolsa: un filete o una salchicha o un par de muslos de pollo.

Alvise agachó la cabeza y se miró los pies; se sonrojó.

—¿De verdad lo hacía? —preguntó Brandini, y calló un momento—. ¿Es cierto?

Con la cabeza aún inclinada hacia el suelo, se oyó a Alvise responder:

—Me hizo prometérselo.

—¿Quién? —quiso saber Brandini.

—Mi padre. Ahora está jubilado.

—¿Prometerle el qué?

—Que no lo contaría nunca.

—¿Que no contarías el qué?

—Que hacía eso.

—¿Lo de meterles más carne en la bolsa?

Esa vez, Alvise se limitó a responder que sí con la cabeza.

—Pero ¿por qué?

Al final, Alvise levantó la vista como si no le quedase más remedio que confesar.

—Porque pensaba que a las señoras les daría vergüenza que él supiera lo pobres que eran —dijo, y volvió a agachar la cabeza.

Brandini se quedó inmóvil y en silencio, y a Brunetti le vino a la memoria algo que había leído en la Biblia, más o menos en la época en la que el padre de Alvise les regalaba a las madres de otros hombres unos muslos de pollo de más o una salchicha con tomillo y ajo o quizá incluso un filete: igual que la esposa de Lot, Brandini se había quedado como una estatua de sal.

Brunetti avanzó un paso y le dio una palmada en el hombro a Alvise.

—Es demasiado pronto para estar hablando tanto de comida. No puedo irme hasta dentro de una hora y ahora me voy a quedar sentado en el despacho pensando en qué habrá esta noche para cenar. —Miró la hora y dijo—: Habéis acabado el turno, así que marchaos a casa, suertudos.

Brandini despertó del trance. Alvise se apartó de la mesa y se volvió hacia la puerta.

—Hasta mañana, *commissario* —dijo, y se despidió de Brunetti con un gesto a medio camino entre un saludo militar y un saludo normal.

Brandini lo siguió sin decirle nada a Brunetti y con cara de no haber decidido todavía cómo reaccionar a lo que le acababa de oír contar a su compañero.

Para que el tiempo pasase deprisa, Brunetti regresó a su despacho a hacer lo que nunca dejaba de recriminarles a sus hijos: husmear en internet. Se le había ocurrido ver qué encontraba sobre el *professore* Renato Molin, con quien recordaba haber coincidido años antes en alguna cena de la universidad. Seguro que había publicado algo durante estos años de profesor en la universidad.

Con las credenciales de JSTOR de Paola consiguió acceso a la mayoría de las revistas académicas que se editaban en Europa y Estados Unidos, y se puso a buscar cualquier cosa que hubiera escrito Renato Molin, profesor de Historia Medieval de Italia de Cà Foscari.

Tardó un rato en elaborar una lista con un total de diecisiete artículos escritos a lo largo de un periodo de veintitrés años. Uno comentaba la disputada elección de un dux del siglo XI. Otro hablaba sobre el saqueo de Zara, en la costa dálmata, en 1202. Había algunos que trataban sobre distintos saqueos de aquí y de allá. Un artículo hacía que las prostitutas de Venecia pareciesen un tema muy aburrido. Más de la mitad debatían las vicisitudes de la familia Molin. Al leer en diagonal los títulos y los primeros párrafos de estos últimos, Brunetti se dio cuenta de que, con precisión casi aristotélica, los Molin habían seguido el patrón que el filósofo había establecido para las tragedias: el auge de la familia en pleno tempestuoso siglo XVII, el punto álgido familiar cuando Francesco Molin sirvió como dux durante casi una década y la rápida caída desde la cima, hasta el final, con la familia dividida en dos y atenazada por la discordia mientras ambas partes reclamaban el título y la riqueza.

Brunetti decidió leer un artículo acerca de cómo la familia había perdido el título nobiliario y otro sobre el sitio y la caída de Zara. Ambos estaban muy documentados y escritos con una prosa insulsa, como si Molin pensase que podía convencer al lector mediante el peso de las notas a pie de página y la solemnidad de su estilo. El sitio (el saqueo por parte de los venecianos de una ciudad de católicos como ellos) era una lista tediosa de números: hombres armados, barcos de transporte, marcos de plata que se habían pagado o recibido, caballos y cualquier cosa susceptible de recuento. El tumulto, el asalto a las murallas, las piedras y huesos partidos a machetazos y mazazos, el pillaje y la locura: todo eso quedaba casi sin descripción, como si el autor se hubiera agotado con tanto número y les pidiera a los lectores que rellenasen los huecos de la acción a medida que leían: pillaje, saqueo, victoria, derrota, muerte. En resumen, el sitio de Zara era aburrido.

Con cierta curiosidad por el autor, Brunetti continuó conectado a la cuenta de Paola y accedió a la biblioteca de la universidad con la esperanza de averiguar si la prosa torpe del *professore* Molin lo acompañaba desde sus primeras publicaciones o si se la habían contagiado los años que había pasado como académico, cual meros piojos.

Antes de acceder al material, miró el reloj y vio que ya había pasado más de una hora en compañía de la prosa del *professore* Molin. Dicho de otro modo, era más que suficiente. Era el momento de dejar atrás las fechas y las frases, las treguas rotas y las ciudades en llamas y regresar a casa con su esposa y sus hijos, contento de que ellos, y no las conquistas, fuesen el centro de su vida.

13

Al día siguiente, a media mañana, Brunetti estaba en su despacho para hablar con un compañero de la *questura* de Génova que pedía información sobre un veneciano al que habían detenido el año anterior por acoso y que había evitado ir a juicio al declarar que lo transferían de Venecia a Génova. Como la mujer que lo había denunciado vivía y trabajaba en Venecia, decidieron permitirle el traslado, siempre y cuando se personase en la comisaría una vez al mes y no volviera a Venecia sin notificárselo antes a la policía.

El compañero de Génova llamaba para informar de que, si bien aún trabajaba en la misma empresa, el hombre no se había presentado en la comisaría en ningún momento. El agente dijo, además, que llevaba más de un mes intentando contactar con él, pero que no contestaba al teléfono ni a los correos, y el *commissario* llamaba a Brunetti para preguntarle si lo conocía.

—Lo interrogué en dos ocasiones —respondió él.

Estaba a punto de decir que pensaba que el tipo no solo era un mentiroso, sino también alguien peligroso, cuando reparó en que no conocía al hombre con el que hablaba y, por lo tanto, no tenía ni idea de cuán discreto debía ser. Nunca se sabía qué deparaba una llamada telefónica o de qué manera se podía volver en contra de uno de los dos interlocutores.

Brunetti recordaba haber recelado del interrogado; le provocaba desconfianza y, a decir verdad, desagrado. Actuaba como si la mujer a la que seguía, llamaba y escribía tuviera la obligación de sentirse halagada por la atención que le prestaba, por no hablar de su persistencia. Pero, según él, la mujer había reaccionado de manera exagerada a algo que no era más que una expresión masculina de admiración y, sí, por qué no admitirlo, interés.

Durante la hora que pasaron juntos, en ningún momento detectó Brunetti algún tipo de remordimiento por haber molestado e incluso asustado a la mujer. Se acordaba de que el hombre le había preguntado: «¿No debería haberlo visto ella como un halago? Soy educado, tengo estudios, un buen trabajo y muchos amigos interesantes». No solo había omitido a Brunetti el hecho de que también tenía una esposa y dos hijos, sino que, a continuación, afirmó que la mujer no debería haber exagerado la situación. «¡Ha avisado a la policía!», había exclamado el tipo, como si la mujer le hubiera incendiado la casa.

Brunetti, que había conversado de manera similar con otros hombres (violadores y acosadores y asesinos), se había mantenido impasible y había tomado notas, sabiendo que más adelante quizá le preguntasen qué opinaba del acusado.

Le había parecido arrogante, deshonesto y con una idea errónea en cuanto a su encanto e inteligencia. Le inquietaba la manera en que hablaba de la mujer que, según insistía, él respetaba y admiraba, a pesar de no tener nada bueno que decir de ella, aparte de quejarse de su arrogancia y su falta de empatía por él. Según vio en su momento, parecía estar convencido de que ella tenía la obligación de compensarle el interés que le prestaba.

Al final del interrogatorio, Brunetti se había convencido de que el hombre suponía un riesgo para la seguridad de la denunciante y de que el traslado a Génova no sería suficiente para que dejase de tener ciertas ideas sobre las mujeres. Se daba cuenta de que el hombre consideraba que sus opiniones estaban del todo justificadas y que creía con firmeza que tenía derechos sobre esa mujer.

Como agente que había llevado a cabo el interrogatorio, Brunetti había sido el responsable de redactar un resumen y una opinión sobre lo que el acusado le había dicho y lo que él había observado durante el tiempo que habían pasado juntos. Brunetti, que sabía que no había ni un resquicio de posibilidad de que algún juez mandara a ese hombre a la cárcel, había recomendado de forma vehemente que le asignasen un trabajador social del área de psiquiatría con quien tuviese que hablar al menos una vez a la semana. Además, había propuesto que le pusieran un brazalete para que la policía pudiera comprobar su ubicación a cualquier hora del día o de la noche y si estaba a más de doscientos metros de distancia de la mujer o de su lugar de trabajo y su domicilio. Al principio, Brunetti se había resistido a escribir que se trataba de un hombre peligroso y había pensado en añadir delante el adverbio «potencialmente», pero después se había acordado de cómo hablaba de la víctima y había presentado el informe con un «peligroso» sin adornar.

Incluso mientras hacía esas recomendaciones, Brunetti sabía que nadie haría caso. El hombre tenía pruebas de que su empresa lo trasladaba a Génova, así que ¿por qué molestarse en gastar dinero para controlar sus movimientos? Era uno de los altos directivos de la compañía y, tal como se había afirmado desde el principio, estaba casado y tenía dos hijos.

Sin embargo, al cabo de un año, alguien se molestaba en hacer un seguimiento de la sentencia. Desde el inicio de la llamada, el otro hombre había mostrado preocupación y cierta aversión por el comportamiento del desaparecido. Pero con eso no bastaba para que Brunetti se deshiciera de la capa de precaución con la que se había arropado durante tantos años de trabajo policial.

—Siento mucho no poder ayudarlo más —dijo—. Mientras no regrese aquí sin avisar antes, no debería haber ningún problema.

—No debería —repitió el policía de Génova.

Después de darle las gracias a Brunetti por hablar con él, colgó.

Al *commissario* no se le iba la conversación de la cabeza, cosa que lo inquietaba. ¿De qué servía darle tantas vueltas a la realidad y ponerles nombres distintos a los hechos para que pareciesen menos serios de lo que eran? El hombre de Génova era peligroso: podía volver a Venecia y molestar a su víctima, o quizá encontrase a otra en Génova y proyectara en ella todos sus sentimientos hasta que ella lo denunciase o él decidiera que, de un modo u otro, debía obligarla a reconocer sus deseos.

Por su experiencia como policía, Brunetti sabía que cuando se cometía violencia hacia una mujer, en demasiados casos ella se preguntaba si había hecho algo para provocarla. Si te comportas de manera violenta con un hombre, él te la devolverá.

Con la frase «reconocer sus deseos» en bucle en la cabeza, Brunetti se levantó. La mujer no tenía por qué «reconocer» nada relacionado con un acosador, aparte del hecho de que era peligroso y debería... Al llegar ahí, Brunetti dejó la idea a medias, puesto que se dio cuenta de que era incapaz de acabar la frase. Se llevó eso escaleras abajo hasta la calle con la esperanza de que se evaporase como un mal olor mientras caminaba a casa para comer.

Pasó la tarde redactando evaluaciones de los miembros del personal uniformado, una tarea que todos los años iba retrasando mes a mes. Ese año le habían pedido que hablase sobre el desempeño de tres nuevos reclutas, además de Brandini y de Foa, el piloto.

El rendimiento de los novatos era adecuado, aunque tal vez a uno de ellos le gustase demasiado la autoridad que le confería el uniforme. Brunetti, que había hablado varias veces con el joven llamado Garofolo, se inclinaba por creer que ese concepto desproporcionado de sí mismo desaparecería con el tiempo, así que se limitó a escribir: «Promete ser un buen agente». Pasó el siguiente cuarto de hora redactando vaciedades similares sobre los otros dos reclutas, que a Brunetti le parecían jóvenes inteligentes con un interés sincero en ayudar a la sociedad de la manera que pudiesen.

Al llegar a Brandini hizo una pausa, dejó el archivo a un lado y cogió el de Foa. Miró la pantalla, colocó las manos sobre el teclado del ordenador y, tras un momento de despiste, se sorprendió al ver que había escrito «Montisi» en lugar de «Foa». Retiró las manos de golpe, pero no pudo evitar acordarse del otro piloto. ¿Cuánto hacía que había muerto? ¿Diez años? ¿Tal vez más?

—Qué gran hombre —dijo.

Decidió que eso servía como epitafio y, no sin pena,

borró el nombre y escribió el de Foa. Era muy fácil elogiar al piloto. Llevaba la laguna en las venas, igual que la mayoría de los pilotos de la ciudad, aunque Brunetti encontró una manera más elegante de escribirlo en el informe de evaluación.

Y, por último, Brandini. El *commissario* leyó los comentarios que había en su archivo y vio que contenían cierta restricción, tal vez frialdad. Todos eran positivos, los compañeros mencionaban su profesionalidad, pero ninguno de ellos parecía ansioso por patrullar con él. Brunetti prefirió no hacer caso de eso y en su revisión habló de la preocupación obvia (le había costado mucho decidirse entre «patente» y «obvia», pero había elegido la segunda) que mostraba por la gente en situaciones angustiosas. A modo de ejemplo, dio la manera en que había resuelto el incidente del *commissariato*, cuya violencia podría haberse intensificado en gran medida de no haber tenido Brandini la sensatez de intervenir. Brunetti añadió una frase en la que recalcaba su capacidad como negociador.

Poco después de acabar, Griffoni entró en su despacho y le preguntó si quería bajar al bar de la esquina a por un chocolate caliente.

—Como en las novelas policiacas norteamericanas —respondió Brunetti sonriente—. Un par de inspectores bien curtidos bajan al bar a tomar chocolate caliente y hablar sobre si deberían ponerle nata montada o no.

—Menos mal que llevo el arma encima —dijo Claudia muy seria, y se dio unas palmadas en la cadera, donde no se veía pistola alguna—. Nadie me impedirá que lo pida con nata.

Mientras se tomaban el chocolate, Brunetti le contó cómo había reaccionado Brandini al enterarse de lo generoso que era el padre de Alvise.

—Era como si le hubieran dado en las narices con una puerta —explicó.

Griffoni asintió con la cabeza.

—Supongo que le parece extraño que un homosexual haya tenido unos padres decentes; o que aún los tenga, si entiendo que lo que decía Alvise es que hace años que casi todos los domingos va a comer a su casa con Cristiano.

—¿Lo conoces?

—¿A quién? ¿A Cristiano? —preguntó ella.

Brunetti asintió con la cabeza.

—Sí —dijo Claudia, y bebió un sorbo de chocolate caliente—. Me ha hecho algún trabajo.

—Es verdad. Alvise dijo que era carpintero.

—Y muy bueno —confirmó ella—. Si alguna vez necesitas...

—¿Cuántos quedan en la ciudad? —preguntó Brunetti, no como si pensase que ella lo sabía, sino simplemente para expresar un dato obvio, pero de otro modo: que los artesanos de Venecia estaban cerrando o se jubilaban o se morían.

Escuchó su propia voz malhumorada y reconoció el mismo viejo lamento sobre la desaparición de las viejas costumbres, las distorsiones que provocaba el turismo, la imposibilidad de encontrar café decente, pan, zapateros, botones, caquis y vaya usted a saber qué más.

—Al menos Bamba todavía prepara el mejor chocolate caliente de la ciudad —dijo con la intención de dejar atrás los lamentos y acabarse la taza.

Ambos sabían que no contaba como *aperitivo*, pero al menos mantendría el hambre a raya durante un par de horas más.

Brunetti estaba de pie junto a la puerta de la terraza, contemplando la ciudad y pensando que ya era hora de acostarse, cuando le sonó el móvil. Lo había dejado en el bolsillo de la chaqueta y, durante un momento, se dijo que no contestaría porque estaba en casa, ya había cenado y quienquiera que fuese podía contactar con él en horario de oficina. Después de sonar seis veces, dejó de hacerlo y, de inmediato, Brunetti se convenció de que la llamada debía de ser importante y se arrepintió de ser tan terco.

Dio media vuelta en dirección al salón y vio a Paola, que le llevaba el *telefonino*. Le dijo:

—Es Vianello. Con la voz de las malas noticias.

Hablaba sin asomo de ironía. Había contestado a las llamadas de Vianello muchas veces y sabía cuándo se trataba de algo malo. Le dio el móvil y regresó a su estudio.

—Dime —respondió Brunetti.

—Acaba de llamarnos alguien que cree haber visto un cadáver en el agua.

—¿Dónde?

—Al principio de Giacinto Gallina. Cerca de los pasajes subterráneos.

Brunetti hizo un ruido que significaba que comprendía y preguntó:

—¿Quién ha ido?

—Todavía nadie. Acaban de llamar.

—¿Dónde estás?

—En casa, pero Foa viene hacia aquí. ¿Paso a recogerte por la tuya?

Brunetti miró la hora: eran casi las once.

—Sí. Creo que será más rápido si subís por el canal y me recogéis allí.

Vianello accedió con un gruñido y luego dijo:

—Estoy al final de tu calle dentro de quince minutos.

Brunetti pensó que el *ispettore* había terminado, pero este le preguntó:

—¿Llamo a los *carabinieri* de al lado de los Gesuiti?

Brunetti oyó el lamento de la sirena de Foa a través del móvil y dijo:

—Ya los llamo yo. —Entonces, como no quería que el forense accediese a ir solo porque se lo había pedido él, añadió—: ¿Llamas tú a Rizzardi?

—Cómo no —contestó Vianello, y colgó.

Brunetti marcó el 112 de inmediato, anunció su nombre y su rango y dio parte de lo que le había dicho Vianello; añadió que estarían en Ponte Panada en cuestión de quince o veinte minutos.

Fue al estudio de Paola y le contó lo que le había dicho Vianello.

—Ya me parecía que sería algo así —respondió ella—. Espero que sea una falsa alarma.

Brunetti asintió con la cabeza.

—Ponte el chaleco, Guido, que hace frío.

El mes anterior, ella le había regalado un chaleco de esquiador que, aunque era de su talla, pesaba menos que un par de gafas de sol, o eso le parecía a él.

—No quiero que Chiara vea que tengo algo así —repuso—. Sabrá enseguida de qué ave son las plumas.

—No le haría ninguna gracia, ¿verdad? —dijo Paola.

—Una noche podríamos obligarla a dormir en la terraza para que sepa lo que es pasar frío.

—Seguro que llamaría a la policía y haría que nos detuvieran —especuló Paola.

—No se me había ocurrido —contestó Brunetti, y fue al dormitorio a por ropa de abrigo.

Volvió al cabo de unos minutos con una parka de lana oscura y una bufanda gruesa alrededor del cuello.

—¿Y el chaleco? —preguntó ella.

Brunetti se bajó el cuello de la parka y le mostró la tela azul oscuro del chaleco.

—Muy bien.

—No me esperes despierta —pidió él.

—Siempre me lo dices.

—Y siempre me esperas.

—Vale. Si a las dos no has vuelto, me acuesto.

—Me alegro de que me hayas mandado ponerme el chaleco —dijo.

Se acercó a ella, le dio un beso en la cabeza, fue a la puerta y salió de casa.

En el margen del canal, mientras contemplaba el Palazzo Farsetti, Brunetti pensó en lo mucho que le gustaba esa parte del trabajo de policía. A esas horas, en una ciudad vacía podía moverse por donde y tan rápido como quisiera. Nadie podía impedírselo, nadie le preguntaría adónde iba. Por delante solo tenía el agua, que se veía negra y opaca, casi lisa y que, durante esos días en que el turismo se había reducido, a partir de cierta hora prácticamente ni se movía.

Observó los edificios de la otra orilla y después se volvió hacia el puente de Rialto, iluminado desde abajo, un arco sobre la negrura. ¿Quién iba a creerse algo así? ¿Quién podía?

A mano derecha oyó la lancha, que circulaba sin la sirena porque ¿qué falta hacía? El canal estaba vacío hasta donde alcanzaba la vista, donde giraba hacia la universidad. No había barcas ni pájaros flotando en la superficie ni señal alguna de actividad humana.

La lancha y el deslumbrante foco que llevaba delante doblaron la curva y cogieron velocidad en el tramo recto.

Se acercó a él rauda como un pájaro, fina y suave: Foa conocía todos los embarcaderos. El foco lo iluminó de lleno y, de pronto, el piloto puso el motor marcha atrás. La inercia hizo lo posible por evitarlo, pero fracasó; la barca frenó y se detuvo ante sus pies.

Brunetti agarró la mano que le tendía Vianello, subió a bordo y bajó a la cabina, cuya puerta estaba abierta. Foa lo saludó con la cabeza, pero no dijo nada; dirigió la lancha al centro del canal y fue acelerando a medida que circulaban.

—Rizzardi va hacia allí —dijo Vianello a modo de saludo—. Por si acaso.

Después de eso, nadie dijo nada. Aún no se había cometido ningún delito y, hasta que hubiera uno del que hablar, no cabía comentarlo. Tampoco podían hablar sobre la belleza que los rodeaba, puesto que no había nada nuevo que decir. Se limitaron a mirar y a sumirse en ese estado extraño de la admiración permanente. Todo lo que sucedía ante sus ojos era normal.

Cuando pasaron por debajo a toda velocidad, no había nadie en el puente. Brunetti reparó en que, a ambos lados del canal, había aún más edificios tapados con los largos velos de plástico que ocultaban lo que ocurría en el interior. Conocía la secuencia de los hechos: primero se erigían los andamios metálicos, cuatro, cinco, seis pisos. Se colocaba un casco rectangular de plástico en el tejado. Se desenrollaban las cortinas blancas que lo cubrían todo, desde la cima hasta la acera. Era como si eviscerasen los edificios y sacasen los distintos tramos de escalera al exterior. Un aprendiz de mago hacía aparecer montacargas en varios lugares de las fachadas principales y laterales.

A lo largo de todo el día había hombres subiendo y bajando por las escaleras de gato o en el montacargas, junto con paquetes tan altos como ellos de paneles de aislamiento o toneladas de tejas. Enormes grúas, como grullas, anidaban en las aguas del Gran Canal y levantaban con el pico vigas, marcos de ventanas y azulejos de distintas dimensiones y colores y los dejaban en el tejado o en lugares diversos, ocultos por los velos de plástico blanco.

Se dice que los pájaros necesitan conseguir y consumir a diario entre un cuarto y la mitad de su peso en comida. ¿Cuánto seleccionarían esas grúas si fuesen grullas? ¿Cuántas toneladas harían falta para mantenerlas el día entero en movimiento y sin remordimientos por el deseo de que todo fuese auténtico y respetuoso y aceptable para las nuevas personas al mando? Viejo, sí; pero que también sea cómodo. Búscanos un Tiepolo bonito y, además, queremos una habitación grande para usarla como estudio. Sí, con libros. Y no os olvidéis el horno para pizzas: los niños quieren uno. Y equipamiento audiovisual.

La lancha viró a la derecha y empezó a reducir la velocidad, cosa que libró a Brunetti de pensar en una de las muchas historias familiares de los últimos años. Uno de sus primos trabajaba en Mestre de «proxeneta de cosas», como él lo llamaba, que no era más que convencer a los extranjeros adinerados que se mudaban a Venecia de qué escoger, qué comprar y dónde ponerlo. Unos años antes, había llevado a Brunetti a visitar dos casas que él había diseñado y el *commissario* se había sorprendido al ver que las dos le parecían bonitas. «Lo hago por la casa —había protestado su primo—. La casa sabe lo que quiere, aunque el propietario lo desconozca. No puedo permitir que las afeen.»

Los *carabinieri* habían llegado antes que la policía, pero no podía haber sido mucho antes: el piloto todavía ataba una soga a una anilla metálica que había en el margen izquierdo del canal; cuando acabó y se enderezó, a Brunetti lo impactó lo alto que era, ya que les sacaba al menos una cabeza a todos los presentes. En la misma *riva*, pero un poco más allá, había otros dos *carabinieri*. Estaban quietos, contemplando la superficie del canal. Entre los dos había un hombre con un abrigo oscuro que señalaba en la dirección de los recién llegados, pero no a ellos, sino al agua. Vianello y Brunetti se acercaron a saludar a los *carabinieri*. Ambos conocían al teniente Filini, que les presentó a Massimo de Mori, el agente que lo acompañaba, y después a Paolo Comisso, el hombre que había visto lo que podía ser un cadáver flotando.

—Ha sido al menos hace media hora —dijo Comisso, que se remangó el abrigo y miró el reloj—. Iba camino de casa. —Señaló el lateral del canal, que acababa en una puerta que lo convertía en un callejón sin salida—. Creo que he visto una mano en el agua. —Negó varias veces con la cabeza, bien porque seguía impactado o para aclararse las ideas—. Justo ahí —dijo, y señaló la superficie, delante de él.

Brunetti dejó que Vianello hablase con Comisso, fue al borde y escudriñó la zona que tenían delante y luego la de la izquierda y la de la derecha. Vio un vaso de papel que flotaba en el agua y después llamó a Foa y le hizo un gesto para que se acercase.

El piloto caminó hacia él con prisa, y Brunetti le señaló el vaso y le pidió que calculase cuánto podía haberse movido algo que estuviera sumergido en un espacio de media hora.

Foa fue a la altura del vaso y puso la cartera al mismo nivel. Miró el reloj durante dos minutos y se movió a la nueva posición del vaso: se había desplazado dos centímetros por el canal, una distancia apenas discernible, arrastrado por una marea perezosa.

Recogió la cartera, fue a donde estaba Brunetti y dijo:

—Según mis cálculos, que dependen del tamaño y la flotabilidad, no se habrá movido ni un metro.

—Gracias, Foa —dijo Brunetti, y le dio una palmada en el hombro. Luego se volvió hacia el teniente y los demás y dijo—: Ya lo habéis oído.

Avanzaron en fila, muy despacio, con la vista fija en el agua y Vianello a la cabeza. Foa y el otro piloto se acercaron con unas linternas. Se colocaron en el centro del grupo, a medio metro de distancia el uno del otro, de modo que creaban un único óvalo de luz que se movía a ritmo lento.

Los minutos transcurrían con la misma lentitud con la que se movían ellos. Unas cuantas personas cruzaron el puente de un lado a otro, todos con mucho cuidado de no detenerse a mirar. Foa señaló hacia la izquierda y dijo:

—Ahí hay algo, paralelo al poste.

Los demás siguieron la dirección que señalaba su dedo índice y miraron el agua que había bajo el poste. Brunetti no vio más que las linternas y el reflejo de las farolas. Vianello, desde delante, dijo:

—*Niente.*

El teniente Filini se dirigió al hombre alto, que estaba a su lado, y le ordenó:

—Ve a por el bichero.

El piloto regresó enseguida con la vara larga en la mano derecha. En la otra aún llevaba la linterna, que le entregó al teniente. Filini la sostuvo ante sí y se acercó al agua.

Se inclinó y se llevó la mano izquierda a la frente para protegerse la vista de la luz de la farola que tenía encima.

Como un cangrejo, deslizó un pie hacia la izquierda y después arrastró el otro hasta que estuvieran juntos, sin apartar el foco de la linterna de la superficie del agua.

Y entonces apareció: una mano en mitad del canal. De pronto, todos la vieron.

—*Oddio* —susurró alguien.

Filini se volvió hacia el piloto y dijo:

—¿Crees que llegas?

—Sí, señor.

Hasta entonces, Brunetti no había reparado en que la altura del piloto iba a facilitarle la tarea que le pedían. Este se acercó al borde del canal con el bichero extendido y asido con ambas manos y se inclinó hacia delante para dirigirlo hacia lo que todos habían visto. Alargó los brazos con la vara tanto como pudo y después se volvió hacia su superior.

—¿Podría agarrarme de la chaqueta, teniente? —le pidió.

Filini se puso detrás de él y agarró el cinturón de su chaqueta.

El piloto se lo agradeció con una inclinación de la cabeza, dio dos pasos cortos hacia la izquierda, volvió a echarse hacia delante y metió el gancho en el agua. Gruñó una vez, dos veces y, con la vara bien sujeta, dio un pequeño paso atrás seguido de otro, y entonces Filini y él retrocedieron a la par, hasta que todos se quedaron petrificados al ver lo que flotaba hacia ellos.

Brunetti se percató de que el piloto de los *carabinieri* se cambiaba el bichero a la mano izquierda, se santiguaba y, por último, volvía a coger la vara con ambas manos y tiraba de ella con cuidado, moviendo las manos poco a poco, palmo a palmo.

Vianello y De Mori fueron al borde del canal y se arrodillaron, uno a cada lado de la larga vara del bichero.

—Vale —dijo Vianello, y levantó una mano.

El piloto paró de tirar y se quedó quieto. Vianello y De Mori se hablaron en voz baja, y luego el *ispettore* se levantó. Miró a ambos lados de la *riva* y vio unos escalones que descendían hacia el agua. Le cogió el bichero al piloto y caminó despacio hacia ellos, arrastrando lo que fuera que hubieran atrapado con el gancho. De Mori se levantó y lo siguió.

Brunetti, mientras se acercaba, vio que el agua no alcanzaba los dos primeros peldaños, aunque ambos tenían adherida una gruesa capa de algas que relucían mojadas a la luz de las farolas. Al llegar a la escalerilla, Vianello le devolvió la vara al piloto, bajó los primeros dos escalones y le tendió la mano a Brunetti, que se colocó junto a ellos en el borde seco del canal y se la agarró.

El teniente Filini hizo lo mismo, pero al otro lado, y esperó mientras De Mori bajaba los escalones resbaladizos con mucho tiento.

El hombre que sostenía la vara retrocedió y guio el cuerpo flotante hacia el centro de la escalerilla. Cuando estaba a una distancia a la que podían alcanzarlo, Vianello y De Mori se inclinaron hacia delante. Por instinto, Brunetti se arrodilló en el suelo para que Vianello tuviera más alcance; Filini hizo lo mismo.

Una vez preparados de ese modo, los dos hombres de los escalones se inclinaron hacia abajo, metieron la mano en el agua y asieron lo que veían.

Brunetti notó que Vianello le apretaba la mano y se echó adelante para sujetarle la muñeca con la otra.

Vacilante, Vianello llevó un pie atrás hasta el peldaño de más arriba, esperó a que De Mori hiciera lo mismo, dijo: «Ahora», y subió el escalón. De Mori tardó un segundo más que él y Vianello dio una sacudida hacia delante. Brunetti lo agarró con más fuerza y consiguió enderezarlo. Cuando estaba bien afianzado, Vianello dijo: «Otra vez» y en esta ocasión el otro hombre se movió en perfecta sincronía. Y una vez más. Con ese tercer paso llegaron al borde y arrastraron consigo una figura humana, un hombre con la ropa pegada al cuerpo por efecto del agua.

Vianello y De Mori sacaron el cadáver del canal; Brunetti y Filini lo cogieron por los pies y, entre los cuatro, lo alejaron del borde y lo dejaron bocabajo sobre el pavimento.

Desde cerca de los pies del hombre, Brunetti solo distinguía que tenía el pelo oscuro; se le habían quedado las manos debajo del cuerpo.

El *commissario* sacó el móvil y llamó a la *questura*. Se identificó y le pidió al agente que había contestado el teléfono que contactase con la policía científica y les dijera que acudiesen al Ponte Panada, donde habían encontrado a un hombre muerto en el agua. No, no lo sabía. Todavía no habían inspeccionado el cadáver, pero Rizzardi no tardaría en llegar.

Como si con solo mencionarlo lo hubiera hecho aparecer, el forense jefe, Ettore Rizzardi, asomó en ese mismo instante en lo alto del puente, vio el grupo de hombres y los miró desde arriba.

Llevaba su pequeño maletín de piel y el abrigo oscuro que se ponía desde hacía muchos inviernos. Cuando llegó, le estrechó la mano a Brunetti y saludó a los demás con la cabeza; todos parecían conocerlo.

Fue donde estaba el cadáver y se detuvo un momento a su lado. A lo largo de los años, Brunetti había observado que el doctor, que no era creyente, antes de agacharse junto al cadáver siempre aguardaba el mismo tiempo que duraría una plegaria, como si les pidiera permiso para certificar su defunción y liberarlos de las normas y los rigores de la vida.

Rizzardi miró al teniente y preguntó:

—¿Podría pedirles a sus hombres que le diesen la vuelta?

Aunque el muerto era de constitución robusta y llevaba un abrigo de lana empapado, lo hicieron deprisa. Rizzardi se arrodilló, hizo una pausa y le apartó el cabello espeso y oscuro del rostro.

Tal vez el cuerpo rechoncho o la longitud del pelo hubieran alertado a Brunetti, porque ver la cara del esrilanqués que le había abierto la puerta en el Palazzo Zaffo dei Leoni no lo sorprendió del todo. Aun así, cogió aire de golpe, se acercó a Rizzardi, que seguía arrodillado, y le tocó el hombro.

—Lo conozco —dijo.

—¿Quién es?

—No lo sé.

14

Brunetti se acercó para verle mejor la cara al muerto. No había error posible: era el hombre que le había abierto la puerta del jardín, el que le había dicho que el *palazzo* no estaba en venta y lo había hecho en un italiano excelente y, además, según recordó en ese momento, con la cadencia del Véneto de los que llevaban un tiempo en la región. Una vez muerto, su expresión era relajada; mientras Brunetti observaba, el forense le bajó los párpados con el índice y el corazón y se los aguantó unos instantes. Cuando retiró la mano, los ojos se mantuvieron cerrados.

—¿De qué lo conoces? —le preguntó Rizzardi.

—Hablé con él el lunes.

—¿Sobre qué? —quiso saber confundido, y añadió—: Si me permites la pregunta, claro.

Estiró el brazo sobre el pecho del hombre y trató de desabotonar el abrigo de lana empapada.

—Vive dentro de la finca de un *palazzo* que hay cerca de Campiello de la Cason. Un conocido me comentó que estaba en venta, así que llamé a la puerta y lo pregunté.

—¿Y qué te dijo?

Rizzardi iba ya por el tercer botón.

—Que no estaba en venta.

—¿Nada más?

—Eso es todo lo que me dijo. Después me cerró la puerta en las narices. —Entonces se dio cuenta de cómo había sonado, así que se apresuró a añadir—: Con mucha educación.

Hubo un silencio y después Rizzardi dijo:

—Guido, esto va a ser muy desagradable.

—¿El qué?

—El cadáver.

—¿Qué? ¿Cómo lo sabes? —preguntó Brunetti confundido.

—Le he visto las manos —explicó.

Se puso a hacer otra cosa, pero se detuvo. El *commissario* se fijó en la que estaba a la vista, con la palma hacia arriba, y vio dos líneas largas y rojas en carne viva.

—¿Qué...?

—Son heridas de haberse defendido.

Brunetti era reacio a hacer preguntas, así que no dijo nada.

Rizzardi prosiguió:

—La ropa de debajo del abrigo está manchada.

—¿De sangre?

Rizzardi asintió con la cabeza.

Brunetti hizo un ruido que le salió del pecho.

El forense, que seguía arrodillado, le desabotonó la chaqueta y la camisa y las retiró.

La imagen del cadáver con las heridas punzantes abiertas y los bordes rojos era impactante. Un trozo ensangrentado de algo que parecía un tubo gris sobresalía por una de las heridas que el hombre tenía en el vientre y le teñía la camisa blanca del color rosa de los flamencos.

Había más laceraciones, pero Brunetti apartó la vista de aquellos extraños agujeros.

—Oddio —suspiró, y después dijo—: Parecía un hombre muy agradable.

—Los budistas acostumbran a serlo —contestó Rizzardi.

—¿Cómo sabes que es budista?

Rizzardi apartó el cuello de la camisa para dejar a la vista una simple cadena dorada con una pequeña figura plana metálica de Buda.

Se levantó y le tocó el brazo a Brunetti.

—No hace falta que te quedes a ver esto, Guido.

—Lo sé. Gracias, Ettore; es que no quiero que esté solo.

—Guido, está muerto —respondió el doctor, aunque no sin afabilidad.

—También lo sé. Pero me parece que los budistas creen que el espíritu permanece cerca del cadáver durante un tiempo. Me gustaría que su espíritu no estuviera solo.

Brunetti encogió los hombros nervioso y avergonzado de oírse hablar así. Por suerte, ambos se percataron de que se acercaba otra embarcación. Había llegado la policía científica.

El *commissario* fue a la lancha y les preguntó si tenían una manta. La cogió y la llevó para tapar el cadáver.

—Disculpe, *signore* —oyó Brunetti que decía una voz de hombre a su espalda.

Se volvió y se encontró ante el señor que había visto el cadáver en el agua y había llamado a la *questura*. Era más bajo que él y lo parecía más aún por la manera en que hundía los hombros con un gesto de perpetua humildad.

—Si usted está al mando, ¿es quien puede darme permiso para irme a casa? —preguntó Comisso, tímido ante la autoridad.

—Siento haberme olvidado de usted —dijo Brunetti—. Si me da su número, puede irse.

Sacó el cuaderno y apuntó el nombre y el teléfono del caballero.

Con mucha timidez, Comisso le preguntó:

—¿Me permite que le diga una cosa, *signore*?

—Por supuesto.

—Vivo... Yo vivo por aquí. —Señaló hacia el puente—. Allí abajo, en Calle della Testa.

—¿Qué número? —preguntó Brunetti, y anotó la dirección—. Creo que bastará con que venga mañana a la *questura* a prestar declaración.

—Sí, eso lo entiendo, *signore* —respondió Comisso—. Más bien es que se me ha ocurrido una cosa. Más bien eso.

—¿Qué ha pensado, *signor* Comisso?

—Bueno... —continuó el hombre, nervioso o tímido y muy incómodo—. Veo mucha televisión. Series policiacas.

Apartó la mirada, como si le hubiera dicho al dueño de una tienda que le compraba cosas a la competencia.

—¿Ah, sí? —preguntó Brunetti.

—Sí, y por eso he pensado dónde podría haber pasado esto.

—No me diga —repuso Brunetti—. ¿Dónde cree que ha sido?

El hombre cogió entonces al *commissario* del brazo y lo acercó al borde del canal. Señaló hacia el otro lado y dijo:

—¿Ve ese patio pequeño que hay allí?

Brunetti vio un espacio muy reducido, cubierto de hormigón, con tres escalones que bajaban al canal.

—La mayoría de esas casas están vacías —dijo, y permitió que Brunetti imaginase el resto—. Se puede entrar desde esa calle de allí.

Brunetti miró la otra orilla y vio las ventanas con los postigos cerrados.

—La calle hace un giro a la izquierda, pero no tiene salida —empezó a explicar Comisso.

De pronto, el hombre se mostró nervioso, así que Brunetti le preguntó:

—¿Qué más, *signor* Comisso?

—Ese sitio es mejor que este, creo yo —dijo con cierta insistencia.

—¿Mejor para qué?

—Para matar a alguien.

Brunetti reprimió el asombro y le preguntó:

—¿Y por qué piensa eso?

—Tal como le he dicho, la calle va a parar al canal y en esas casas ya no vive nadie. Así que nadie tiene motivos para pasar por allí. Y no hay luz.

Intentó sonreír, pero estaba demasiado nervioso.

—Entiendo, *signore*. Haré que los agentes lo comprueben.

Esa vez Comisso consiguió sonreír un poco y agachó la cabeza, cosa que instó a Brunetti a añadir:

—Gracias por ser un buen ciudadano.

—Gracias por decirlo, *signore*. Lo intento.

Asintió con la cabeza y se marchó en dirección a su casa, mientras que Brunetti fue a hablar con la policía científica para indicarles dónde podían empezar la búsqueda del escenario del crimen. Le habló a Vianello del patio pequeño, le dijo que iría él con los de la científica;

después le pidió que se quedara en el canal hasta que llegase la ambulancia y acompañase al cadáver al hospital.

Resultó que el *signor* Comisso tenía razón. Los dos técnicos, equipados con trajes blancos, instalaron unas lámparas potentes a la entrada del patio, que estaba salpicado de los desperdicios de la vida en la ciudad: periódicos descoloridos, envoltorios de caramelos, un calcetín y trozos de yeso desconchado en la base de las paredes que lo rodeaban. Pasaron los haces de luz de lado a lado sobre el pavimento cubierto de tierra y basura, y también por las paredes. Después de cada barrido, movían las lámparas un metro y repetían el proceso. La tercera vez que las encendieron, uno de ellos dijo:

—Ahí.

Brunetti, que los seguía de cerca, miró el lugar que indicaba y vio una salpicadura roja en el suelo, al lado de la pared. Algo más arriba había una marca del mismo color junto a un desconchón de la fachada.

El otro técnico fue a la bolsa negra que habían llevado consigo desde la lancha. La abrió, sacó una cámara y un trípode y los colocó entre las dos lámparas.

Brunetti había salido del patio para dejarlos trabajar; sin embargo, tan pronto como montaron la cámara, volvió a entrar y continuó observando. Flash y flash y flash. La cámara a la derecha y flash; hacia la izquierda y flash. Movieron la cámara hacia delante y lo repitieron y lo repitieron y luego otra vez hasta que habían tomado decenas y decenas de fotos de las manchas rojas en el suelo y en las paredes, de las huellas en los montones de yeso de los desconchones y en el polvo de cemento que había a ambos lados del patio, y de un manchurrón largo de color rojo que cruzaba el suelo polvoriento y sucio en dirección a los tres escalones que descendían hacia el canal. En el de arriba se veía algo rojo. El agua ya había cubierto los otros dos y se había bebido cualquier rastro de color que hubiera habido.

Brunetti casi no fue consciente del paso de un barco por el canal; después pasó otro y más adelante vio a un remero en una góndola que desapareció sin dejar ningún rastro visible o audible en el agua. Cuando se acordó de mirar la hora, era la una pasada y decidió aferrarse a la esperanza de que Paola hubiera perdido la paciencia y se hubiese acostado, y por eso prefirió no llamarla para decirle que no sabía cuándo volvería a casa. ¿Para qué molestarse? Eso ella ya lo sabía, ¿verdad?

Mientras los de la científica seguían tomando fotografías, Rizzardi llamó a Brunetti desde la entrada del patio y le dijo que se marchaba. Había programado la autopsia para las diez de la mañana, añadió, y después le dio las buenas noches y volvió a la penumbra de la calle más ancha.

Transcurrido un tiempo, llegó la barca del hospital. Brunetti volvió al lugar donde estaba la víctima. En ese momento, los técnicos subían a bordo con mucho cuidado la gran bolsa negra en la que habían metido el cadáver.

A su espalda, Vianello dijo:

—Estoy aquí.

De inmediato, Brunetti se sintió mejor por confiarles el cuidado del esrilanqués. Le dio la mano a Vianello para ayudarlo a subir a la lancha y se apartó del borde del canal justo cuando uno de los ayudantes soltaba las amarras y esta se alejaba poco a poco. Se acordó de una cosa y llamó a Vianello:

—Mira a ver qué llevaba encima. Por si tiene la documentación.

El *ispettore* levantó el brazo para indicar que lo había oído, y la barca se dirigió hacia el Ponte Panada y desapareció al cruzarlo.

Los *carabinieri* volvieron todos a su lancha, con la salvedad de Filini, que se acercó a Brunetti. Señaló el patio con la cabeza y le preguntó:

—¿Había algo?

—Sangre. En el suelo y por los escalones.

—¿Esos son buenos? —preguntó el teniente, y volvió a señalar con la cabeza.

—Mucho.

Filini asintió.

Durante un instante, Brunetti se planteó qué le llevaría a preguntar algo así y le dijo:

—¿Algún problema?

Filini enarcó las cejas y negó con la cabeza.

—No te lo creerías.

—Cuéntame.

Filini lo miró a la cara y Brunetti repuso:

—Soy una tumba. ¿Qué ha ocurrido?

—Un mal accidente, la semana pasada. Lo de siempre: un tipo intentó adelantar en una curva y se dio de frente contra el coche que iba por el otro carril. Mató a los ocupantes. —Se quedó callado unos segundos y añadió—: Pero se ha librado.

Sabiendo que eso era una pequeña parte de la historia, Brunetti esperó sin hacer preguntas.

—Era un matrimonio de unos cincuenta años.

Brunetti siguió sin pronunciar palabra, así que Filini dijo:

—A los nuestros se les olvidó hacerle el test de alcoholemia y los del hospital pensaban que ya se lo habían hecho. Nadie se dio cuenta hasta el día siguiente por la tarde. —Retrocedió un paso—. Así que no me fío de los técnicos.

Brunetti le dio la razón inclinando la cabeza, aunque le sorprendió lo vano que era desconfiar: el matrimonio iba a seguir muerto de todas formas.

Filini miró la hora.

—¿Quieres que te acerquemos a casa?

—Muy amable, Gianluca, pero no os pilla de camino. Deja que tus hombres se acuesten.

Contento con la respuesta de Brunetti, el teniente asintió y dijo:

—La semana pasada vi una película norteamericana de gánsteres. Uno de los buenos se iba tarde a casa, de noche, y el otro le decía: «Que llegues a salvo».

Hizo una pausa, pero Brunetti no pudo ofrecerle la carcajada que el teniente esperaba, sino una mera sonrisa.

Así que Filini se rio, le dio una palmada en el hombro y fue hacia la lancha. A medio camino se volvió, le hizo un gesto con la mano, lo llamó y le dijo en inglés:

—Que llegues a salvo.

Dio media vuelta y continuó hacia la lancha sin dejar de reírse.

Cuando Brunetti llegó a casa eran casi las tres. Encontró a Paola durmiendo en la cama, le apagó la lamparita, marcó la página del libro que tenía abierto sobre el vientre, lo cerró y lo dejó en la mesilla. Le habría gustado que estuviera despierta para poder contarle a alguien la sensación que había tenido de que el espíritu del fallecido quería que le hicieran compañía un tiempo, mientras se acostumbraba al nuevo mundo en el que estaba. En el escenario del crimen, Rizzardi era seguramente la persona más adecuada a quien intentar explicárselo, y tal vez también Vianello. Pero a los demás no los conocía lo suficiente.

Pensó, al mirarse en el espejo, que, sin duda, no podía hablar de ello con Filini, sobre todo después del comentario acerca de la película estadounidense. Por el amor de Dios, qué rara era la gente. Con ellos nunca se sabía.

Se metió sin hacer ruido bajo las sábanas, aunque sabía de sobra que podría haberse puesto a dar martillazos en las paredes y hacer agujeros, y Paola habría seguido durmiendo el sueño de los justos y los inocentes. Sonrió pensando en eso y se durmió aún sonriente.

15

Se despertó a las nueve y media, solo en la cama. Afinó el oído para escuchar los sonidos de la familia, pero no oyó nada. Chiara no removía papeles en busca de los deberes de Latín y Raffi no andaba a la caza de las botas de fútbol. Paola ya no iba y venía del estudio a la cocina a por otra taza de té japonés.

Se dio media vuelta y se preparó para seguir durmiendo, ya que siempre podía argumentar que estaba ocupado, tratando de descubrir la identidad del fallecido, cuando recordó que Rizzardi había dicho que había programado la autopsia para las diez. Veinte minutos más tarde, lloriqueando por encontrarse huérfano de un café, Brunetti salió del edificio y se refugió en Rizzardini en busca de un brioche y un *caffè* salvavidas.

Algo recuperado, se dirigió hacia Rialto sin hacer caso del pescado fresco (o no tan fresco, a juzgar por el olor) ni de la imagen de los helados igual de repelentes que había a ambos lados de la estrecha calle. ¿Cómo era posible que la gente no se diera cuenta de que no se comía pescado a la hora del desayuno y de que el helado era para cuando hacía veintisiete grados o más?

Cogió el *traghetto* desde el mercado de pescado hasta Santa Sofia y giró a la derecha en dirección al hospital. Más *gelato* a mano derecha y, más adelante, carne a mano izquierda, en lugar de pescado. Cinco minutos más tarde, cuando llegó al hospital, había pasado por delante de libros de segunda mano, dos farmacias, una ferretería, seis bares y una lavandería automática equipada con lavadoras y secadoras. Entró en el hospital, saludó al hombre de la recepción con un gesto de la cabeza y prosiguió sin detenerse en dirección al fondo y el *obitorio*.

Hacía bastante tiempo que no pasaba por allí, pero aún recordaba el camino e iba doblando esquinas por los pasillos correctos sin pensarlo de forma consciente; después de cruzar el jardín al aire libre, llegó al *obitorio* y se sentó junto a la puerta batiente, puesto que no tenía ganas de entrar. Hojeó un ejemplar de *Il Gazzettino* de ese mismo día que alguien se había dejado allí, a pesar de que sabía que era demasiado pronto para que el asesinato apareciese en él. Fue a la primera plana y leyó las historias habituales: jóvenes muertos en un coche, una investigación a cargo de la Guardia di Finanza en una empresa de plásticos reciclados, un requerimiento contra la restauración de un famoso museo de la ciudad que, al parecer, iba a llevarse a cabo sin haberse molestado en obtener la autorización del superintendente de Bellas Artes.

Justo cuando pasaba la página, la puerta se abrió automáticamente y Rizzardi salió de dentro, aún vestido con la bata protectora de plástico blanco.

—Ay, Guido —dijo—, siento que siempre nos veamos por cosas terribles. Algún día deberíamos quedar para tomar un café o algo.

—¿Y hablar sobre el tiempo? —preguntó Brunetti—. Sería maravilloso, aunque fuese solo para charlar de cualquier otra cosa...

—Exacto —repuso Rizzardi—. Ven, que te cuento lo que he descubierto.

Brunetti se levantó y dejó el periódico en la silla.

Nunca conseguía prepararse de forma adecuada para aquello y había dejado de intentarlo. Sobre una mesa de metal en el centro de una habitación muy fría estaba tendida una figura humana (cadáver, despojos, restos) que había sido víctima de un ataque violento. Brunetti se preguntó en qué momento pasaba el cadáver de ser alguien a ser algo. Los restos mortales estaban cubiertos con una sábana y los había examinado una persona que tenía derecho a meter las narices en sus lugares más íntimos y secretos a fin de descubrir enfermedades que quizá el difunto no supiera que tenía o que podría haber contagiado a otros.

Al doctor no le interesaban los motivos o pensamientos o reflexiones que pudieran afectar al comportamiento del fallecido: el doctor solo sabía lo que revelaban las pruebas y el bisturí, y la única persona que tenía derecho a esa información era la que estaba a cargo de la investigación.

Rizzardi fue al lavamanos, tal como había hecho casi todas las veces que Brunetti había acudido allí a hablar con él. Desechó los guantes en un contenedor metálico que había al lado y después se desató la bata y también la tiró. Abrió el grifo, ajustó la temperatura, se lavó las manos con cuidado, se aplicó jabón dos veces y se las secó de manera minuciosa.

Se volvió hacia Brunetti.

—No tiene sentido que lo veas, Guido. He encontrado una cicatriz vieja en la cabeza, de un golpe con algo; no es de ningún corte. E incisiones profundas en ambas manos. De hecho, le falta parte de un dedo. —Al cabo de una pausa, el forense añadió—: Anoche no quise decírtelo.

Eso sorprendió a Brunetti y le hizo pensar en el rato que había pasado en el patio. Intentó recordar qué había visto en el suelo. De haber estado el dedo allí, los técnicos habrían dado con él. Y lo habrían fotografiado. No se vio capaz de pedirle a Rizzardi que le diese más detalles al respecto.

—Lo único que pudo hacer para defenderse fue poner las manos. Pero no le bastó.

El *commissario* asintió con la cabeza.

—Cuando ya no podía defenderse, la persona que lo mató, que yo diría que era diestra, le dio una puñalada en la espalda que le perforó el pulmón y después lo apuñaló dos veces en el pecho y una en el bajo vientre.

—¿Por qué no había más sangre? —preguntó Brunetti al recordar lo que había visto la noche anterior.

—La ropa absorbió gran parte —respondió Rizzardi—. Y cayó al agua casi de inmediato tras las puñaladas.

Dicho eso, el forense fue a un armario de metal y sacó la chaqueta. Se la puso y sacó el abrigo oscuro, el mismo que llevaba la noche anterior, el mismo que llevaba desde hacía años, y se lo colocó sobre el brazo.

—¿Cómo lo sabes? —le preguntó Brunetti.

Intentaba recordar qué señales había en la tierra y la arena del patio.

—Porque se ahogó —contestó Rizzardi.

Antes de que el *commissario* pudiera hacer algún comentario o pregunta, el forense prosiguió:

—Habría muerto de todos modos: le habían perforado un pulmón y seccionado una arteria. Eso ya lo habría matado y caer al agua aceleró el proceso.

Brunetti asintió de nuevo y preguntó:

—Aparte de ser diestra, ¿sabes algo más de la persona que lo mató?

—Es de altura media, puede que metro setenta o setenta y cinco.

—¿Crees que podría haber sido una mujer?

Era evidente que la pregunta había sorprendido al forense.

—En general son los hombres los que usan cuchillos, y es muy probable que se tratase de uno de caza o algo similar: hoja lisa, de unos once centímetros de largo. Pero lo que me hace pensar en un hombre es la fuerza de los ataques. En la herida del pecho hay una leve magulladura justo por encima y por debajo del punto de entrada. Pero al tener que atravesar la ropa y el abrigo, hace falta mucha fuerza para eso.

Brunetti se estudió los zapatos, pero allí no encontró más preguntas.

—¿Algo más? —inquirió.

—Poca cosa. El estado de salud de la víctima era bueno; yo diría que tenía cincuenta y pocos años, no fumaba y, si bebía, lo hacía con moderación; aunque yo creo que no probaba el alcohol. No hay señales de ninguna enfermedad grave. El corazón tiene buen aspecto.

Brunetti asintió varias veces con la cabeza y dijo:

—Entonces buscamos a un hombre diestro de tamaño medio que, al parecer, se puso nervioso mientras mataba a otro hombre a puñaladas.

Rizzardi tuvo la delicadeza de sonreír y dijo:

—Yo no podría haberlo resumido mejor.

—¿Te da tiempo a tomar un café? —preguntó Brunetti.

—Me gustaría mucho, de verdad. Pero tengo que estar presente durante una entrevista.

—¿A quién entrevistan?

—A mi sucesor.

Brunetti vio cuánto se alegraba de haberlo sorprendido con eso.

—Sucesor —repitió el *commissario* con tono neutro.

—Sí, el año que viene me jubilo.

—¿Y qué harás?

—Alessandra y yo tenemos una casa en Salento que llevamos varios años restaurando.

—¿Te mudas a Apulia? —preguntó Brunetti, como si Rizzardi hubiera dicho que se iba al Bronx.

—A la comarca de Salento, Guido —lo corrigió el forense—. Y durante tres o cuatro meses al año.

—¿Y qué harás allí?

—Estar jubilado y nadar y navegar en nuestro barco.

—¿Nada más?

—Bueno, quizá adoptemos un perro, demos paseos largos y nos pasemos el resto del día tumbados, leyendo.

Brunetti no quiso decir nada más. Miró hacia el centro de la sala y vio la silueta debajo de la sábana. Pensó en las otras figuras tapadas, en los cientos de siluetas tapadas.

—Muy bien —contestó.

Se acercó a Rizzardi, le dio un abrazo de oso y después se apartó y se dirigió hacia la puerta. Pensó que a Rizzardi le sentaría bien el sur, aunque fuese solo por dejar atrás el ambiente tan frío en el que trabajaba.

Al llegar a la puerta, se volvió y preguntó:

—¿Nos invitas a ir de visita?

—Sí. Paola y tú podéis pasear al perro —contestó Rizzardi, y se volvió a cerrar el armario.

Cuando Brunetti llegó a la *questura*, el policía de la puerta le dijo que el *vicequestore* quería verlo. Le entregó el abrigo al agente y subió directo, llamó a la puerta y entró en el despacho vacío de la *signorina* Elettra.

—Entre, Brunetti —voceó Patta desde su despacho a modo de saludo.

Al entrar, Brunetti vio que Patta estaba sentado a su mesa sin ningún documento delante; lo tomó como una buena señal, porque indicaba que estaba dispuesto a escuchar lo que le dijeran y, al menos, tal vez no arrojase acusaciones hasta más tarde. Brunetti asintió con la cabeza y, sin que nadie se lo indicase, se sentó delante de la mesa.

—Doy por sentado que ya lo han avisado, *vicequestore* —empezó a decir—: anoche asesinaron a un hombre.

—Lo sé. Cerca de Miracoli —respondió Patta—. ¿Qué ha averiguado?

—Muy poco, *dottore*. Estaba presente cuando lo encontraron anoche.

—¡Anda! —exclamó Patta—. Creía que había sido esta mañana —continuó, como si hubiera pillado a Brunetti intentando engañarlo.

—Disculpe, *signore*. Fue poco después de la medianoche.

—En el agua, según me han dicho.

—Sí, señor, cerca de Miracoli, tal como usted ha dicho —afirmó Brunetti.

—¿Apuñalado?

—Sí, *vicequestore*. Múltiples veces.

—¿Quién es? —exigió saber Patta, como si creyese que Brunetti lo sabía y no quisiera admitirlo.

—Aún no está claro, señor —empezó a decir él.

Se felicitó por la manera elegante de expresarlo, como sugiriendo que identificarían al hombre en su debido momento y que era solo cuestión de tiempo.

—Era extranjero, ¿verdad? —exigió Patta.

—Tenía la piel oscura, sin duda.

—Pero no era estadounidense —dijo Patta, como si le rezase, quizá, a la Estatua de la Libertad para que los librase del asesinato de un turista estadounidense.

Por mucho que le habría gustado dejar a Patta con esa temible incertidumbre durante unas horas, Brunetti no estaba dispuesto a correr el riesgo de darle información engañosa. Era mejor, aunque probablemente infructuoso, ser el que le diese la buena noticia.

—No, *vicequestore,* creo que es un miembro de la comunidad asiática.

—Querrá decir africano, ¿no? —preguntó Patta, contento de haber pillado a Brunetti cometiendo un error tan tonto.

—No, señor, hablo de la población del sur de Asia: Pakistán, Sri Lanka, Bangladés o India.

Aunque el término le resultase nuevo, Patta no perdió el tiempo a la hora de adaptarse.

—Claro, por supuesto: esos asiáticos. —Cambió de rumbo y preguntó—: ¿Qué ha averiguado?

—Apenas nada, *dottore.* Lo único seguro es que no era turista —empezó a decir Brunetti, que aprovechó la oportunidad para cambiar de postura en la silla y no ser testigo de la cara de alivio de Patta—. No he tenido ocasión de examinar sus efectos personales. Iba de camino al laboratorio para preguntar por ellos. —Brunetti cruzó las piernas y continuó—: Aún no he redactado el informe. Ya que está aquí, señor, me gustaría aprovechar para darle el parte directamente.

Dispuesto a no dejar pasar una buena oportunidad, Patta se subió la manga de golpe y saltó:

—Por supuesto que estoy aquí. Son las once pasadas. ¿Dónde pensaba que estaría, Brunetti? ¿Tomando un café en el bar con usted y sus amigos?

El *commissario* sonrió y profirió un ruido que convirtió la pregunta de Patta en uno de sus comentarios ingeniosos.

Se hizo el silencio y, al cabo de un momento, Brunetti se arriesgó a levantarse. Acercó la silla vacía a la mesa y dijo:

—Voy a hablar con los del laboratorio a ver qué han averiguado, ¿de acuerdo?

—Sí —contestó Patta. Al parecer se alegraba de que alguien que no fuera él hiciese algo—. Manténgame informado, Brunetti —dijo, como si la cosa no le interesase mucho, y se acercó una carpeta gruesa.

Después de eso, Brunetti fue al laboratorio que había al fondo de la planta baja, la guarida de Bocchese, donde aún podían encontrarse alambiques y retortas y se descifraban y aclaraban los misterios. Bocchese estaba sentado a su mesa junto con los desechos de días, si no años. Por toda la superficie había papeles, informes, inspecciones, dibujos, esparcidos como hojas en pleno octubre. No había orden ni plan; solo caos, improvisación y desorden aparentes. Sin embargo, gracias a un sistema que guardaba en su seno y no revelaba ante nadie, Bocchese era capaz de encontrar, entre tanto barullo y con la precisión de una garza pescando con el pico, cualquier documento que alguien le solicitase.

—Hola, Guido —dijo el jefe del laboratorio, y le preguntó—: ¿Vienes por el hombre que encontraron anoche?

Cuando Brunetti asintió con la cabeza, Bocchese se volvió y le señaló una mesa que había más atrás.

—Lo hemos metido todo en esa bolsa de plástico y lo que sabemos ya está en el informe que hay al lado. Échale un vistazo. Hay guantes, póntelos, por favor.

—Gracias —contestó Brunetti.

Bocchese apartó la silla de la mesa, se levantó y estiró los brazos por encima de la cabeza.

Brunetti señaló los dos técnicos con mascarilla que estaban delante de un mostrador alto, inclinados sobre una serie de viales pequeños.

—¿Qué es eso? —preguntó.

—Las muestras que cogieron anoche, para ver si la sangre del suelo era suya.

Dicho eso, Bocchese señaló la otra mesa y se sentó de nuevo. Brunetti fue a la mesa larga, se puso los guantes de plástico y se acercó la bolsa transparente. Dentro estaba la cadena con el buda. Abrió la bolsa y vertió el contenido sobre la mesa. El buda cayó bocarriba. «Siento que no pudieras protegerlo», le dijo Brunetti, pero no en voz alta.

Había un monedero aún mojado y, dentro, treinta y tres euros y diecisiete céntimos. Había dos pañuelos de papel arrugados, un peine de plástico de bolsillo y una castaña de Indias pequeña a cuyo brillo no había afectado el tiempo que había pasado en el agua. En otra bolsita hermética había una pieza cilíndrica y menuda de un material que parecía marfil y que tenía la misma forma que un pedazo de *penne* liso y crudo. En la etiqueta que estaba pegada a la bolsa se leía: ENCONTRADO EN EL

BOLSILLO DEL CHALECO. Brunetti volvió a mirar el objeto, lo hizo rodar unos instantes en la palma de la mano hasta que se dio cuenta de que era un trozo de hueso semidescompuesto: de un dedo de la mano o quizá del pie. Apoyó la mano en la mesa con la palma hacia arriba y estudió el pedazo antes de cogerlo con la derecha y acercarse a Bocchese.

16

—¿Quién es el experto en huesos? —le preguntó Brunetti al jefe de laboratorio.

Sin dudarlo, Bocchese se dirigió a uno de los hombres del fondo:

—Rodella, ¿puedes venir un momento?

Un agente bajo y con gafas que no podía tener más de veinte años se volvió, les dijo algo a sus compañeros y se acercó a Bocchese. Tenía un rostro amigable y los ojos de color azul claro, algo ampliados por efecto de las lentes.

Brunetti se levantó cuando el joven se acercaba.

—Conoces al *commissario* Brunetti, ¿verdad? —le preguntó Bocchese.

—Sí, señor.

—Muy bien. Quiere hablar contigo.

Era evidente que el joven estaba sorprendido. Brunetti vio como repasaba las cosas que había hecho últimamente, por si había algo que se podía entender mal o malinterpretar.

—Pero... —empezó a decir el joven agente.

Brunetti le sonrió al muchacho y dijo:

—No te preocupes. Solo quiero pedirte ayuda. —Hizo

una pausa y dejó que el efecto de esa palabra empapase la conversación—. El teniente Bocchese me ha dicho que eres el experto en huesos.

Durante un segundo, Rodella se quedó en blanco, pero debió de repetirse a sí mismo lo que había oído y esbozó una sonrisa.

—Bueno, eso no es cierto, señor. No soy ningún experto. No tengo los instrumentos necesarios para ser realmente bueno. —Y como si acabase de decir algo que parecía demasiado una queja, Rodella se apresuró a añadir—: Pero en Mestre sí los tienen, y puedo usarlos si los necesito.

—¿De qué tipo de equipamiento hablamos?

—Un microscopio mucho mejor, para empezar —respondió con un tono que a Brunetti le pareció anhelante—. Eso es básico.

—¿Para qué sirve? —preguntó Brunetti, aunque tenía una idea bastante clara.

Rodella miró a Bocchese, a todas luces pidiendo permiso para contestar. Bocchese asintió y Rodella dijo:

—Pues sirve para ver las estructuras más delicadas con más claridad, señor. —Hizo una pausa incómoda, pero enseguida añadió—: Es fundamental en los exámenes balísticos.

Brunetti asintió, aunque no dijo nada. La pausa se extendió hasta que el joven, enfrentado al silencio prolongado del *commissario,* dijo, como si invocase las Sagradas Escrituras:

—Sale a menudo en la tele, señor.

Dado que Brunetti seguía sin contestar, Rodella insistió:

—De verdad, señor. Salen mucho.

—Sí, eso me han dicho —dijo Brunetti con tono amigable.

—¿Quería información sobre el hueso que llevaba el hombre en el bolsillo, señor? —le preguntó Rodella, como un dependiente con miedo a que se le marchase un cliente sin comprar nada.

—Sí.

—Es un hueso de un dedo, *commissario*. No cabe duda al respecto. Diría que es de una mano, no del pie. Lo miré en internet y en mis libros de anatomía y anatomía forense.

Brunetti sonrió pensando en cuando él era nuevo en el cuerpo.

—Gracias, agente. Lo incluiré en mi informe.

—Gracias, señor —contestó Rodella.

Entonces, tal vez por no saber qué otra cosa hacer, se cuadró.

—Gracias de nuevo, agente —dijo Brunetti.

Dejó el fragmento de hueso en la mesa, entre las demás cosas. Rodella regresó a la mesa del fondo, con los demás agentes.

Brunetti se volvió hacia Bocchese y le dijo:

—Hacía tiempo que no veía a nadie tan entusiasmado con su trabajo.

—Sí, es un buen chico —convino Bocchese—. Es listo, no se va hasta que acaba las tareas, se lleva bien con los demás y, para más mérito, aunque es mucho más inteligente que ellos, no se lo restriega por la cara. —Entonces, con un tono más reflexivo, añadió—: Espero que no nos lo quiten.

—¿La competencia?

—Los de Mestre. Hay un laboratorio privado que quiere llevárselo.

Al ver que Brunetti se sorprendía, se explicó:

—Ya le han hecho dos entrevistas.

—¿Te lo ha dicho él?

—Sí.

—¿Por qué?

—Porque pensaba que no decírmelo sería deshonesto.

Brunetti reflexionó un momento y dijo:

—Ya veo.

—Pero quiere ser policía. Desde que era pequeño, es lo que quiere. —Entonces, para devolverlos a la conversación inicial, Bocchese señaló la bolsa transparente y le preguntó—: ¿Has acabado con eso?

Brunetti le enseñó el móvil y dijo:

—¿Puedo hacerle una foto al hueso?

—Sí.

Cuando acabó y los restos estaban en la bolsa hermética, Bocchese lo tocó a través del plástico y preguntó:

—¿Por qué tanto interés?

—Porque lo tenía en el bolsillo del chaleco —respondió Brunetti.

—¿Qué crees que significa? —inquirió el jefe de laboratorio.

—No tengo ni la menor idea.

—Pero quieres la foto.

—Sí.

—¿Por qué?

—Porque tiene que significar algo.

Bocchese lo pensó mucho, estiró el brazo, tocó el hueso tubular, dijo que volvía al trabajo y dejó a Brunetti solo.

Brunetti decidió que la mejor persona para hablar sobre el tema era Griffoni. A ella le gustaban las ambigüedades y descubría patrones y sorpresas donde él no.

Subió y vio que la puerta de su despacho en miniatura estaba cerrada, señal inequívoca de que ella no estaba dentro. Llamó de todos modos y sintió alivio al oírla decir «*Avanti*» desde el interior; giró el pomo y empujó. Nada se movió. Ejerció más presión, pero por mucho que empujase hacia abajo y hacia delante, no era capaz de abrir la puerta.

Oyó un ruido que venía de dentro, quitó la mano y retrocedió. Vio que el pomo se movía y que la puerta se abría hacia fuera, hacia él, y Griffoni aparecía en el umbral. Le hizo un saludo formal y se echó a reír en voz alta. Por algún motivo llevaba el uniforme, algo que casi nunca hacía; Brunetti vio indicios de que un sastre habilidoso había modificado a placer la chaqueta y la falda y que los zapatos de suela plana eran de Fratelli Rosetti y no los que expedía el gobierno.

—*Mamma mia* —dijo Brunetti—. ¿Qué has hecho?

Ella escogió entender que la pregunta se refería al despacho y no a la vestimenta que había seleccionado, y se hizo a un lado para que él viese la habitación. Lo primero que Brunetti pensó fue que se había deshecho de la mesa o que alguien se la había robado. Pero entonces vio el respaldo de la silla, que sobresalía de un hueco que había en la pared de la derecha, como una especie de puerta sin marco. Antes allí había una puerta cerrada con un marco de madera que ella siempre había creído que daba a un almacén. Pero no: llevaba a un armario empotrado lo bastante grande para alojar la mesa, que Griffoni se había apañado para encajar en el espacio vacante con un margen de unos tres centímetros a cada lado.

—¿Cómo ha sido? —preguntó sin disimular la alegría.

—Le pedí a Vianello su equipo de herramientas para

forzar puertas; quería ver qué había al otro lado —explicó con evidente orgullo.

—Se supone que nadie sabe que las tiene —contestó Brunetti automáticamente.

—Me imagino que es aún peor que sepa usarlas —repuso ella.

Brunetti prefirió no ahondar en el tema, así que entró en la estancia y, sin molestarse en pedir permiso, cerró la puerta tras él, fue directo y sin impedimentos hacia la silla, la movió a un lado y se inclinó para examinar el hueco.

Sobre la mesa había una lámpara, delante del ordenador portátil. Un cable alargador iba desde el único enchufe de la pared al armario. En la pared del fondo había estanterías para libros, aunque Griffoni iba a tener que inclinarse sobre la mesa para colocar algo en ellas. Allí estaba el bolso. Y la pistola.

—Muy bien —dijo Brunetti—. Ándate con cuidado, a ver si te vas a perder.

Griffoni asintió con la cabeza y después colocó la silla de las visitas contra la pared, se sentó y le hizo un gesto a Brunetti para que cogiera la de ella.

Él la encaró hacia la otra, se sentó y retrocedió hasta tocar la mesa con el respaldo, para tener más sitio para las piernas.

—¿Qué has hecho con la puerta y el marco? —le preguntó.

—Cuando Riverre y Alvise descolgaron las puertas de las bisagras y retiraron el marco —empezó a decir, sin molestarse en explicar cómo había sucedido eso—, les pedí que lo apoyasen todo contra la pared, al final del pasillo. —Hizo una pausa y después añadió—: Es nogal, del edificio original, siglo XVII.

Como Brunetti no decía nada, señaló la pared pintada donde antes estaban las piezas de madera y dijo:

—El marco también es de nogal; rascamos un poco de pintura para comprobarlo.

Él no había visto una puerta en el pasillo ni los trozos del marco apoyados a su lado. Unos años antes, Brunetti había adquirido seis puertas antiguas de nogal para sustituir las del piso que Paola y él habían comprado después de casarse.

—Si lo son, seguro que valen mucho —comentó.

—Lo sé.

—¿Qué vas a hacer?

Griffoni se encogió de hombros.

—Si las dejas en el edificio, alguien las robará —le advirtió él, y señaló hacia el pasillo.

—Estamos en la *questura*, Guido. Somos policías.

—Eso no significa que alguien no vaya a darse cuenta de que es una puerta de nogal. —Tras darle un par de vueltas más, Brunetti añadió—: Aun así, no sería fácil bajarlas y meterlas en la lancha.

Al ver que ella se limitaba a encoger los hombros de nuevo, le preguntó:

—¿No crees?

—Les dije a Foa y a Vianello que no era nada importante y les pedí que me ayudasen a deshacerme de ello.

—¿A deshacerte?

—Meterlo en el almacén de mi edificio hasta que pudiera llamar a Veritas para que se lo llevase el servicio especial de residuos. —Hizo una pausa breve y añadió—: Eso es lo que les dije.

—¿Y te creyeron? —preguntó Brunetti, que la conocía bien.

—Supongo que sí —respondió ella, con la mirada en el hueco donde antes había una puerta.

La conversación se había convertido en una gigantesca atracción de feria y Brunetti no sabía adónde lo llevaría. Podía parar ya y no enterarse de nada más; de ese modo, no se convertiría en cómplice de la desaparición de propiedades del Estado.

—¿Sigue ahí? —preguntó.

Con eso se sentó en el asiento para niños y ella lo empujó.

A ella le sorprendió la pregunta y no supo disimularlo.

—Me temo que no —respondió sin un ápice de miedo en la voz.

Aquel era el momento. El cochecito en el que Brunetti iba montado había frenado al llegar a una curva amplia y él podía saltar en marcha, caer de pie e irse de allí sin hacer ruido, con las manos en los bolsillos, silbando una melodía inofensiva. O podía quedarse donde estaba para el resto del viaje.

—¿Dónde está?

—En el taller de Cristiano —contestó Griffoni—. Ya te lo dije: es carpintero en Dorsoduro; el que está más abajo del enmarcador.

—Ah, Cristiano —dijo Brunetti al tiempo que asentía con la cabeza—. Cristiano. ¿Qué hace allí la puerta?

—Le va a quitar seis capas de pintura, va a cambiar las bisagras por otras más aptas para esta época y después la llevará a mi piso. —Sonrió—. Podría tardar meses. Pero no hay prisa.

Brunetti guardó silencio unos instantes y respondió como si nada:

—No hay prisa.

Al final, se bajó del cochecito de feria y le preguntó:

—¿Te has enterado de lo del asesinato?

—Sí.

Griffoni cruzó las piernas y se irguió en la silla.

—He leído el informe de los *carabinieri*.

Antes de que pudiera preguntárselo, Brunetti dijo:

—Todavía no he tenido tiempo de redactar el mío.

—Cuéntame.

Brunetti le habló primero de la llamada de Vianello, de las escenas del canal y el patio; después le contó lo que habían descubierto Rizzardi por un lado y los de la científica por otro. Al acabar retrocedió en el tiempo para relatarle el contacto, aunque breve, que había mantenido con la víctima y acabó diciendo:

—Eso es todo.

Ella había ido tomando notas mientras él hablaba, pero cerró el cuaderno y le preguntó:

—¿Y ahora qué?

Como él no respondía, Griffoni añadió:

—Tratándose de Venecia, doy por sentado que conoces al menos a una de las personas involucradas.

Brunetti se rio.

—Fui a la escuela con la mujer que es propietaria, junto con su marido, de la casa donde vivía. —Rememoró la conversación que había tenido con Maurizio y añadió—: Y me enteré de que la priora del convento que hay al lado es generosa.

—Y no me lo digas: es una prima tuya que hacía décadas que no veías.

—Seguramente será filipina —contestó Brunetti—. Hoy en día, parece que ellas son las únicas que se hacen monjas.

Griffoni se estremeció de golpe y le quedó suficiente aliento para susurrar:

—Por mí, todos los conventos para ellas.

17

Brunetti decidió ir a echarle un vistazo al Palazzo Zaffo dei Leoni. Por la mañana había llamado a la *questura* de camino al hospital y había ordenado que mandasen a dos agentes uniformados para precintar la casa del jardín en la que les habían dicho que vivía el asesinado. Dejó claro que, sobre todo, los agentes debían permanecer en el interior del muro y que nadie, aparte de los propietarios, tenía permiso para entrar en la propiedad. También pidió que un equipo de la científica fuese al *palazzo* en cuanto les fuese posible.

Antes de salir de la *questura,* pidió el número de teléfono de uno de los hombres que habían apostado allí y lo llamó cuando ya estaba cerca del lugar.

—Pattaro, soy el *commissario* Brunetti. Estoy bajando el puente de San Canzian. ¿Podéis abrirme?

—*Sì, signore.*

Hizo los mismos giros y se encontró ante la misma puerta alta de madera. Esa vez le abrieron rápido, un policía uniformado a quien conocía. Otro agente estaba en los escalones de la puerta principal del *palazzo.* Brunetti entró, pero se quedó cerca de la salida a la calle.

—Gracias, Pattaro —dijo—. ¿Hay alguien?

—A nosotros nos ha abierto una mujer. Nos ha dicho que es la propietaria. He visto a un hombre con bastón subiendo los escalones, pero no nos ha dirigido la palabra.

—¿Cuánto tiempo lleváis aquí? —preguntó Brunetti.

—Desde las nueve y media, *commissario* —respondió el otro—. Hemos tenido que despertarlos.

—¿Qué le habéis comunicado a la señora?

—Que el hombre que vivía aquí estaba muerto.

Dicho eso, hizo una pausa, como si esperase que le hiciera más preguntas.

—¿Cómo ha reaccionado?

—Ha sido extraño, *commissario*. Ha estado un buen rato callada con la mano sobre el corazón y después ha dado media vuelta y ha entrado en el *palazzo*.

Brunetti le dio las gracias y le dijo que podía volver con su compañero mientras él echaba un vistazo por el jardín.

Se dirigió al lado derecho del *palazzo*, de donde era la fotografía más bonita del libro de jardines. No obstante, esas imágenes no captaban la realidad actual, cosa que sí había hecho Google, aunque ni siquiera ese ojo que todo lo ve podría haber preparado a Brunetti para lo que encontró. Alguien había segado de manera incompetente aquel rectángulo de hierba silvestre que tenía la amplitud de la propiedad y había dejado un campo muerto de agujeros y matas de hierba amarilla marchita. Más o menos a un metro del lateral del *palazzo*, la vegetación seca topaba con una pared de plantas recrecidas que a Brunetti le recordó más a la jungla que a un jardín y le resultó algo amenazadora. La naturaleza impone límites a la altura de las plantas y, en ese caso, varios de los arbustos y zarzas habían alcanzado su punto álgido mucho tiempo atrás y, desde entonces, se habían desplomado sobre sí mismos o inclinado hacia los lados y habían iniciado la conquista de la dimensión lateral con ramas horizontales que parecían ir en busca de presas. Un único sendero, poco más que el rastro que dejan los animales salvajes entre el follaje, atravesaba las matas de hierba y después desaparecía bajo esa maraña de plantas espinosas y antipáticas.

Debido a la sombra que arrojaban el *palazzo* y el muro que lo rodeaba, la tierra estaba húmeda; aún había gotas sobre las capas de hojas muertas que se negaban a soltarse de los troncos. A mano derecha de esas enormes matas de plantas, Brunetti vio el principio de un muro de piedra de casi un metro de altura que desaparecía entre el follaje en dirección, calculó, a la parte de atrás de la propiedad. Al otro lado del muro vio un césped que aún estaba verde, digno de una partida de cróquet o de un pícnic regado con champán, puesto que allí empezaba, según le había dicho Google, el jardín de las hermanas de la Orden de San Benito de Nursia y el reino del orden y la rutina y la belleza. Aunque tal vez no de los pícnics regados con champán.

A mano izquierda del *palazzo*, las muestras de abandono y negligencia eran aún más claras que a la derecha. Las mismas plantas, o su progenie deforme, se extendían en una masa intransitable que sofocaba la tierra invisible con una maraña de plantas descompuestas; todo llevaba años sin tocarse, tal vez incluso más. Mientras que el jardín de la derecha aparentaba estar fuera de control, el de la izquierda parecía peligroso.

Brunetti regresó con los agentes, que estaban apostados cerca de la puerta principal. Al ver a Pattaro, le preguntó:

—¿Habéis acordonado la casa del jardín?

—Sí, señor —dijo.

Su compañero también asintió.

—¿Habéis entrado?

—No, señor. Hemos hecho lo que manda la normativa: precintar las ventanas y las puertas exteriores. Es lo primero que hemos hecho después de hablar con ella.

—¿Os ha dado las llaves? —le preguntó a Pattaro.

—Sí, señor —contestó este, y se metió la mano en el bolsillo del lateral de la chaqueta.

Se las entregó a Brunetti, que le dijo:

—No falta mucho para que se acabe vuestro turno. Podéis volver a la *questura* si queréis. Yo me quedo hasta que lleguen los de la científica. Quiero echar un vistazo por aquí.

—Gracias, *signore* —dijeron ambos levantando la mano a la altura del pecho a modo de agradecimiento.

Cuando se hubieron marchado, Brunetti fue al costado derecho del *palazzo* y descubrió el rastro incierto de un camino cubierto de vegetación que conducía a la parte trasera de la propiedad, donde Google le había dicho que se ubicaba el Rio dei Santi Apostoli y donde debía de estar el acceso al canal del fondo del jardín. Siguió el camino a lo largo de diez metros y se topó con una pequeña casa de ladrillo de una sola planta, erigida sobre unos cimientos de piedra de un metro de altura. A su alrededor, la hierba era más corta, pero seguía llegándole por encima de los tobillos.

Cinco peldaños lo condujeron a la entrada. Tal como le habían dicho, en las ventanas y en la puerta había grandes tiras cruzadas de cinta de color rojo y blanco que anunciaban el lugar como escenario de un crimen. Brunetti bajó los peldaños y se dirigió a un costado. Miró por una de las ventanas precintadas y vio una cama individual, un armario, paredes blancas, un suelo de madera y una silla a los pies de la cama. Sobre la mesilla de noche, vio una lamparita para leer y dos libros cerrados.

Había una puerta trasera, pequeña y sin ventana, que también estaba precintada con la misma cinta.

Rodeó por completo aquel hogar modesto, consciente en todo momento de las plantas amenazantes que se alzaban allí cerca y, en algunos casos, encima de la casa. Miró por todas las ventanas y no vio ninguna señal de perturbaciones ni de violencia. La mesa de la cocina estaba despejada, igual que la encimera junto al fregadero. Había una especie de salón con una librería y, apoyada en una de las paredes, una mesa donde había un portátil digno de la Edad Media. También había un sillón de aspecto muy cómodo con una lámpara de pie al lado. Si algún día uno de sus hijos decidía escaparse de casa, pensó, le pediría a la persona que vivía allí que los sustituyera.

Volvió a la parte de delante, subió los peldaños y sacó las llaves del bolsillo del abrigo. Despegó las dos tiras de precinto de la puerta y las dejó colgando del marco. Cogió un paquete que contenía un par de guantes de plástico transparente, los sacó y se los puso.

La segunda llave funcionó y la puerta se abrió sin que Brunetti tuviera que buscar la manera de no tocar el pomo. Entró directo al salón. Miró a su alrededor con cuidado de no tocar nada y después fue al dormitorio, sin prisa. Se fijó en el armario (viejo, de cedro, muy bonito), pero no lo abrió. En la cama individual había una colcha de lino bien metida por debajo de la almohada. Se quedó allí sin hacer ruido y le preguntó a la estancia qué tipo de dormitorio era y qué clase de hombre había dormido allí. La habitación guardó silencio, inmóvil. Tal vez esa fuese la respuesta.

Mientras que el resto de las estancias de la casa estaban pintadas de blanco, el salón era de color verde muy claro. No era primavera vulgar ni otoño cansino, sino el tono que vestiría la naturaleza no para ir a una fiesta, sino para estar por casa: algo cómodo que se podía salpicar o manchar sin que pasara nada. Se quedó allí quieto, pero antes de que la habitación pudiera decirle algo, oyó un timbre. Al cabo de un momento, cayó en que había sonado en el *palazzo* y anunciaba que alguien esperaba al otro lado de la tapia exterior.

Dejó la puerta entornada y se apresuró por el camino a la parte de delante y la entrada de la calle. Era el equipo de la policía científica: dos hombres sin luces ni equipamiento. Brunetti los llevó a la casa del jardín y se detuvo antes de entrar para explicar que el delito no se había cometido allí y pedirles que buscasen cualquier cosa que estuviese fuera de lugar o cuyo aspecto indicase que debería haber estado escondida.

Abrió la puerta, los siguió al interior y se sorprendió de hasta qué punto ya se sentía como en casa: tal vez era por el verde de las paredes.

Los dos hombres se repartieron las estancias: uno se ocuparía del baño y la cocina, y el otro del dormitorio. Eso le dejaba el salón a Brunetti. Fue al sillón, se sentó y, de inmediato, le vino a la memoria un cuento que volvía locos a sus hijos cuando eran pequeños, puesto que el sillón no era demasiado duro ni demasiado blando, sino perfecto.

Los de la científica trabajaban sin hacer ruido: era como si en aquella casa hubiera ratones, pero no tres hombres. La mesa que estaba a la izquierda de la puerta sostenía una pequeña estatua de Buda hecha de madera con un vaso de agua medio lleno delante. En el agua había unas pocas flores silvestres con la corola gacha en reconocimiento de su santidad. A la izquierda del buda había tres piedras planas, lisas como si las hubiera erosionado el mar, y al otro lado una concha rosácea. Brunetti, sorprendido por la serenidad de la decoración, sacó el móvil y fotografió el altar antes de continuar de forma aleatoria por la habitación, para registrar la tranquilidad y la belleza queda del hogar del fallecido.

Se acercó a la librería y se preguntó si el encanto y la individualidad del hombre que había vivido en esa casa se repetiría en los libros. Enseguida descubrió que estos se dividían en tres idiomas: italiano, inglés y lo que supuso que era el alfabeto redondeado de la lengua de Sri Lanka. Los títulos eran tan heterogéneos que les hizo tres fotografías para mostrar cómo vivían segregados por idiomas pero felices, y una última para mostrar que vivían todos juntos y en paz.

Sacó uno de los libros en cingalés y en la cubierta vio un buda muy benévolo, igual que en la siguiente y la siguiente; no era el mismo buda en las tres, pero sí la misma benevolencia. Los dejó en su sitio, dio un paso hacia un lado y llegó a los libros en inglés. Sacó *Colonialism in Sri Lanka* y leyó algún que otro párrafo; le echó un vistazo a *The Story of Ceylon* y su aspecto destartalado lo llevó a consultar la fecha de publicación, que era de finales de los años cincuenta; *The Prabhakaran Saga* estaba al lado de un libro titulado *The Broken Palmyra*. Brunetti leyó lo suficiente para ver que ambos trataban sobre la desastrosa rebelión tamil. Los cerró, los dejó encima de los otros y los devolvió todos a la estantería.

Los libros en italiano se dividían en novelas policiacas, algunas traducidas de otros idiomas, y libros relacionados con el terrorismo. Había un álbum grueso de recortes lleno de panfletos y artículos de prensa, la mayoría de unos cuarenta años antes. Uno lo había publicado una organización llamada Fin de la Ocupación de Italia, y en él se nombraba y se daba la ubicación de las bases militares estadounidenses en la península, además de proporcionar mapas detallados y fotos. Un cartel pequeño que había entre los demás documentos afirmaba en tinta roja que solo la violencia armada podía solucionar el problema de la clase obrera. Dejó el álbum de recortes en la balda y cogió uno de los libros: *A True History of Our Times.*

Leyó la introducción, que cargaba contra la «continuada opresión de nuestra patria» a manos de «las fuerzas del fascismo internacional» que «llevaban la máscara habitual del liberador que, para mantenerse en el poder, les da medias y bombones a las mujeres y a los niños».

Casi seducido por la retórica, Brunetti continuó leyendo sobre «el atontamiento de las masas mediante la televisión» y la advertencia de que los lectores debían «resistirse a las tentaciones del consumismo y el egoísmo». Brunetti ojeó un par de libros más y se sorprendió de encontrar en ambos exhortaciones a violencia extrema, incluso letal; dejó los libros en su sitio, curioso por saber qué motivo llevaría a un budista esrilanqués a tener esos textos en su casa.

Se apartó de la librería. Ya no creía ni tenía esperanzas de que la nota secreta que lo desvelase todo estuviera metida entre las páginas de un libro, así que fue al ordenador. En la pared, justo donde recaería la mirada de la persona que estuviera usándolo, había una fotografía enmarcada de una mujer de mediana edad, rolliza y de piel oscura, mirada amable y mechones blancos en la melena negra que llevaba recogida. A ambos lados había dos jóvenes, tiesos como si les hubieran llamado la atención, con la piel igual de oscura que ella y, tal vez, unos veinte años de edad. Llevaban un par de chaquetas de color azul marino con corbata y parecían incómodos, mientras que la mujer estaba muy a gusto con su blusa de manga larga de color rojo chillón y el chal amarillo en el hombro izquierdo. Sonreía y eso la hacía encantadora.

El teclado fue una revelación: una letra europea en la parte superior izquierda de cada tecla y dos letras cingalesas, una encima de la otra, en la parte derecha. Del mismo modo que se rumoreaba que Dios le había dado al hombre la capacidad de dominar a los animales, la tasa de intercambio que requería dos letras cingalesas para cada una del inglés expresaba otra forma de dominación por parte de la gente del alfabeto latino.

El viejo ordenador portátil estaba cerrado y Brunetti no intentó abrirlo ni encenderlo. Más por una cuestión de obligación que por cualquier otra cosa, fue a la cocina, donde el más alto de los dos agentes revisaba la parte superior de los armarios subido a una silla.

—¿Has encontrado bolsas de plástico o de papel? —preguntó Brunetti.

—Debajo del fregadero, señor. Muy pulcra y ordenada, la persona que vive aquí.

Brunetti le dio las gracias y no dijo nada sobre el tiempo verbal erróneo. Debajo del fregadero encontró una bolsa de papel y se la llevó al salón. Levantó el portátil con un dedo y lo metió en la bolsa. Fue con él a la cocina y le dijo al hombre, que había movido la silla hasta el armario del otro lado del fregadero:

—Llévate esto cuando os marchéis, a ver si alguien puede entrar.

—Déjelo en la mesa, señor. Nos encargaremos de que le llegue a Bocchese.

Brunetti le dio las gracias y regresó al salón. Se puso ante una de las ventanas y permitió que lo que quiera que lo incordiase siguiera haciéndolo. ¿Cuándo había visto un jardín tan feo? Las palabras *jardín* y *feo* eran un oxímoron y nunca deberían ir juntas. ¿Cómo eran capaces de soportar verlo? ¿Cómo podían vivir con aquel horror tan cerca? No había manera de estar seguro de qué podía salir de entre aquellos arbustos. Volver a casa de noche y pisar algo que se movía; oír algún crujido por delante.

De pronto, se le acercó el hombre de la cocina con un recipiente de plástico en la mano; era como los que Paola utilizaba para las sobras, más o menos del tamaño de una caja de puros.

—Mire esto, señor —dijo el hombre, y se lo tendió.

La tapa era de un azul muy alegre y el recipiente, transparente. Incluso antes de abrirlo, Brunetti vio el dinero, los tonos rojizos y azules de los billetes de diez y veinte euros, y supo que la cantidad no sería muy elevada.

Dejó el recipiente sobre la mesa y retiró la tapa. Había unos cuantos billetes de diez encima del montón y, a primera vista, Brunetti calculó que debía de haber unos pocos cientos de euros, pero no más.

Vio una punta rojiza que asomaba por debajo de los billetes y, al apartarlos, dejó al descubierto la esquina de una cartulina gruesa de color granate.

Al quitar los billetes vio la palabra PASAPORTE y debajo: REPÚBLICA DEMOCRÁTICA SOCIALISTA DE SRI LANKA. En otras circunstancias, Brunetti se habría dicho: «Qué trío político tan interesante, ¿verdad?», pero tras una muerte violenta, ni se le ocurrió pensar eso.

Abrió el pasaporte y vio que el hombre muerto, que allí estaba vivo, no sonreía. Brunetti apartó la mirada. Inesh Kavinda, nacido en Colombo, hacía cincuenta y dos años. Los sellos indicaban que había viajado a Sri Lanka seis años antes y se había quedado cuatro semanas, y otra vez el año anterior, durante la misma cantidad de días.

—¿Dónde estaba? —le preguntó al agente, y recordó que se llamaba Donati.

—Encima de los fogones, señor. Se supone que debería haber un extractor, pero alguien lo ha quitado. El filtro está tan sucio que no se ve a través, así que no se nota que no hay extractor.

Brunetti asintió con aprobación. Siempre le gustaba que la gente tuviera escondrijos en su casa. Se preguntaba por qué había tantas personas que los tenían en la cocina.

—¿Qué hago con la caja, señor?

—Llévatela cuando hayáis acabado y dásela a Bocchese, junto con el ordenador. Quédate mientras él cuenta el dinero y cuéntalo tú también a la vista; entonces, ambos anotáis la cantidad total en dos pedazos de papel diferentes, los firmáis y lo guardáis en la caja, que va a la caja de seguridad de Bocchese.

Vio la expresión del técnico y dijo:

—Donati, es para protegerte a ti y a Bocchese. Así no hay dudas sobre cuánto dinero había dentro al llegar a la *questura*.

Donati sonrió y dijo:

—Por supuesto, *commissario*. —Tras una pausa, añadió—: En cualquier caso, yo no le robaría a un muerto.

—¿Cómo sabes que está muerto? —le preguntó Brunetti como si nada.

—Me lo han dicho en la *questura,* señor.

Él asintió con la cabeza. Había pasado un tiempo desde el último asesinato que se había producido en la ciudad, al menos de uno en el que el delincuente no soltase el arma y llamase a la policía.

Brunetti empujó el recipiente hasta el centro de la mesa y regresó a la librería. Algo le había traído a la memoria un ruido extraño mientras miraba los libros, y dejó que su mente flotase hacia ellos y después se alejase.

Miró los títulos de los lomos y concluyó que tenía sentido que hubiera libros sobre la historia de Sri Lanka. Si dejaba esos de lado, quedaban las novelas policiacas, que descartó, y los libros sobre el extraño resurgimiento del terrorismo en la Italia de los años ochenta. Era como si le pidieran que encontrase un gato escondido en el dibujo de un árbol.

Se acordó de que, en algún momento durante los años sobre los que versaban los libros que tenía delante, su padre había resurgido del largo periodo de tristeza en el que se había sumido su vida tras enterarse de la reaparición de las Brigadas Rojas. Su familia, acostumbrada a su ferviente compromiso con la izquierda, no daba crédito al oírlo condenar los ataques contra civiles y considerarlos asesinatos, así como asesinos a los que los cometían.

Cuando le preguntaban el motivo, el padre de Brunetti respondía que conocía de toda la vida a los de esa calaña: los hijos de los ricos, que buscaban llamar la atención. «Esperad y veréis —dijo una noche después de cenar, tras haber cambiado la rabia por la repulsión—. Ya veréis. Dentro de cuarenta años, todos serán abogados y banqueros y profesores universitarios y votarán a los democristianos.» Su padre no sabía que los democristianos experimentarían un arrebato político en los noventa y dejarían de existir; en cuanto a lo demás, Brunetti opinaba que tenía razón.

Pero ¿cómo podía interesarle eso a un esrilanqués?

18

—Disculpe —dijo a su espalda una voz de mujer del todo perentoria.

Brunetti se volvió y vio a Gloria Forcolin junto a la puerta.

—¿Es usted de la pol...? —empezó a preguntar, pero al ver a Brunetti frunció el ceño y dijo—: ¿Guido? ¿Qué haces aquí?

Entonces le vino algo a la memoria y añadió:

—Desde el cumpleaños de tu suegro, ¿verdad?

Él sonrió, contento de que se acordase, a pesar de que aquella cena había sido hacía más de cuatro años.

—Llevabas un vestido de color lila y un par de zapatos que hicieron que Paola se muriese de envidia —contestó Brunetti, contento de que la vieja amistad sirviese de amortiguador para un encuentro como el que se estaba produciendo.

Ella era una mujer atractiva, baja y delgada, de manos delicadas y bonitas que él recordaba, y el pelo rizado y oscuro, que siempre llevaba corto. Por alguna razón, le vino a la memoria que sabía mucho sobre volcanes, pero no recordaba cuál era el motivo.

Asintió con la cabeza.

—Siento que nos veamos en estas circunstancias —dijo.

—Siempre he sabido que eras policía —contestó ella—, pero no... Supongo que nunca me he parado a pensar en lo que hacías en realidad.

Ella lo había tuteado desde el principio y Brunetti le ofreció el mismo trato.

—Seguro que nunca os ha hecho falta que viniese la policía a casa. Como a la mayoría.

Ella miró al suelo y después por la ventana y le preguntó:

—¿Es verdad lo de Inesh?

—Siento decir que sí.

Ella negó varias veces con la cabeza e hizo un gesto que eliminaba esa posibilidad.

—¿Fue un robo? —preguntó, pero enseguida lo negó diciendo—: No, eso es imposible. No tenía nada. —Y, como prueba de ello, señaló de nuevo a su alrededor, los libros y la ausencia de casi cualquier otra cosa—. Todo lo que ganaba se lo mandaba a su familia.

—¿Están en Sri Lanka? —preguntó Brunetti.

—Sí. Su esposa y dos hijos —respondió. Entonces, como si eso convirtiese su muerte en algo más importante, añadió—: Ella es maestra. Los hijos están en la universidad.

—¿Llevaba aquí mucho tiempo?

—La verdad es que no lo sé —contestó al cabo de poco. Entonces, miró hacia el *palazzo* y dijo—: Me imagino que sí. Cuando lo conocimos, ya hablaba italiano bien.

—¿Cómo fue?

Ella se volvió a mirarlo con evidente confusión. Era obvio que no comprendía por qué hacía una pregunta como esa.

—¿Por qué quieres saberlo?

Si Brunetti hubiera tenido la menor sospecha de que ella tenía algo que ver con el asesinato de aquel hombre, su respuesta habría sido cortante y sarcástica; la realidad era que estaba convencido de que ella aún tenía que aceptar que el hombre había muerto y no solo se había ausentado. En ese caso, la mejor respuesta era el silencio y que ella entendiese por sí misma por qué era necesario que lo supiese.

Inmóvil como una estatua, Gloria continuó mirándolo con la expresión tensa y confusa. Él vio el momento en el que ella caía en la cuenta, oyó cómo cogía aire de golpe, musitaba «*Oddio*» y luego emitía un ruido que no era una palabra.

Brunetti aceptaba la ópera como un divertimento, pero no era un gran aficionado, por muchas funciones que hubiera visto arrastrado por el entusiasmo de Paola. Se acordó del día que vio a una cantante cuyo personaje, al recibir una noticia devastadora, intentaba empezar un aria, pero no conseguía proferir más que tres «ah» gloriosos, estupefactos y desconcertados antes de dar con su voz estrangulada para pronunciar las palabras «*Addio, Roma*» y cantar acerca del fracaso y la pérdida y la desolación.

—¿Es verdad que lo han asesinado? —susurró.

—Sí, siento mucho decirte que es cierto.

—No me explico cómo puede haber sido —dijo, y de pronto miró a su alrededor—. Guido, ¿me ayudas? —le preguntó, y se tambaleó hacia él.

Él le agarró los brazos y la mantuvo erguida, de modo que quedó casi suspendida. Poco a poco, ajustando sus pasos a los pasitos que daba ella, Brunetti la guio hacia la silla que había contra la pared y no la soltó hasta que se hubo sentado. Se había quedado blanca de repente y tuvo que apoyar la cabeza en la pared.

Brunetti la dejó allí y fue a la ventana, desde donde contempló el espantoso jardín. Una vez más, la incongruencia lo sorprendió sobremanera. No comprendía por qué motivo la víctima tenía los libros que tenía ni tampoco entendía cómo vivía en un lugar tan agradable, si bien parco, y al mismo tiempo soportaba ver algo tan horrible como aquel jardín amenazador e indómito que se extendía por todos los lados de la casa.

—¿Por qué está así el jardín? —preguntó sin volverse hacia ella.

—¿Cómo? —respondió Gloria. No como si la pregunta la confundiese, sino como si no lo hubiera oído bien.

—¿Por qué está tan feo el jardín? —Brunetti se volvió hacia ella para que le prestase atención. Señaló a su alrededor con la mano—. Este salón es bonito. Es simple y todo lo que hay en él es bonito. Con el resto de las habitaciones pasa igual. Pero ¿por qué es tan feo el jardín? Con los años que lleva aquí, podría haber hecho algo: desbrozar, cultivar plantas.

Ella quiso hablar, pero calló y pensó antes de decir:

—No era responsabilidad suya.

Brunetti reprimió la impaciencia, esperó a recuperar la calma y después dijo:

—Creo que da igual cuál fuese su responsabilidad. No cabe duda de que tenía buen gusto, al menos en esta casa. ¿Cómo podía...? —Brunetti quería acabar la pregunta diciendo «vivir rodeado de ese jardín», pero la palabra *vivir* conllevaba cierto riesgo y al final dijo—: ¿Cómo soportaba ver así este jardín?

—Me dijo que necesitaba un sitio donde vivir. No se me ocurrió que el jardín pudiera interesarle.

—¿Y a ti te interesaba? —preguntó él sin asomo de crítica en la voz.

—No, la verdad es que no.

—¿Y a tu marido?

Brunetti intentaba hablar con ligereza, con mera curiosidad.

—Todavía menos. Creo que un día le dijo algo a Inesh, que no se molestase con el jardín.

—¿Siempre ha estado así?

—No. La tía de Renato tenía dos jardineros en plantilla, pero murieron hace una eternidad, más o menos cuando ella, y Renato no los sustituyó.

Levantó la mano, como para indicar que el tiempo cambia las cosas.

—¿Y se ha quedado así? —preguntó Brunetti, y señaló el follaje invasor.

—Lleva tal como está ahora desde que yo conozco a Renato. —Hizo una pausa y lo miró un buen rato con cara de confusión—. ¿Por qué te importa tanto?

Brunetti reflexionó y sopesó cuánto podía decirle y, después, respondió:

—Es para que te distraigas hasta que hayas aceptado su muerte, así podremos empezar a hablar de él.

—¿De Inesh? —preguntó ella.

—Sí.

Gloria separó la cabeza de la pared y se irguió en la silla, pero no hizo ademán de levantarse.

—Era muy buen hombre, Guido —dijo, y le preguntó—: Podemos seguir tuteándonos, ¿verdad?

—Si a ti no te molesta —respondió Brunetti.

—Quizá así sea más fácil. Nunca he tenido una conversación de este tipo.

—Muy poca gente las tiene, me imagino —dijo él.

Ella asintió con la cabeza.

—Gracias a Dios.

—¿Qué puedes decirme de él? —quiso saber el *commissario*.

Se sentó en el sillón, junto a la lámpara de pie. Sacó el cuaderno y el bolígrafo y buscó una página en blanco.

—Apareció en la puerta.

Sorprendido, Brunetti no supo qué decir.

—Una noche, al llegar a casa me lo encontré en el suelo, en la calle. Había conseguido apoyarse en la pared. Al verme venir, levantó la mano y dijo: «*Aiutami, signora*». Me agaché a su lado y le pregunté qué le había pasado. Me dijo que lo habían atacado dos hombres. Uno lo había tirado al suelo de un puñetazo y, cuando él había intentado levantarse, el otro le había dado una patada en la sien. Le habían quitado el dinero que llevaba en los bolsillos de la chaqueta.

—¿Qué hiciste? —se interesó Brunetti con objetividad.

—Lo traje al jardín, aquí —dijo, y señaló la habitación—. Entonces estaba muy diferente. Hacía años que nadie vivía en la caseta.

—¿Y entonces? —preguntó Brunetti, y pasó la página.

—Llamé a un amigo, un médico que le puso unos puntos en la mejilla y la cabeza y le dio algo para el dolor y le dijo que, si por la mañana tenía la visión borrosa, me pidiera que lo llamase.

Brunetti resolvió no intentar averiguar el nombre del médico. No tenía importancia alguna. Lo que preguntó fue:

—¿Y entonces?

—Le traje una manta del dormitorio y le dije que durmiese en el viejo sofá que había aquí, que hablaríamos por la mañana. —Antes de que Brunetti pudiera pedirle más detalles, añadió—: Esto estaba hecho un asco, pero aún había agua corriente y al menos podía beber.

—¿Te acuerdas de cuándo fue eso?

Ella lo pensó un poco y, después, dijo:

—Hará unos ocho años, a finales de verano.

—¿Y lleva aquí desde entonces?

—Sí.

—¿Por qué le dejaste quedarse? —preguntó Brunetti.

—Era un hombre muy amable y educado, eso saltaba a la vista, y lo habían atacado y le habían robado. Hablaba italiano bastante bien y, como ya he dicho, parecía decente y honesto. Decidí... o decidimos tratarlo... con amabilidad. Supongo que podría decirse así. —Juntó las manos y dijo—: Hicimos lo correcto.

Brunetti se percató de que seguía usando la segunda persona del plural.

—Dices que la casa está transformada. ¿Ha trabajado mucho para vosotros?

—Echa un vistazo a tu alrededor y verás lo que ha hecho. Créeme: era una ruina. Aquí dentro vivían animales. Él instaló las ventanas y el tejado nuevo.

—¿Él solo?

—Sí. —Pero al cabo de un instante—: Bueno, más o menos.

Brunetti pensó un momento en todo eso y le preguntó:

—¿Tienes tú o tenía él alguna idea de por qué lo atacaron?

—Me dijo que le habían robado dos hombres que no hablaban italiano nada bien. Por suerte había dejado el pasaporte con el amigo con el que vivía.

—¿Por qué lo atacaron?

—Vete a saber. No es que tuviera pinta de rico ni de

turista. Lo que a él le preocupaba era que tenía doscientos euros en la cartera para mandárselos a su familia. Por eso se resistió. Me dijo que sabía que no debería haberlo hecho.

—¿Lo creíste?

Ella le clavó una mirada y dijo:

—Cuando lo dijo, estaba limpiándose la sangre con una toalla. Claro que lo creí.

—¿Por qué dejaste que se quedara tanto tiempo?

Dio su respuesta sin ningún tipo de vacilación.

—Porque era un pobre diablo sin hogar, sin visado para estar aquí ni muchas perspectivas de tenerlo.

Hizo una pausa tras decir eso y miró a Brunetti para ver cómo reaccionaba.

—Lo que haría cualquiera —dijo él.

Esa vez, ella hizo una pausa aún más larga antes de preguntar:

—¿Aunque sea ilegal?

Con la vista fija en el cuaderno, el *commissario* pasó la página, después retrocedió haciendo ruido como para comprobar algo y la pasó de nuevo. La miró y le preguntó con cortesía:

—Disculpa, Gloria. ¿Has dicho algo?

Ella cerró los ojos un momento y siguió hablando.

—Lo primero que hizo fue sacar toda la porquería y ponerse en contacto con los de la basura para que se la llevasen, incluyendo un viejo armario que se caía a pedazos. Me dio muy buena impresión que supiera hacer tantas cosas, contactar con ellos y qué decirles. Después lo limpió todo y, cuando las paredes se secaron, las pintó.

»Más adelante, antes de que llegase el otoño, dijo que instalaría ventanas nuevas y reformaría el tejado si nosotros pagábamos los materiales y a un hombre que le echase una mano.

—¿Y qué hicisteis?

—Le dimos el dinero.

—¿Y?

—Y en cuestión de semana y media había ventanas y un tejado nuevos.

—¿Tuviste que pedir un permiso para la obra?

Eso la hizo pensar. Brunetti vio que se planteaba mentirle y al final decidía contarle la verdad.

—No. Trajeron el material cuando aún era de noche. Trabajaban doce horas diarias y lo hicieron en diez días, como te he dicho.

El padre de Brunetti decía a menudo que a él nunca le faltaría el trabajo porque estaba dispuesto a aceptar menos dinero que otros. A medida que se hacía mayor, Brunetti se acordaba muchas veces de lo sabios que habían sido sus padres.

—¿Algo más? —preguntó.

—Cuando acabaron, me dio un recibo con los gastos detallados y las horas que había trabajado su ayudante. —Miró a Brunetti mientras lo decía y negó con la cabeza, asombrada—. E intentó devolverme el dinero que no habían gastado.

—¿Qué hiciste?

—Me negué a aceptarlo, por supuesto —respondió con brusquedad.

Era una crítica ante su incapacidad de comprender siquiera algo así. Brunetti pasó otra página y le preguntó:

—¿Tenía amigos en Venecia?

—Sí. Esrilanqueses. Venían de vez en cuando, puede que una vez al mes. Siempre preguntaba si nos parecía bien que se pasase algún amigo de visita.

—¿Sabes algo sobre su vida?

—Casi nada. Vivía en esta casa y hacía prácticamente cualquier cosa que le pidiéramos que hiciese en el *palazzo*.

—¿Le pagabais por el trabajo?

—Sí. A medida que pasaba el tiempo se volvió más útil y más necesario. Insistí en que le pagáramos una cantidad todos los meses.

A Brunetti le pareció interesante que no mencionase cuánto le pagaban, aunque no lo preguntó.

—¿En qué sentido se volvió necesario?

—Mi marido... —empezó a decir, pero de repente dio la impresión de haber olvidado de qué hablaban.

Brunetti no dijo nada y mantuvo la cabeza gacha, mirando el cuaderno.

—A él nunca le ha interesado el trabajo manual. —Calló y miró a Brunetti con ademán inquisitivo—. No sé de qué otra manera llamarlo. Así que Inesh se hizo cargo del mantenimiento de nuestra casa y de esta.

El *commissario* asintió, tenía sentido.

—Entonces, hace dos años, mi marido tuvo un ictus. No fue grave, gracias a Dios. Le debilitó la pierna izquierda y se le ha quedado floja para siempre.

—¿Nada más? —preguntó él.

—No, nada: los médicos nos lo aseguraron. No le afectó a la cabeza.

—Gracias a Dios, me alegro de que así sea —respondió Brunetti, que hablaba con sinceridad—. ¿Cuántos años tiene?

—La edad a la que pasan estas cosas.

—¿Todavía da clase?

—Sí. Por eso menciono a Inesh. Él lo acompaña a la universidad o a la biblioteca tres veces a la semana y por la tarde vuelve a por él.

Al ver la expresión de Brunetti, se explicó:

—También necesita la ayuda de Inesh para moverse por la ciudad: subir y bajar del *vaporetto,* cruzar puentes... —Dicho eso, se llevó la mano a la frente y dijo—: Dios mío, ¿hasta cuándo sigue la gente hablando en presente?

Como parecía una pregunta de verdad, Brunetti contestó:

—La cosa varía, pero es habitual que pase.

Sin quitarse la mano de la frente, ella dijo:

—Era un hombre muy bueno.

—¿Lo conocías mucho?

—No, la verdad es que no. Me dijo cómo se llamaban su esposa y sus hijos, pero no hablaba de ellos a menos que yo le preguntara.

—¿Qué te contó?

—Como ya he dicho, su esposa es maestra y los hijos estudian en la universidad.

—¿Hablaba de la vida que llevaba aquí?

—¿Aquí?

—En Italia. En Venecia.

—No —dijo, y negó con la cabeza—. Y pensé que no sería correcto preguntarle, por si parecía que husmeaba.

Brunetti pasó a una página en blanco y le preguntó:

—¿Te presentó a alguno de sus amigos?

—Solo al que lo ayudó con el tejado. Yo creo que eran amigos.

—¿Sabes cómo se llama?

—Anvith o Anvis, si no recuerdo mal. Algo así.

—¿Eso es el nombre o el apellido?

—Creo que el nombre —contestó ella—. Espera, a lo mejor está en el recibo que me dio cuando lo del tejado. —Se echó hacia delante en la silla y le preguntó—: ¿Quieres que lo busque?

—Sí, por favor —dijo Brunetti, que se dio cuenta de que ese era el primer dato que recababa que podía serle útil.

Gloria se levantó, alzó la mano un momento y se fue. Él vio que se dirigía al *palazzo*. Se puso en pie y se acercó de nuevo a la librería, aún insatisfecho y descontento por no haber encontrado un motivo para que allí hubiera materiales sobre el terrorismo italiano. Sacó el álbum de recortes donde estaban los panfletos y los carteles y se lo llevó al sillón. Lo abrió y lo hojeó mientras iba leyendo una frase aquí, un párrafo allá. Se dio cuenta de que el lenguaje que usaban estaba anticuado, como si los sueños típicos de la juventud se expresaran en un idioma extranjero o un código obsoleto. «El sufrimiento de la clase obrera», «avaricia imperialista», «opresión», «tiranía», «explotación», «clase media», «abuso».

Cerró el álbum y lo devolvió a la estantería. Se percató de una etiqueta que había en la esquina: LIBRERIA DEI MIRACOLI. Cómo no, era la tienda que había en Campo Santa Maria Nova.

Oyó que se abría la puerta y levantó la vista; ella traía una cuartilla de papel en la mano.

—Lo he encontrado. Pero sale solo el nombre: Anvith. Toma, mira —le dijo, y le tendió la hoja.

Antes de que Brunetti pudiera preguntárselo, dijo:

—Inesh se negó a aceptar nada a cambio. Dijo que había accedido a arreglar la casa y que eso formaba parte del trato. —Dejó caer la mano con la que sujetaba el recibo a un costado—. Se negaba en redondo.

Anvith había recibido ochocientos cuarenta euros por diez días de trabajo, a doce horas por día. Brunetti hizo el cálculo al instante: siete euros. Por una hora de trabajo. No tenía ni idea de lo que le pagaba Paola a la señora de la limpieza, pero sabía que por tan poco solo trabajaban los más desesperados.

Si no tenías empleo ni permiso para estar en el país, trabajarías por eso y quizá incluso lo considerases una cantidad honesta. Al fin y al cabo, no tenías que hacer una aportación al sistema en forma de impuestos que se te devolverían en alguna fecha futura, cuando necesitases una pensión o cuando fueses al hospital a pedir una cita para un TAC y te la dieran para al cabo de ocho meses, a menos, cómo no, que pagases como paciente privado, en cuyo caso te lo harían el jueves por la tarde.

Dio unas palmadas mentales y se dijo que parase de pensar cosas así. Tal como sabían su madre y su padre, desde que el mundo era mundo, los grandes vivían bien y los pequeños no.

Le devolvió el papel y evitó preguntar quién había decidido qué cantidad les pagarían por el trabajo. Lo que hizo fue ir a la ventana, abrirla, mirar el marco, cerrarla, abrirla y cerrarla de nuevo. Se volvió hacia ella y dijo:

—Hicieron un buen trabajo.

Ella encogió los hombros.

—Mi padre es constructor y dijo lo mismo. —Entonces se rio y añadió—: Pero también dijo que él me habría cobrado menos.

Mientras Gloria aún estaba de buen humor, Brunetti dijo:

—Me gustaría hablar con tu marido.

La sonrisa se desvaneció.

—¿Por qué?

—Por lo que me cuentas, parece que pasaban mucho tiempo juntos.

Ella ladeó la cabeza como si fuese a decir algo, pero él continuó:

—Supongo que tardaban un buen rato en llegar a la universidad o a la biblioteca y volver. Así que doy por sentado que hablaban bastante.

—No lo sé —dijo ella—. Renato nunca me ha dicho nada al respecto. Es decir, nunca mencionaba ningún tema del que hubiesen hablado.

—Me gustaría charlar con él igualmente, para hacerme una composición más precisa de Inesh, de cómo era —dijo Brunetti con su tono de voz más amigable.

Ella se apresuró a mirar el reloj y dijo:

—No es buen momento para Renato. Ahora suele acostarse durante unas horas.

Brunetti no dijo nada.

—¿Otro día, quizá? —sugirió, como si hablase de algo sin importancia.

—Sí, me parece mejor —contestó ella, incapaz de disimular su alivio.

—En ese caso, te agradezco mucho la paciencia y repito que siento mucho que nos veamos en estas circunstancias.

Ella lo acompañó a la puerta y la sujetó después de que él la abriese. Ninguno de los dos propuso quedar otro día y Brunetti emprendió el camino hacia Campo Santa Maria Nova.

19

Por suerte, Brunetti ya imaginaba que se retrasaría y había llamado a Paola mientras ella aún estaba en la universidad para avisarla de que no iría a comer a casa. Ella le recordó que sus hijos iban a casa de los abuelos, así que ellos dos podían almorzar juntos a la hora que él llegase. Que ya apañaría cualquier cosa.

Como esa respuesta había eliminado la presión de los horarios, decidió detenerse en la librería de Campo Santa Maria Nova. Al entrar en el *campo,* vio al propietario en la puerta del local, ataviado con un gorro de lana, a pesar de que ese día el tiempo no lo requería. Carlo lo reconoció y lo saludó inclinando la cabeza y, después, como si acabase de recordar algo, se apresuró al interior de la librería. Al cabo de un momento, salió con un libro en la mano, que levantó y agitó mientras voceaba:

—Tengo el de Pausanias para usted, *dottore.*

Aunque el librero no era un hombre voluminoso, su voz resonó en todo el *campo* y más de uno se volvió a mirar.

Brunetti no se habría alegrado más de saber que lo había encontrado ni aun siendo Pausanias un delincuente perseguido. En realidad, Pausanias era un geógrafo griego del siglo II y Brunetti llevaba décadas leyendo referencias a él. A lo largo de los años había ido coleccionando casi toda la traducción de Nibby, salvo por el volumen III, que contenía los libros siete, ocho y nueve, y había decidido no empezar a leerlos hasta tener las obras íntegras, que Carlo por fin había completado con ese último tomo.

El librero se lo entregó y retrocedió un paso para ser testigo de su alegría, de la expresión iluminada por el placer que comparten los amantes de la lectura. Brunetti lo abrió y buscó la portada: *«Descrizione della Grecia Volume Tre»*. Era el que le faltaba. Pasó la página, leyó las palabras impresas y miró a Carlo.

—Es un libro robado —dijo sorprendido.

—¿Cómo? —respondió Carlo con expresión de estupor.

—Mira —dijo Brunetti, y le pasó el libro abierto.

Observó el rostro de Carlo mientras leía la página siguiente a la portada: «Biblioteca Pública de Nueva York. Fundaciones Astor, Lenox y Tilden».

—*Oddio* —exclamó Carlo, y añadió con desprecio y rabia—: Lo han robado de una biblioteca.

Brunetti le cogió el libro y lo hojeó sin prisa con intención de darle a Carlo un momento para reponerse de la indignación. Cuando había pasado el tiempo suficiente, levantó la mirada, ya sin asomo de jocosidad.

—Quería hablar contigo de otra cosa.

Inesh era un lector en cuya librería había ejemplares muy leídos: si alguien del barrio lo conocía, tenía que ser la persona que le había vendido los libros.

Carlo reaccionó al tono tanto como a la frase en sí y le preguntó:

—¿Es por el muerto?

—Sí.

—Inesh —dijo el vendedor de libros, como si hiciera falta aclararlo.

—¿Lo conocías?

—Sí.

—¿Podrías hablarme de él?

Carlo miró a las personas que ocupaban uno de los bancos que había de cara a la librería, pero ninguna parecía lista para ayudarlo a responder a esa pregunta.

—No puedo decir gran cosa, *commissario*. Me compró libros durante años. —Soltó una pequeña risotada—. Se podría decir que el italiano que hablaba era gracias a lo que encontraba aquí.

—¿Las novelas policiacas?

La sorpresa de Carlo era evidente.

—¿Cómo lo sabe?

—Aún tiene unas cuantas —explicó Brunetti.

Dejó que Carlo se diese cuenta de dónde las había visto, pero se percató demasiado tarde de que había utilizado el presente.

—Venía cada pocos meses, me devolvía las novelas que había leído y se llevaba otras tantas —continuó Carlo—. Daba igual cuáles fuesen, él solo quería aprender el vocabulario y la gramática. —Volvió a echar un vistazo a los del banco y añadió—: Al final me convertí en su biblioteca personal. Me pagaba cincuenta céntimos por libro, daba igual cuánto tiempo se los quedase. Luego me los traía todos a la vez, se llevaba otros veinte, me daba diez euros y volvía cuando los había leído. —Su expresión se suavizó y miró a Brunetti—. Cada vez hablaba italiano con más soltura, más fluidez. —Carlo tensó el gesto, el humor había desaparecido—. Es horrible.

Brunetti sabía que los barrios eran pequeños y que, en una ciudad en la que todo el mundo conocía a casi todo el mundo, en los barrios todos sabían cosas de los demás.

—Sí, lo es.

El *commissario* hizo una pausa, pero Carlo, cosa que no sorprendió demasiado a Brunetti, no mostró ningún tipo de curiosidad macabra sobre la muerte de su cliente. No hizo más que cerrar los ojos y negar mínimamente con la cabeza. En voz muy baja, dijo:

—Tuvo una buena vida. Espero que a partir de ahora sea incluso mejor.

—Eso suena muy budista —repuso él.

Era evidente que el comentario había sorprendido a Carlo.

—Fui a las monjas hasta los doce años, *signore*. Ellas me enseñaron a desearles eso a los que fallecen.

—Cómo no —dijo Brunetti.

Según recordaba, las monjas que le habían dado clase durante sus primeros años se enfrentaban a la vida con una estrechez de miras mucho mayor.

Pensó de nuevo en los libros que había en la estantería de Inesh y dijo:

—He visto los libros que tenía y no les encuentro sentido.

—Ninguna colección de libros tiene sentido —respondió Carlo en voz baja—. A menos que sea la de alguien que no lee mucho, en cuyo caso llena las baldas de clásicos y piensa que así engaña a la gente.

Brunetti asintió con la cabeza, puesto que había visto varios ejemplos de eso.

—Los lectores de verdad leen muchos libros sobre cosas diferentes —dijo Carlo, y le dio un golpecito en el hombro a Brunetti—. Usted, por ejemplo.

—Gracias —contestó el *commissario*, que se lo había tomado como un halago, por instinto—. ¿Qué leía él?

Carlo sonrió al oír la pregunta.

—Como decía, las novelas policiacas eran para aprender más italiano. La única vez que hizo algún comentario al margen de eso fue que no entendía por qué la gente las leía. —De pronto, sonrió y soltó un resoplido de sorpresa—. Me dijo que había probado con los *westerns,* pero que eran aún peores.

Brunetti pensó que era muy bonito que Carlo recordase esos detalles. No lo mencionó, sino que le preguntó:

—¿Y los libros sobre terrorismo? ¿Y los panfletos y los artículos de prensa del álbum de recortes?

La expresión de Carlo mostró confusión durante un momento.

No sé nada de los recortes de prensa. —Pensó unos instantes y después añadió—: El álbum era del padre de un amigo mío; bueno, de mi amigo. Su padre murió hace unos años y lo encontró entre sus documentos. Eran cosas que su padre había leído y le habían gustado, y sospecho que él mismo había escrito más de una. Mi amigo me lo ofreció todo y se lo compré como favor, la verdad; ni me molesté en mirarlo. Inesh se lo quedó hace unos meses, junto con los libros.

—¿La lucha contra el capitalismo y cosas así? —preguntó Brunetti, y sonrió—. Creo que es lo que estaba de moda hace unos años —añadió al recordar su propio entusiasmo político durante los primeros cursos de la universidad.

—Si eras director de banco, lo dudo —respondió Carlo cortante.

Brunetti tardó un momento en procesarlo y, después, dijo:

—Me pregunto qué será peor: descubrir que tu padre era terrorista, o que podría haberlo sido, o darte cuenta de que tu padre tenía otra esposa y otra familia en Palermo.

—No sé si hay mucha diferencia —dijo Carlo—, pero yo siempre he vivido en el norte.

Brunetti sonrió y retomó el tema de los artículos del álbum de recortes.

—Aún no he leído ninguno, solo les he echado un vistazo. ¿Tienes idea de por qué le interesaban a Inesh?

—Lo hablé con él —contestó Carlo—. Me dijo que sentía curiosidad por la gente que tiene tantas libertades como nosotros y tanta riqueza y, sin embargo, piensa de esa manera y quiere destruirlo todo. —Apartó la vista y después volvió a mirar a Brunetti—. ¿Me permite un comentario que tal vez suene estúpido, *commissario*?

—Cómo no —dijo Brunetti, a pesar de que dudaba de que fuese así.

Había visto los libros que Carlo escogía para leer en la trastienda que hacía las veces de despacho.

—Creo que era porque él era budista —dijo el librero—. De vez en cuando hablábamos de religión y había algo que él pensaba de verdad: no hagas el mal, pórtate bien y busca la iluminación. —Hizo una pausa—. Tal vez tratase de entender el lado opuesto. O algo así.

—¿Esa es tu conclusión? —preguntó Brunetti.

—Sí.

—No me parece estúpida en lo más mínimo.

Pagó el libro, que Carlo metió con cuidado en una bolsa de papel.

Brunetti ya se marchaba cuando Carlo lo llamó.

—Dime —contestó el *commissario* que se detuvo y se volvió.

—La última vez que lo vi, le pregunté casi en broma si entendía el mal un poco mejor.

—¿Y qué dijo?

—Tardó un rato en contestar y al final dijo que había descubierto que lo tenía mucho más cerca de lo que creía posible, pero que seguía sin encontrarle ningún sentido.

—¿Le preguntaste a qué se refería? —inquirió Brunetti, que nunca había sido muy paciente con lo que él agrupaba bajo la etiqueta «pensamiento oriental».

—No. Sin embargo, mencionó que los panfletos lo mantenían despierto por las noches.

—Qué comentario tan extraño —dijo Brunetti.

Le dio las gracias por buscarle el libro y se fue a casa a comer.

Resultó que lo que Paola había apañado era *fusilli* con pimiento amarillo y guisantes, seguido de *rombo* a la plancha cubierto de hortalizas, cosa que le supuso un grandísimo alivio a Brunetti, puesto que había evitado otro mediodía de trabajo con *tramezzini* como único sustento. Comió un buen plato de pasta y casi todas las hortalizas, pero le dejó a Paola la porción más grande de *rombo,* un pescado que ella adoraba.

Durante la comida le habló del asesinato de Inesh y de las conversaciones que había mantenido con Gloria y con Carlo.

—¿Qué clase de hombre te pareció el lunes cuando hablaste con él? —preguntó Paola mientras mojaba el pan en el aceite de la ensalada.

—Ninguna en especial —dijo Brunetti—. Le hice una pregunta y él respondió con educación.

—Y, sin embargo, es el mismo hombre que le dijo a

Carlo que había descubierto... ¿Cómo lo has dicho? ¿Qué tenía «el mal mucho más cerca de lo que pensaba»? —Abandonó el pedazo de pan en el centro del plato y se volvió hacia él para decir—: Lo siento, pero ese análisis me parece más que un poco melodramático, Guido.

Después volvió a prestarle atención al pan.

Pensando en voz alta, Brunetti dijo:

—Podría ser la respuesta a lo que leía: la matanza de los tamiles, todas esas novelas policiacas, incluso la porquería de los panfletos.

Al oírse a sí mismo, entendió con mayor claridad lo que lo incomodaba sobre los libros que había visto en las estanterías: no concordaban a nivel moral con el hombre que le habían descrito Gloria Forcolin y Carlo, y tampoco con la leve idea que se había formado de él durante su brevísimo encuentro.

Al cabo de una pequeña pausa, continuó:

—No entiendo por qué tenía ese material en su casa, en el mismo sitio donde había un pequeño altar a Buda con diminutas flores frescas.

Al ver que Paola no respondía, Brunetti añadió:

—No tiene sentido alguno. —Entonces le vino otra cosa a la cabeza y dijo—: Y las monjas benedictinas están al otro lado de un muro bajo y cuidan del jardín, cultivan flores, rezan. —En ese momento se acordó de la esencia de la Orden de San Benito. Lo dijo en voz alta—: *Ora et labora.* —Estiró la mano y le tocó el brazo a Paola para llamarle la atención—. Ese es el problema: reza y trabaja.

—Perdóname, Guido. Me he perdido.

—Ese es el tipo de libro que debería haber habido en las estanterías o el equivalente budista. Vale, es verdad: podemos excluir las novelas policiacas porque leyéndolas pretendía aprender italiano. Y quizá los libros de historia de Sri Lanka. Pero los panfletos son locura destilada.

—No es lo que pensabas cuando nos conocimos —dijo ella.

Como lo había pillado con la guardia baja y sabía que, con su memoria hermética, Paola recordaría todo lo que él hubiese dicho en la universidad para apoyar las protestas políticas, se defendió diciendo:

—Yo escuchaba a la gente y les hablaba, eso ya lo sabes. Pero también sabes que nunca me convencieron, por mucho que me interesase el tema. La violencia me asustaba incluso entonces.

La observó mientras comprobaba el archivo de recuerdos hasta que al final dijo:

—Sí, eso es verdad. Me acuerdo de que discutiste con Ugo Satta. Si no recuerdo mal, él decía que los trabajadores tenían derecho a destruir las fábricas.

Brunetti se quedó tan pasmado que solo pudo decir:

—Ugo Satta. —Y después repitió—: Ugo Satta.

El sonido de ese nombre lo hizo estallar en carcajadas.

—¿Qué te ha hecho tanta gracia?

Brunetti tardó un momento en parar de reír, pero cuando fue a hablar, tuvo otro ataque de risa. Al final, dijo:

—Da clase de Derecho Comercial en Bocconi. —Se rindió a otro ataque de risa—. Mi padre tenía razón.

Después de eso, fue imposible seguir con la conversación, puesto que, cada vez que Paola intentaba recordarle sus días de estudiantes, que parecían brillar en su memoria con perfecta claridad, Brunetti se echaba a reír. Al final se señaló el reloj, se puso el abrigo y se marchó a la *questura*.

Por el camino intentó acordarse de algunos de los

estudiantes a los que admiraba siendo un recién llegado a la universidad, cosa que admitía solo para sus adentros. No era solo Ugo Satta, sino también Umbaldo Nucci y Gabriele Cifoni. ¿Y dónde estaban ahora las dos estrellas de su clase? Hacía décadas que se habían caído del olimpo de sus intereses. Creyó recordar que Cifoni se había mudado a algún lugar extraño o donde se hablaba un idioma peculiar: Hungría o Finlandia. ¿Era para gestionar una mina? De pronto se acordó: se había ido a Canadá, a una mina de níquel. ¿Y Nucci? La última vez que Brunetti había sabido de él, lo habían nombrado director de una multinacional que era la principal importadora de carne de la Europa del Este.

Y así era como los estandartes de la igualdad social y la justicia universal se habían mudado a un mundo distinto. Tal como había hecho él mismo, se recordó Brunetti, tal como había hecho él. Así lo había predicho su padre, el idealista desilusionado.

Brunetti encontró los informes de Rizzardi y Bocchese en el ordenador; Griffoni y Vianello habían recibido sus respectivas copias. Empezó con el informe sobre el escenario del crimen y suspiró aliviado cuando leyó que habían recuperado el trozo de dedo que le faltaba a Inesh y que su cadáver volvía a estar entero.

Levantó la vista al oír un ruido que provenía de la entrada y vio a Griffoni y a Vianello y los invitó a pasar. Claudia se dio la vuelta para cerrar la puerta mientras Vianello acercaba otra silla a la mesa. El *ispettore*, con unos nervios o una excitación poco característicos de él, se quedó de pie detrás de la silla en lugar de sentarse.

—¿Qué pasa, Lorenzo? —le preguntó.

—Ha vuelto —dijo, y sonrió con aparente alivio.

Brunetti tardó un momento en darse cuenta de quién hablaba.

—¿La *signorina* Elettra?

—Sí —respondió Griffoni—. Acabamos de verla en el pasillo.

—Pero ha pasado muy poco tiempo —dijo Brunetti, y añadió—: ¿Por qué ha regresado tan pronto?

Griffoni se frotó una ceja.

—Dice que se aburría. Que era todo muy fácil.

—¿En un encuentro internacional sobre *spyware*? —preguntó Brunetti.

—Eso me ha contado.

—Que Dios nos pille confesados —susurró Vianello.

Al cabo de una pausa larga, Brunetti, que era consciente de que ese no era el momento para reflexionar sobre las capacidades de la *signorina* Elettra, prosiguió:

—¿Habéis tenido tiempo de leer los informes?

Ambos asintieron con la cabeza.

—Bien —dijo él—. Resulta que conocí a la víctima un día antes de que lo matasen —le dijo a Vianello.

Después explicó por qué había pasado por el *palazzo* y había llamado al timbre.

—¿Cómo lo viste? —quiso saber Vianello.

—Diría que estaba ocupado. Contestó a mi pregunta, me deseó un buen día y cerró la puerta.

—No podía hacer mucho más —dijo Vianello, que luego preguntó—: ¿Tienes idea de cuánto vale?

Con esa pregunta demostraba que era veneciano de pura cepa.

—Supongo que millones —respondió Brunetti—. No he estado dentro del *palazzo,* pero alguien me dijo que tenía más de mil metros cuadrados. Y hay mucho terreno a ambos lados, aunque está completamente descuidado. Quienquiera que lo compre tendrá que arrancarlo todo y volver a plantar.

Griffoni los miró a ambos como si tratase de evaluar si la enésima conversación sobre temas inmobiliarios venecianos había terminado. Cuando Brunetti la miró e inclinó la cabeza, dijo:

—He leído el informe de Rizzardi. Es terrible.

Calló, incapaz de decir nada más.

—¿Por lo de las manos? —preguntó Vianello.

Brunetti apretó los puños.

Ella asintió con la cabeza y prefirió no decir nada acerca del dedo, cosa que Brunetti le agradeció en silencio.

Ninguno de los hombres habló. Al cabo de un rato, Griffoni se dirigió a Brunetti:

—¿Qué has averiguado sobre él?

—Esrilanqués. Cincuenta y pocos años. Casado, con dos hijos adultos. Trabajaba para los propietarios del *palazzo*. Hablaba bien el italiano, las autoridades no sabían de él...

—¿Significa eso que nunca lo habían detenido? —preguntó Vianello.

—Sí, pero también que no tenía *permesso di soggiorno* ni de trabajo ni nada.

—¿Cuánto tiempo llevaba aquí? —inquirió Griffoni, y miró su cuaderno.

—Empezó a vivir con ellos hará unos ocho años, pero entonces ya hablaba un italiano decente.

—¿Te refieres a que vivía en el *palazzo*? —preguntó Griffoni.

—No —contestó Brunetti—. En una casita que hay

en el jardín. Al parecer, la reconstruyó casi por completo mientras vivía en ella.

—¿Le pidieron que lo hiciera? —quiso saber Vianello.

—No. Creo que quería vivir en un lugar mejor y no cabe duda de que para los dueños era una ventaja que la adecentase —respondió Brunetti.

—¿Trabajaba en algún sitio? —preguntó Vianello.

—No lo sé. Últimamente no. —Al ver sus expresiones, continuó—: El propietario del *palazzo* tuvo un ictus hace dos años y necesitaba a alguien que lo ayudase a desplazarse por la ciudad. Antes de eso, quizá tuviera otros trabajos, pero no lo sé. —Hizo una pausa y después añadió—: Ella me dijo que le pagaba.

—¿Y cómo es que vivía aquí? Me refiero a Venecia y a Italia —dijo Griffoni.

—¿Lo preguntas en serio, Claudia? —quiso saber Brunetti.

Ella sonrió.

—Supongo que no. Su caso era uno entre decenas de miles.

—Como mínimo —convino Vianello, antes de volver a los asuntos prácticos—: Pues habrá que averiguar quién podía conocerlo.

—Y conseguir su historial de llamadas —dijo Griffoni—. ¿Llevaba un móvil encima cuando lo encontraron?

—No —contestó Brunetti—. Al menos, en el informe de la científica no salía.

—Puede que el asesino lo lanzase al canal —sugirió Vianello.

—Cosa que, en mi opinión, demostraría cierta premeditación —añadió Griffoni.

—Mejor que eso se lo dejemos a la fiscalía —dijo Brunetti, y los superó a ambos—. Tenía un ordenador. Está en el laboratorio de Bocchese —continuó—. Me gustaría esperar a hablar con el hombre que vive en el *palazzo*, el *professore* Molin. El fallecido lo ayudaba a moverse a pie por la ciudad. Si alguien tiene alguna idea de qué hacía o quiénes eran sus amigos o enemigos, será él.

Los otros dos le dieron la razón con la cabeza.

—¿Tenemos algún contacto en la comunidad esrilanquesa? —preguntó entonces sin mucha esperanza, y añadió que, al parecer, Anvith era el nombre masculino más común.

Ambos respondieron que no, y Brunetti tampoco conocía a nadie.

—Bueno —dijo—, pues voy a ver si me pongo en contacto con el *professore* y acuerdo una hora para ir a hablar con él.

Ambos se marcharon a sus respectivos despachos, y Brunetti llamó a Paola, que se las apañó para encontrar la lista de números personales de los miembros del profesorado de la universidad y le dio el del *professore* Molin.

Años antes, Paola le había leído un fragmento de una novela de Dickens en el que el villano no se cansaba de presentarse como un hombre humilde hasta la saciedad. Brunetti había perfeccionado esa pose a lo largo de los años y no existía persona tan humilde que él no pudiera superar en humildad, como le divertía pensar.

Brunetti llamó a ese número y preguntó con voz humilde si podía hablar con el *professore* Molin. Cuando el *professore* se identificó, le explicó que le habían asignado la investigación de un caso delictivo reciente relacionado con alguien que trabajaba en el Palazzo Zaffo dei Leoni y que se preguntaba si podía importunar a *il professore* y solicitarle si estaba disponible para hablar con él de ese tema, a poder ser en su casa, de modo que no hiciera falta molestar a *il professore* pidiéndole que acudiera a la *questura*.

Brunetti se superó a sí mismo con el uso de la palabra *professore* y dio las gracias con profusión a todas las respuestas del *professore*, por muy irrelevantes y repetitivas que fuesen.

La aparente humildad de Brunetti debió de calarle hondo al *professore*, puesto que consintió a que el *signor* Brunetti pasara por el Palazzo Zaffo dei Leoni a las once de la mañana siguiente. Le explicó que la clase de iconografía de manuscritos del siglo XIV no era hasta las tres, así que podía dedicarle media hora, quizá, a las once.

Brunetti se deshizo en un torrente de agradecimientos, como si fuese la fuente de Campo Santa Margherita, libre de verter su agua fresca a los pies del *professore* Molin. Le dijo «*grazie*» al menos tres veces en el proceso de colgar la llamada y se sintió mejor después de cada una.

Su madre le decía a menudo que «nadie se resiste a los halagos», una verdad que lo había acompañado durante su vida adulta. Nunca había tenido el valor suficiente para preguntarle cómo se lo había enseñado la vida a ella.

20

A la mañana siguiente, Brunetti llamó al timbre del *palazzo* a las once en punto. De haber llegado pronto, habría ido a Fondamenta Nuove y vuelto en diez minutos; de haber llegado tarde, no le cabía duda de que pensarían de él que trataba de usurpar las costumbres de la clase alta.

Gloria abrió la puerta del muro exterior y se echó a un lado para que pudiera pasar. A medida que se acercaban al *palazzo*, Brunetti tuvo la precaución de asegurarle que no importunaría a su marido en absoluto. Ella lo condujo por el camino de losas hacia la puerta del *palazzo*, que había dejado abierta. Una vez dentro, cuando ella se volvió para cogerle el abrigo, Brunetti reparó en que la situación empezaba a pasarle factura: la piel de debajo de los ojos parecía algo más oscura que el día anterior y, dado que no se había molestado en maquillarse, tenía los labios pálidos y secos. Paola le había dicho que muchas mujeres habían dejado de ponerse pintalabios al tener que usar mascarilla y no habían retomado la costumbre, pero dudó de que eso explicara el aspecto de agotamiento de Gloria, que él identificaba como una señal de duelo. Se sorprendió a sí mismo con el alivio que le provocó saber que Inesh no se adentraría en la noche oscura sin que nadie lamentase su pérdida. Y entonces se acordó de que Inesh no creía en la existencia de dicha noche oscura y con eso sintió un alivio aún mayor.

Ella le cogió el abrigo y lo colgó en un armario de nogal que había a la izquierda de la puerta; después, se dirigió hacia lo que debía de ser la parte trasera del *palazzo*.

—Renato está en su estudio. Es la habitación que le resulta más cómoda.

Brunetti hizo un ruido afirmativo y la siguió. Los suelos eran de terrazo de color gris claro, aunque su estado no era muy bueno; vio que a las baldosas les faltaban algunos trozos, lo que mermaba su capacidad de mantenerse unido. Justo cuando se daba cuenta de esto, pisó un pedazo suelto y se obligó a no pararse a recogerlo. Ella se detuvo ante una puerta que había a mano izquierda, llamó y esperó a que una voz, que no tardó en oírse, dijese:

—*Avanti*.

Abrió la puerta y entró, pero permaneció anclada al pomo.

—Renato, es el *commissario* Brunetti —dijo.

El *professore* Molin estaba sentado a su mesa, que era muy grande y muy gruesa y lo hacía parecer muy ocupado simplemente porque le proporcionaba una superficie donde cabían muchos libros y papeles. El hombre se levantó.

—Buenos días, *commissario* —saludó—. Qué puntual. Eso me gusta.

Su esposa se marchó sin decir nada y cerró la puerta en silencio; Brunetti se quedó junto al umbral.

—Venga; acérquese y siéntese —dijo Molin.

Cuando se aproximaba a la silla que le había indicado, Brunetti cayó en que estaba en compañía del noble *professore,* que lucía en el meñique de la mano izquierda un sello con lo que supuso que era el blasón recién creado de su parte de la familia. Llevaba chaqueta y corbata, ambos de un azul sobrio, aunque la primera se le había quedado ancha. La camisa era blanca, con el cuello almidonado; llevaba unas gafas de montura dorada que hacían que sus ojos grises pareciesen un poco más grandes de lo que eran. Tenía el pelo canoso y aún abundante. Brunetti no recordaba haberse cruzado con él por la calle.

Se sentó en una silla de respaldo recto de madera que había delante de la mesa, y Molin se recostó en la suya. Se inclinaba un poco hacia la izquierda. Pensando en lo mucho que le recordaba la situación a los exámenes que había hecho en la universidad, Brunetti sacó el cuaderno y lo abrió.

—Me gustaría darle las gracias de nuevo, *professore* —dijo, y también sacó el bolígrafo del bolsillo de la chaqueta—. Intentamos hacernos una idea del tipo de hombre que era el tal Imesh.

—Inesh —lo corrigió Molin.

—Sí, claro, claro —contestó Brunetti, y agachó la cabeza mientras fingía que anotaba la corrección en el cuaderno. Lo miró un momento y volvió a centrarse en él.

Molin había entrelazado las manos sobre la mesa, y a Brunetti, al ver de nuevo el sello, le vino a la memoria el cuento en el que la heroína se enfrenta al Lobo Feroz y tuvo la tentación de exclamar: «¡Qué sello tan grande tienes! Es para mantener a las clases más bajas en su lugar».

No obstante, su larga experiencia le advertía que era mejor tener en cuenta el problema entre clases y cuán a menudo él mismo reaccionaba de forma negativa ante la riqueza y el poder. En otros tiempos, las chaquetas con coderas de cuero lo ponían en contra de los hombres que las llevaban, sobre todo si eran académicos, sin lugar a dudas porque los demás que se interesaban en Paola eran sus compañeros de universidad.

La paciencia intervino y, al cabo de una conversación de cortesía, Brunetti se limitó a preguntar:

—¿Podría decirme cómo es que vivía aquí, *professore*?

—No vivía aquí, *commissario* —repuso Molin—. Vivía en la zona de detrás del *palazzo,* en una caseta reformada del jardín.

Se volvió un poco hacia la derecha para señalar en la dirección de la vivienda.

—Ah, ya veo —dijo Brunetti—. Gracias.

Escribió algo en el cuaderno y pasó la página.

—¿Cómo se dio esa situación, *professore,* si no le importa que se lo pregunte?

Molin sonrió.

—No me importa en absoluto, *commissario.* Es su deber.

Brunetti levantó la mirada y sonrió sorprendido.

—Mi esposa, a quien creo que ya conoce, es una mujer muy bondadosa y generosa. Hace unos años encontró a ese señor en un momento de necesidad y le ofreció, aunque debo decir que de manera bastante impulsiva, vivir en la casa del jardín.

Incapaz de disimular el asombro, Brunetti miró a Molin con cara de confundido y dijo:

—¿Cómo es posible?

Molin sonrió, como si aprobase la reacción.

—Hace bien en preguntarlo, *commissario.* La casa del jardín estaba en desuso. De hecho, debo confesar que su estado era lamentable. Así que le dijo que podía quedarse allí y, a cambio, él se puso a limpiarla y a reparar las cosas que se habían descuidado a lo largo de los años.

Brunetti asintió como si el *professore* hubiera dicho algo muy interesante y luego preguntó:

—En los años en los que vivió aquí, ¿tuvo alguna... visita? ¿Les hizo sospechar de algún modo que podría relacionarse con personas que quizá no fuesen las mejores para tener en casa?

Molin asintió con la cabeza unos instantes y después respondió:

—Estaban las reuniones.

—Disculpe, *professore*. No sé si entiendo a qué se refiere.

—De vez en cuando, cada ciertos meses, invitaba a unos cuantos de sus compatriotas a la casa del jardín.

—¿Con qué propósito? —preguntó Brunetti.

—No tengo ni idea. De vez en cuando olía a incienso y oíamos algo que podrían ser cánticos. Supongo que era algún tipo de ceremonia religiosa.

Antes de que Brunetti pudiera decir algo, Molin añadió:

—Eso es todo lo que sé sobre su vida privada.

El *commissario* anotó algunas cosas en el cuaderno, retrocedió unas páginas y dijo:

—Usted me ha dicho, *professore*, que su esposa lo encontró en «un momento de necesidad». ¿Podría darme más detalles?

—¿No se lo ha contado mi esposa? —preguntó con sorpresa.

Brunetti hizo un gesto con la mano, como si lo que hubiera dicho su esposa no fuese tan memorable como lo que pudiera decir él, así que Molin continuó:

—Mi esposa lo encontró tendido en la calle, creo que

hace ocho años. Le habían dado una paliza y lo habían dejado inconsciente delante de nuestra puerta. Le dijo que lo habían atracado y que le habían quitado doscientos euros que pensaba enviar a su familia.

Brunetti levantó la mirada de inmediato con evidente sospecha.

—¿Cree que podría habérselo inventado, *professore*?

Molin enarcó las cejas y dijo:

—No, yo no iría tan lejos. Bastaba con que mi esposa considerase que la historia era convincente y que era seguro darle un sitio donde vivir.

Brunetti oyó el resentimiento que se filtraba entre las últimas palabras del *professore*. Tras unos segundos, Molin añadió, hablando despacio y en voz baja:

—Sin embargo, que le hubieran dado una paliza no significa por necesidad que lo hubiesen atracado.

—Ah —dijo Brunetti, alargando el sonido.

Se inclinó sobre el cuaderno y escribió varias cosas. Entonces, haciendo un cambio aparente de tema, comentó:

—Su esposa me dijo que, a lo largo de los últimos años, usted ha tenido cierta dificultad para moverse por la ciudad y que el tal Inesh lo ayudaba a mantener sus actividades.

El *dottore* asintió, pero no añadió nada.

—Durante ese tiempo, ¿de qué hablaban?

—De muy poco, la verdad. Yo siempre tenía algo que leer en los trayectos en barco: trabajos de alumnos, capítulos de las tesinas que superviso, artículos de revistas; si no, también tomaba notas para artículos que estaba preparando.

Hizo una pausa para que Brunetti lo anotase todo y, entonces, dijo:

—Él leía uno de sus libros en cingalés, supongo que eran

de budismo. En cualquier caso, en las cubiertas había imágenes de Buda. —Dejó pasar un momento y añadió—: A veces rezaba con las cuentas y las iba moviendo con los dedos.

El *commissario* observó mientras Molin perdía la lucha por evitar hacer el siguiente comentario. Con una leve expresión de interés en el rostro, lo miró a los ojos justo cuando él decía, con la voz cargada de la contención de las clases educadas:

—Pero no hay manera de liberar a la gente de sus creencias primitivas, así que no me molesté en preguntarle por eso.

Brunetti creyó conveniente responder con el tono de un agnóstico paciente.

—Sí. Yo lo intenté durante años con mi madre, pero fue imposible.

Al principio, Molin le concedió el honor de una sonrisa de sinceridad sorprendente y un gesto afirmativo de la cabeza, como si él también hubiera sufrido la oscuridad primitiva de la mente de la plebe. Pero debió de oír algún eco disonante en alguna parte, puesto que cambió la posición de las manos y se las miró.

Brunetti sonrió y añadió:

—Lo entiendo.

Mientras tanto, se preguntó qué pasaba entre aquellos dos hombres durante los trayectos por la ciudad. Debían de compartir mucho tiempo y contacto físico. ¿Por qué no conversaban también? Brunetti lo atribuyó al concepto que tenía Molin de sí mismo.

—¿Alguna vez hablaron de libros? —preguntó.

—¿De libros? ¿Con Inesh? —inquirió el *professore* como si le sorprendiese enterarse de que el hombre sabía leer más allá de sus biblias budistas.

—Sí. Tenía unos cuantos libros sobre la historia colonial de Sri Lanka, además de algunos acerca de la historia reciente de Italia.

Molin sonrió con paciencia y dijo:

—Lo siento, pero no puedo contribuir a ninguno de esos dos temas.

«Y tampoco querría», se dijo Brunetti, con lo que acababa la frase que Molin era demasiado educado para terminar en voz alta.

—Y las típicas novelas policiacas.

Eso llamó la atención de Molin.

—¿Qué dice de policiacas?

—Novelas de suspense y policiacas. Al parecer, hay mucha gente que las utiliza para aprender idiomas extranjeros.

La sorpresa de Molin fue momentánea y enseguida volvió a la curiosidad por cortesía.

—¿Algo más?

—Sí, ahora que lo dice. Tenía una serie de libros y algunos panfletos y recortes de prensa sobre terrorismo.

—Los Tigres Tamiles —dijo Molin con pedantería.

—No, no, para nada —contestó Brunetti—. Sobre los problemas que hubo aquí en los ochenta.

Había dicho eso sin quitarle ojo a Molin y vio cómo se quedaba paralizado. Durante un instante, se preguntó si era otro ictus y metió los pies debajo de la silla para prepararse para rodear la mesa a toda velocidad en caso de que se desplomara. Pero eso no sucedió. El hombre miró a Brunetti fijamente y después consiguió apartar la vista y posarla en los documentos que había sobre la mesa.

Molin estuvo así un buen rato; el silencio del despacho se prolongó. Entonces miró los papeles de la mesa y seleccionó uno. Se lo acercó a la cara como si buscase la firma, lo dejó de nuevo y miró a Brunetti.

—Lo siento, *commissario,* pero debería hacer varias llamadas telefónicas. ¿Le importa si terminamos ya? Creo que no tengo más información que pueda serle útil.

—Por supuesto, por supuesto, *professore* —dijo Brunetti, que se levantó sin problemas y se guardó el cuaderno en el bolsillo—. Me temo que he abusado de su amabilidad, no lo molesto más.

En tiempos normales, se habría acercado hasta la mesa para estrecharle la mano al *professore,* pero se limitó a inclinar la cabeza como muestra de gratitud, le dio las gracias de nuevo y después fue a la puerta, salió del estudio y dejó a Molin con la hoja de papel aún en la mano, todavía algo inclinado hacia un costado.

Mientras se dirigía a la puerta principal, Gloria salió de una habitación que había a mano derecha y le hizo un gesto para que pasase. Más sillas demasiado mullidas, una alfombra con el centro raído, una ventana que daba a las ondulaciones oscuras que eran el jardín. Parecía aliviada de ver a Brunetti y le preguntó:

—¿Ha podido ayudarte?

Se sentó en un extremo del sofá hundido; Brunetti tomó asiento en una silla tapizada con brocado descolorido.

—Me ha dado un poco de información sobre el hombre, pero no parece que lo conociese muy bien —explicó Brunetti—. Le he preguntado de qué hablaban cuando iban juntos por la ciudad.

Ella sonrió y se relajó.

—Yo también me lo he preguntado alguna vez. Estoy segura de que te habrás dado cuenta de que a mi marido le interesan muy pocas cosas aparte de su trabajo académico.

De hecho, de lo que Brunetti se había dado cuenta era de que al *professore* Molin no le interesaba nada, aparte de convencerlo de que tenía muy poco en común con el fallecido y que no se interesaba por él ni por lo que hacía.

—Supongo que, en el caso de un profesor universitario, eso son gajes del oficio —dijo Brunetti con tranquilidad.

Pensaba en lo diferentes que eran los hábitos mentales de su querida esposa, cuya curiosidad sobre la mayoría de las cosas y de las personas era insaciable.

Como si nada, le preguntó con un tono del todo familiar:

—¿Sabías gran cosa sobre él?

—¿Sobre Inesh?

Brunetti asintió con la cabeza.

—Un poco. Me habló de sus hijos, así que acabé participando en su educación desde la distancia. Y me enseñaba fotos de ellos y de su esposa.

—¿Fue a verlos alguna vez?

—Dos veces. La primera hace unos seis años y también el año pasado. Un mes en ambas ocasiones. —Sonrió y dijo—: Nunca estaba tan feliz como durante las semanas antes de irse a casa.

—¿Y después no? —preguntó Brunetti.

Ella desestimó la idea con un gesto de la mano.

—La anticipación produce alegría. Lo triste son los recuerdos.

El *commissario* pensó en eso y admitió que Gloria tenía razón. Entonces se le ocurrió preguntar:

—¿Cómo hacía para pagar los viajes? ¿Lo sabes?

—Trabajaba. Dios sabe cuánto trabajaba. Muchos de mis amigos tienen padres u otros parientes que necesitan a alguien que esté con ellos por las noches; Inesh tenía un don con la gente mayor. Venía de una cultura que los valora, así que iba a dormir a su casa, en la misma habitación del anciano, y la gente le pagaba por ello.

Antes de que él pudiera preguntárselo, ella dijo:

—Eran muchas noches, la mayoría las pasaba sin dormir. Me dijo que era una buena oportunidad para leer. Y para meditar.

—¿Y así pagaba los viajes a Sri Lanka?

Ella esperó un momento antes de decir:

—No pagaba alquiler, Guido, ni tampoco facturas. Lo único en que gastaba era en comida y ropa.

—Y en libros —añadió Brunetti.

—Sí, libros. Yo le presté muchos de los míos a lo largo de los años, tanto en inglés como en italiano, y sé que le compraba algunos a Carlo, en el *campo*.

—¿Qué le prestabas? —preguntó Brunetti.

—Historia de Italia, novelas inglesas. Le encantaba *Grandes esperanzas*. De eso me acuerdo. Debió de pedírmela tres veces.

—¿Qué más?

—Hace poco empezó a interesarse en las Brigadas Rojas y en sus sucesores —dijo, como si de pronto se acordase de todo—. Me pidió que se lo explicase: quiénes eran los miembros, qué tipo de cosas hacían.

»Le conté todo lo que recordaba: los ataques, los desaparecidos, los secuestros... —Calló un momento para reflexionar sobre algo y después continuó—. Retuvieron a un general estadounidense y asesinaron a otros hombres, pero no me acordaba de los nombres ni del motivo del secuestro. —Se frotó la cara con una mano y dijo—: Él no lo entendía. —Un largo silencio se extendió entre ambos después de que Gloria dijese eso, pero ella misma lo interrumpió—. Yo tampoco lo entiendo. Supongo que creía que sí. En aquella época. Aunque en realidad nadie lo entendía.

—¿Le preguntaste por los Tigres Tamiles? —le preguntó Brunetti por fin.

—Nunca los mencioné —dijo Gloria.

—Supongo que es lo más sensato —respondió Brunetti, y añadió—: En su estantería encontré libros que hablaban de las Brigadas Rojas. Del breve resurgimiento que tuvieron en los ochenta, precisamente.

—Los ochenta —dijo ella como ausente—. Cuando todavía nos importaban cosas como la justicia. —Pronunció la última palabra con algo próximo al desprecio—. Pero nadie se las apañaba para dar con ella.

Ambos guardaron silencio durante un tiempo que a Brunetti se le hizo largo. Al final, Gloria hizo un ruido preparatorio, como para servir de preámbulo a una pregunta incómoda o una petición.

—Me ha llamado el líder de la comunidad esrilanquesa local —dijo al final.

Al ver que Brunetti se sorprendía, se explicó:

—Es quien llamó a la esposa de Inesh para darle la noticia de su muerte.

Brunetti asintió con la cabeza, pero no dijo nada.

—Ella le ha pedido que se ocupe de todo —siguió contando Gloria con vacilación.

—¿Qué significa eso? —preguntó Brunetti, no sin amabilidad.

—Las cenizas. Le ha pedido que se ocupe de enviárselas a Sri Lanka para que puedan... —Dejó la frase inacabada y cerró los ojos—. Lo demás no le interesa. Me refiero a sus cosas.

—¿Eso se puede hacer? —preguntó Brunetti, y se reprochó no haberlo pensado antes.

—En cuanto la policía dé el permiso, se podrán retirar los restos mortales. Se lo puede incinerar aquí y luego hay un procedimiento para... —Calló mientras buscaba la palabra adecuada, pero lo único que pudo decir fue—: para todo lo demás.

Brunetti asintió con la cabeza.

—¿Por qué me lo cuentas, Gloria?

Ella se sorprendió de verdad.

—Pensaba que querrías saberlo.

—Sí. Gracias —dijo, ya que no se le ocurría nada más.

La sonrisa que esbozó Gloria le dio lástima, así que, en vez de continuar la conversación, Brunetti se inventó otra cita y se levantó. Se disculpó por tener que irse; ella salió al pasillo y sacó el abrigo del armario.

Él se lo puso, pero, en lugar de abrochárselo, decidió que, una vez fuera, el tiempo le diría qué hacer con los botones.

—Me alegro de haberte visto de nuevo —dijo él.

—Lo mismo digo. Me alegro de saber que hay alguien que tampoco ha cambiado mucho desde que éramos estudiantes.

—Me gustaría pensar que he cambiado —repuso Brunetti, pero hizo una pausa para añadir—: Al menos en algunas cosas. Supongo que pensaba y esperaba que las personas quisieran actuar con nobleza y tener en cuenta al prójimo.

Sonrió pensando en esa época y en esa persona más joven, y se dio cuenta de lo orgulloso que estaba de haber tenido esas esperanzas a esa edad, aunque a medida que se había hecho adulto algunas se hubieran vuelto menos atractivas o factibles.

—Entonces todo parecía tan fácil, ¿verdad? Y muy claro —dijo ella.

Él estiró el brazo para tocarle el hombro y se lo apretó con la mano: un mensaje de solidaridad o condolencia.

Le dio las gracias, se despidió, salió del *palazzo* y le dijo que él mismo cerraría la puerta de la calle.

Cuando se dirigía hacia allí, le vinieron a la memoria los recortes de prensa y las fotocopias que había en el álbum. Tal vez debería llevárselos en calidad de objeto de interés para la investigación. Se detuvo, buscó en los bolsillos y, al ver que todavía tenía las llaves, dio media vuelta y se dirigió hacia la casa del jardín.

El precinto de la puerta empezaba a despegarse, así que buscó en el interior el rollo de cinta de color rojo y blanco. Se quedó en medio de aquel silencio. Hasta ese momento, con el sol entrando por las ventanas, no había sentido toda la paz que creaba la mezcla de los colores y la ausencia de objetos. Las flores del jarrón que había delante de la estatua de madera del buda se habían marchitado un poco más.

Desde esa distancia, vio el álbum de recortes de la estantería y fue a por él. «Ahora no —se dijo mientras volvía a precintar la puerta—. Espérate hasta que hayas vuelto a la *questura*.»

21

Cuando se dirigía hacia la puerta de la calle, a Brunetti se le ocurrió preguntarse cómo accedían las monjas a su jardín. No había visto más puertas en el muro de fuera, aunque quizá estuviese a la vuelta de la esquina. Sin embargo, para buscarla tendría que salir de los terrenos del *palazzo* sin la posibilidad de volver a entrar. Miró hacia la derecha y dio cuatro o cinco pasos entre los húmedos arbustos, disgustado por tener que apartar algunas de las ramas para sortearlos.

Al final vio una tapia de piedra de un metro de altura y, al otro lado, el orden impuesto por obra y gracia de la regla monástica: la hierba cortada, los árboles recién podados, un huerto protegido del invierno inminente con una capa de hojas y paja. Se acercó y, al otro extremo de la parcela, cerca del canal, vio el distintivo hábito negro y velo blanco de las benedictinas. La espalda curvada mientras rastrillaba las hojas y ramitas le dio una idea a Brunetti acerca de su edad.

Reacio a invadir su territorio, permaneció en el lado salvaje del jardín y anduvo hacia ella, obligado a no separarse de la tapia. Cuando llegó a unos tres metros de la mujer, se detuvo y la llamó:

—*Sorella, sorella.*

Ella se volvió de golpe y no pudo disimular el pasmo. Dejó de trabajar, se irguió todo lo que pudo y respondió:

—*Sì?*

Brunetti levantó ambas manos con las palmas en su dirección y esperó a que la monja se acercase al muro. Permaneció en silencio, satisfecho de contar con esa separación para hacer hincapié en que se quedaba en su lado y respetaba su propiedad.

Con el rastrillo aún en la mano, ella se acercó al muro, hasta que estuvieron el uno frente al otro, en lados opuestos. Llevaba el babero grande de color blanco, el cuello alto y el velo completo, que le ocultaba un poco la cara. Aun así, él le vio la piel arrugada como la de una manzana que lleva meses almacenada en un sótano. Tenía los ojos marrones y la piel oscura o bronceada por las horas que pasaba al aire libre.

—Buenos días, *sorella* —dijo para empezar.

Después la felicitó por lo limpio y ordenado que tenían el jardín. Mientras observaba la línea de árboles que había detrás de ella, apostados contra la pared como si fueran sospechosos, le hizo una pregunta sin poder reprimir la admiración que sentía:

—¿Son albaricoqueros?

La hermana se volvió para ver a cuáles se refería.

—Los cuatro primeros sí. Los dos últimos de la izquierda son melocotoneros.

Tenía la voz aguda, pero no desagradable. A juzgar por su acento, Brunetti supo que no era del Véneto; dudó que fuese italiana.

Ella lo miró y dijo:

—No queda mucha gente que los reconozca.

—¿Cómo? Seguro que sí —insistió él.

—Si son gente del campo sí. Pero los de las ciudades no. —Se había referido al primer grupo con voz cálida y amorosa, aunque no tanto con el segundo. Entonces, añadió un comentario gratuito—: Muy pocos de los niños que van a la escuela han visto una vaca en vivo y en directo.

—Qué pena que no puedan tener una aquí, ¿verdad? —le preguntó, para ver si tenía sentido del humor.

La hermana respondió con una sonrisa triste.

—No se puede tener una sola vaca, no les va bien. Enferman de soledad.

—Como nosotros —dijo Brunetti.

La monja sonrió y se le escaparon los años del rostro. Cambió de tono y le preguntó:

—¿En qué puedo ayudarlo, *signore*?

—¿Conocía usted al hombre de Sri Lanka que vivía a este lado del muro? —le preguntó.

—¿A Inesh? —dijo ella.

Por primera vez parecía algo nerviosa. Él asintió para afirmar que se refería a él y quiso tranquilizarla con una sonrisa.

—Sí, todas lo conocíamos —contestó ella—. A veces nos ayudaba, si teníamos que mover algo pesado o con cualquier cosa que no pudiéramos hacer.

Brunetti se percató de que había usado el tiempo pasado.

—¿Sabe lo que le ha ocurrido? —preguntó el *commissario*.

—Sabemos que ha muerto —respondió ella, y añadió con voz funesta—: Y también cómo.

Ambos dejaron pasar unos instantes y la monja apoyó el rastrillo en la tierra, se apuntaló con él y dijo:

—Era un buen hombre.

De pronto, metió la mano en el hábito (¿en un bolsillo, quizá?) y sacó una ristra de cuentas de madera separadas por nudos diminutos en un cordón muy fino. Se la mostró y él vio los trozos de madera tallada cruzados.

—Me lo hizo él.

—¿Por qué?

—Porque éramos amigos. Nos ayudaba con el jardín y le dábamos toda la fruta que quisiera. De hecho, le dijimos que podía venir a recogerla él mismo, pero se negaba; siempre esperaba a que le diésemos de lo que tuviéramos.

—¿Es usted la jardinera? —se interesó Brunetti.

Ella guardó silencio unos instantes y después dijo con nervios renovados:

—Hace usted muchas preguntas, *signore*.

—Así es, *sorella*. Es mi trabajo.

La monja cogió aire de golpe y le preguntó:

—¿Quiere decir que es policía?

—Eso me temo, *sorella* —dijo Brunetti, y sonrió para suavizar la posible reacción adversa que ella pudiera tener.

Vio que agarraba el mango del rastrillo con más fuerza.

—¿Viene por Sara? —preguntó, esta vez incapaz de disimular los nervios.

Confundido, Brunetti repuso:

—Lo siento, *sorella,* pero no sé nada de ninguna Sara.

Ella le clavó una mirada breve y después apoyó el rastrillo en el suelo, de manera que parecía que iba a continuar con su trabajo. Sin mirar a Brunetti ni mover el rastrillo, preguntó:

—¿Me dice la verdad?

—Sí. No sé quién es Sara.

Esta vez, ella arrastró el rastrillo hacia sí, paró y habló con la vista clavada en el suelo:

—Es su perra.

Brunetti tardó un poco en comprender. Al final le preguntó:

—¿La perra de Inesh? No sabía que tuviera ninguna.

—Se supone que nadie tenía que saberlo —respondió la monja—. Un día lo siguió hasta casa, pero él no la dejó entrar. Al día siguiente, lo siguió de nuevo, y él la dejó pasar y le dio de comer. Y entonces se escondió entre los arbustos. A partir de ese momento empezó a venir aquí y nosotras también le dábamos de comer. —Levantó la mirada y sonrió—. Nosotras comemos carne. No le gustaba ser vegetariana.

Brunetti no pudo evitar sonreír.

—Es muy considerado por parte de todas ustedes.

Ella miró al suelo y habló en voz baja:

—Quizá no por parte de todas, *signore*.

—¿A qué se refiere?

—A la madre superiora. Dice que, según la regla, no podemos tener mascotas.

—No sé nada del tema —dijo Brunetti para ganar tiempo.

—Pero no tiene nada de malo, ¿verdad? Si solo hacen el bien —comentó con un tono del todo relajado.

—No, supongo que no —convino él—. Pero ¿qué pasa con la madre superiora?

—Uy, Sara es muy lista. Cuando sabe que viene la madre superiora, porque los perros tienen muy buen olfato, salta la tapia y espera a ese lado. En el que está usted.

Señaló el *palazzo* con el rastrillo.

—¿Y cuando se va?

—Vuelve a casa —respondió, y añadió—: Ahora es su casa, ¿no cree?

—Sí, supongo que sí —confirmó Brunetti.

—Está bien tener un hogar —dijo la monja con un tono que le llamó la atención a Brunetti—. Tener un lugar del que vienes.

—¿De qué país es usted? —se atrevió a preguntarle.

—De Filipinas, como algunas de las hermanas del convento.

Volvió a meter la mano en el hábito y la sacó ya sin el rosario. De pronto miró al cielo, como si buscase algo en él, y dijo:

—Si tiene más preguntas, debe hacérmelas ahora, *signore*. Falta poco para sexta y no quiero llegar tarde a la oración.

Lo dijo como si hablase de llegar tarde a una fiesta.

—Por supuesto, *sorella* —respondió Brunetti.

Había ido allí por impulso, pero en ese momento tuvo que decidir qué cosas podían ser importantes. Pensó en qué preguntarle.

—¿Trabajaba Inesh en el jardín del *palazzo*? —le preguntó, y señaló detrás de sí.

—¿Si trabajaba?

—Si cultivaba algo o plantaba árboles o cavaba.

—Sí, todos los años plantaba uno o dos arbustos. Hacia el final de este muro, donde llega la luz desde nuestro lado. Los dueños del *palazzo* no le prestan atención al jardín, así que podía cultivar lo que quisiera sin que se diesen cuenta.

—¿Plantó alguno este año?

—Me dijo que iba a plantar matas de frutos del bosque; creo que eran grosellas negras, antes de que llegase el invierno. Plantó tres, pero paró, se acercó y me dijo que no necesitaba más de tres, que si quería las dos que había comprado de más.

»Yo pensé en a cuál de las hermanas más jóvenes podría pedirle que hiciera los agujeros. —Lo miró y añadió—: Se me da bien rastrillar, pero ya no cavo muy bien.

Brunetti le sonrió; casi no le llegaba al hombro.

—Él debió de entender lo que yo estaba pensando, porque desapareció un rato, regresó con las dos matas y nos las plantó él. —Se volvió y señaló unos arbustos de ramas finas que había a unos cinco metros de donde estaban—. No se lleve una mala impresión, *signore*. Sé que están un poco zarrapastrosas —dijo—, pero en primavera se reavivarán y crecerán.

—¿Sabe el sitio exacto donde él plantó las suyas? —preguntó Brunetti.

—Bueno, le hizo falta un tiempo para ir a buscar las que nos regaló, así que podría ser en cualquier parte del jardín. Creo que él era el único que sabía moverse por ahí. —Señaló la jungla que había detrás de Brunetti—. No creo que yo pudiera encontrarlas —añadió, y con el rastrillo señaló el inicio de un sendero estrecho—. Ese camino no va a ninguna parte.

—Gracias, *sorella* —dijo Brunetti—. La dejo que vaya a rezar.

—Nada me impediría ir, *signore* —dijo ella.

Y Brunetti la creyó. Pensó en su madre y en lo contento que se ponía cuando la hacía feliz.

—¿Podría pedirle un favor, *sorella*?

—Por supuesto —dijo ella—. Es uno de los motivos por los que estamos aquí: para ayudarnos unos a otros.

—¿Rezaría hoy por mi madre?

—¿Reza usted por ella?

—A mi manera, sí.

—Muy bien. Hoy serán dos los que recen por ella.

—Es usted muy amable, *sorella* —dijo Brunetti con absoluta certeza.

—Como su madre, ¿eh? —preguntó ella, y le sonrió.

Entonces dio media vuelta para apresurarse a la oración.

Brunetti decidió que no quería perderse en el laberinto que era el jardín del *palazzo*, así que salió a la calle en dirección a Campo Santa Maria Nova. Al entrar en el *campo*, Carlo estaba sentado a una mesa del bar que había al lado de la librería, hablando con otro hombre que Brunetti creía haber visto antes, aunque no sabía de qué lo conocía. En la mesa había dos tazas con sus correspondientes platillos, además de tres libros. Habían apartado los platillos al otro lado de la mesa y habían abierto uno de los libros delante de ambos. Carlo lo cogió con cuidado, pasó una página y después otra y luego lo abrió por otra de más adelante. Se lo tendió a su compañero, que lo cogió y pasó unas cuantas páginas antes de devolvérselo.

Carlo asintió con la cabeza, lo cerró y lo dejó encima de los otros dos. Se levantó, entró en la tienda y el hombre lo siguió. Al cabo de unos minutos, este salió sin los libros y se dirigió al puente que conducía a I Miracoli.

—*Buondì, commissario* —dijo Carlo cuando vio que Brunetti se acercaba. Al ver el álbum de recortes, añadió—: Lo ha encontrado.

—He vuelto a por él y ahora me gustaría hacerte unas preguntas.

Carlo le clavó una mirada llena de incertidumbre. Por muy buen cliente que fuese Brunetti, no dejaba de ser policía.

—No te preocupes, Carlo. Lo único que has hecho es

vendérselo a Inesh. Lo que me interesa es el álbum y lo que hay dentro.

Estaba a punto de preguntarle al librero quién era el tipo con el que estaba, pero se le ocurrió que no era la clase de pregunta que podía hacer como si nada, sobre todo en ese momento.

Carlo no dijo nada, así que Brunetti continuó:

—Dices que algunas de las cosas que hay aquí eran del padre de un amigo.

Carlo asintió y sonrió con recelo.

—¿Me dirías cómo se llama?

—¿Mi amigo o su padre? —preguntó el librero para ganar tiempo.

—Solo el padre. El hijo no tiene nada que ver con esto y no voy a intentar averiguar quién es.

—Bueno, comparten apellido, ¿no? —dijo Carlo no con sarcasmo, sino con picardía, como si quisiera decir que la policía podría haber caído en eso.

—Ya lo sé, lo sé..., y esta ciudad es pequeña. —Antes de que Carlo pudiera intervenir, Brunetti añadió—: Me ayudaría saber cuántos años tenía cuando hizo esto. —Levantó el álbum.

—Se llamaba Federico Nesi y murió hace dos años, puede que tres. Tenía unos sesenta. —Carlo miró a Brunetti para ver si con eso bastaba, y después añadió el nombre de la sucursal del banco del que había sido director y dijo—: Murió de un ataque al corazón.

El *commissario* levantó el álbum; parecía que solo habían buscado huellas dactilares en la cubierta.

—Me gustaría echarle un vistazo contigo.

Brunetti quería asegurarse de que las únicas huellas que había en los documentos del interior eran las suyas, por si acababa siendo un elemento relevante en el caso.

Carlo asintió con la cabeza y dijo:

—¿Te importa si vamos dentro?

—Por supuesto que no.

Durante los siguientes diez minutos, Brunetti y Carlo estuvieron el uno al lado del otro delante de una mesa, mientras el *commissario* desplegaba documento tras documento, con cuidado de hacerlo desde la esquina superior derecha.

Contenía lo que él se había imaginado: manifiestos con títulos como «*Libertà*» y «*La Voce del Popolo*», y cada uno sentaba las bases de un futuro mejor para Italia, si no para el mundo entero; explicaciones precisas acerca del «verdadero significado» de acontecimientos políticos recientes; una lista escrita a mano con los nombres de algunos políticos que Brunetti se esforzó por recordar, todos precedidos de una equis grande y negra; un cartel pequeño dirigido a los trabajadores de las petroquímicas de Mestre en el que se les rogaba que tuvieran en cuenta su salud y abandonasen ese empleo. Brunetti levantó la mirada después de leerlo, pensando que era cierto que nadie era profeta en su tierra ni en su tiempo.

Continuaron leyendo los planes y esperanzas y amenazas, todos anticuados, todos dirigidos a un mundo mejor, todos basados en la creencia de que la gente actuaría en su propio beneficio siempre y cuando pudieran hacerles comprender cuál era ese beneficio propio.

De los documentos que había pocos estaban firmados; aparecían muy pocos nombres creíbles debajo de las sugerencias o de las protestas más moderadas. Cualquiera que estuviese familiarizado con los años sesenta y setenta sabría de inmediato que el espíritu de protesta había sido domado y que esos eran los restos, las sobras de la protesta social. Aquiles se había retirado y se había vuelto asustadizo, había dejado de preocuparse por si se le oxidaba la hoja de la espada.

Mientras hojeaban las protestas que, en su momento, habían sido estridentes, había dos nombres o firmas que aparecían con cierta frecuencia: Belisario y Eneas. «Muy bien —pensó Brunetti—, en esa época aún enseñaban a los clásicos.» Belisario había defendido el Imperio bizantino y Eneas había fundado Roma.

Brunetti no solo identificaba un gran amor propio en los textos firmados por ellos dos, sino que pensaba que ambos anhelaban el regreso de un líder fuerte. Daba vergüenza lo fácil que era saber quién pensaba cada uno que era el más indicado para el puesto.

En un momento dado, Brunetti dijo:

—Creo que hemos visto suficiente, ¿no te parece?

—Más que suficiente —convino Carlo.

Entonces, justo cuando Brunetti cerraba el álbum, el más joven de los dos preguntó:

—¿De verdad pensaba así la gente en esa época? Yo ni siquiera iba a la escuela todavía.

—Supongo que sí —admitió Brunetti—. Algunos creíamos que se podía cambiar las cosas o que se podía conseguir que cambiasen. —Se tomó la libertad de darle una palmadita en el brazo a Carlo y dijo—: ¿Podría pedirte otro favor?

Con voz áspera, haciendo una burda parodia del acento *giudecchino* más cerrado, Carlo replicó:

—Eso es lo que pasa cuando la policía te echa el guante. Te sacuden hasta que confiesas. —Luego, ya con sus modales más suaves, contestó—: Claro que sí.

—¿Te importaría preguntarle a tu amigo si su padre era uno de estos dos?

—Solo si puedo contarle que el que lo quiere saber es policía —repuso Carlo.

Brunetti lo pensó un momento y asintió con la cabeza.

—En ese caso, si está dispuesto a decir cuál es su padre —añadió—, ¿le preguntarías por el otro?

—Me parece que eso es demasiado, *commissario*.

—Sí, supongo que sí —dijo Brunetti, y decidió que era hora de irse a comer a casa.

22

La comida empezó tranquila, pero cuando el tema de la gripe porcina asiática se sentó a la mesa, las cosas se caldearon enseguida. Habían acordado hacía tiempo que Chiara no consumiría carne en las comidas, mientras que los demás tomarían lo que Paola hubiera cocinado, que a veces llevaba carne, pero no siempre. Ese día en particular, Paola había preparado una *insalata caprese:* la de Chiara era un lecho de rodajas de tomate y de remolacha hervida cubierto de hojas de albahaca y lonchas gruesas de *mozzarella di bufala;* la de los demás tenía *prosciutto* en lugar de remolacha.

Fue el jamón lo que llevó a Chiara a comentar que recientemente habían detectado casos de gripe porcina entre los jabalíes salvajes que desde hacía meses infestaban las calles de Roma.

—Y al parecer se está extendiendo hacia el norte —continuó Chiara.

Su madre la interrumpió para decir:

—En la mesa no, Chiara.

Ella posó el tenedor sin hacer ruido y dijo:

—Es que es importante.

233

Paola cortó un trozo de jamón por la mitad, lo pinchó y se lo comió, seguido de un pedacito de pan.

—Todo tiene su importancia, pero hay cosas que no hace falta debatir mientras comemos.

—¿Cuándo aprenderé la diferencia entre lo que se puede hablar en la mesa y lo que no? —preguntó Chiara, y le lanzó una mirada de confusión a su padre, como si buscase su apoyo.

—Cuando estés casada y tengas hijos que intenten provocarte mientras comes —respondió Paola, y estiró la mano con el tenedor hacia el jamón—. Entonces lo entenderás.

Brunetti se rio. Pero en cuanto se oyó a sí mismo, supo que había cometido un error y que se las había apañado para ofender a su esposa o a su hija. Tal vez a las dos. Fingir que había sido un ataque de tos habría sido de cobardes, así que no lo hizo. Pensó en hacerle un cumplido a Paola por cómo cocinaba, pero en la mesa no había nada que ella hubiera cocinado. Se conformó con coger unas lonchas más de queso, con la precaución de no acercar el tenedor al provocador jamón.

Raffi y él intercambiaron una mirada de solidaridad masculina ante aquella petulancia femenina. Raffi, que era no solo más joven, sino más atrevido que su padre, cogió la fuente que contenía el jamón que quedaba y usó el tenedor para deslizarlo todo a su plato. Agachó la cabeza y, con el cuchillo, lo cortó en pedazos manejables y se los comió uno a uno antes de coger un trozo de pan.

Cuando hubieron acabado, sin decir nada más, Chiara se levantó, recogió los platos de todos los comensales y los llevó al fregadero. Su madre removía la salsa delante de los fogones: era coliflor y algo más aparte de cebolla, pero Brunetti no estaba seguro de qué. Chiara se detuvo junto a ella, le rodeó la cintura con el brazo y dijo:

—¿Coliflor?

—Sí.

—Eres la mejor —dijo Chiara.

—Sí —repitió Paola lacónica.

Brunetti supo que la comida no iba a ser un desastre.

De regreso a la *questura,* Brunetti reflexionó sobre la vuelta de la *signorina* Elettra. Durante su ausencia le había echado un vistazo al programa de la conferencia y había llamado a un amigo de la sede italiana de Interpol para preguntarle por el tema.

«Los verdaderos ciberasesinos», había dicho su amigo de los ponentes y participantes, y después había admitido lo decepcionado que estaba porque no lo hubieran invitado a ir. Y la *signorina* Elettra se había marchado antes de tiempo, de tanto que se aburría. Brunetti había intentado en vano consolar a su amigo, le había dado las gracias por la información y había colgado.

«Los verdaderos ciberasesinos», repitió para sus adentros. Pensándolo, se dio cuenta de que en realidad no le sorprendía.

En cuanto llegó a la *questura,* fue directo al despacho de la *signorina* Elettra y la encontró sentada a su mesa. Iba de rojo y, con el placer de verla de nuevo, casi no se percató de los detalles. Ella apartó la vista de la pantalla y le sonrió.

—Ay, *commissario,* no tiene ni idea de cuánto los he echado de menos a todos.

—¿Y de lo feliz que está de volver? —insinuó.

—Bueno —dijo ella—, es un placer no estar rodeada de tantos... —Interrumpió la frase y se volvió hacia una de las dos ventanas, tal vez a la caza de la expresión correcta—. Tanta gente sin imaginación.

Brunetti se acercó a la mesa, pero no dijo nada. Sonrió y asintió con la cabeza, gesto con el que solicitaba una explicación.

—Debo admitir que algunos me han dado muy mala impresión —dijo ella, sin poder evitar la potencia de sus emociones.

—¿De qué manera? —preguntó él.

Ella ordenó las ideas y, al final, trató de explicárselo.

—Era la Interpol, gente que lleva años, en algunos casos décadas, tratando con los delincuentes más astutos en activo hoy en día, criminales que son casi imposibles de descubrir.

Brunetti asintió.

—Y se sentían, al menos la mayoría, obligados a cumplir la ley.

Durante un momento, el *commissario* no estuvo seguro de si hablaba de los delincuentes o de los que los cazaban. Pero entonces se dio cuenta: se refería a la policía.

—¿Todos? —preguntó con cuidado de inyectarle una dosis de sorpresa a la pregunta.

Ella negó con la cabeza con desaprobación y cerró los ojos con angustia evidente.

—Bueno, algunos no, gracias a Dios. Pero no cabe duda de que la gran mayoría hablaba repetidamente de la necesidad de trabajar dentro de lo que llamaban «las justas restricciones de la ley».

¿Acababa de verla estremecerse?

—Por suerte, los había observado desde el inicio de la conferencia y me había dado cuenta de que la mayoría compartía esa opinión. —Impotente, colocó las manos sobre la mesa, con las palmas hacia abajo—. Había unos cuantos que no dijeron nada o casi nada, así que quizá hubiera alguno realista entre ellos.

—Increíble —susurró Brunetti. Dejó pasar unos instantes purificadores y después dijo—: Necesito que me eche una mano con algunas cosas, *signorina*. Espero que la ayuden a quitarse de la cabeza los horrores de los que ha sido testigo.

Su sonrisa fue una recompensa para Brunetti, que explicó la situación: el asesinato de Inesh, el contenido del álbum de recortes, Belisario y Eneas, Federico Nesi, los libros de Inesh, que Molin se opusiese a vender el *palazzo*. Hizo una pausa y agregó a Rubini al montón. La *signorina* Elettra enarcó las cejas al reconocerlo, cosa que instó a Brunetti a añadir que corría el rumor de que esperaba volver pronto al trabajo. Ella había ido tomando notas y haciendo preguntas sobre las edades de las personas y sus profesiones, si habían ido a la universidad o no.

Brunetti se sorprendió al ver lo larga que era la lista y explicó que no tenía ni idea de qué conexiones había, si es que existía alguna, entre esas personas.

Ella levantó la mirada con los ojos brillantes.

—El primer día, antes de que la cosa se pusiera intolerable, una mujer de mediana edad con sobrepeso que venía de Toulouse, una estadística a la que nadie le hizo ni caso, dio una charla muy interesante sobre algo que ella llamaba «*triangulation*» —dijo, pronunciando la palabra en inglés, pero con acento francés—. Nos dio la dirección de una página web y explicó cómo introducir una lista de nombres. —Guardó silencio unos instantes con el rostro transformado, como la gente de fe en ciertos momentos de la misa—. Dijo que, después de introducir los datos, en un tiempo milagrosamente corto, nos enviarían un documento que detallaría cualquier tipo de contacto que pudiera haber habido entre ellos, si es que lo había. Al menos, si existían en los archivos de la burocracia europea, o en algún periódico, empresa o publicación de cualquier tipo.

Sostuvo las notas en la mano hasta que él sonrió, momento en el que ella dijo:

—Voy a probar con estos.

Hablando con una seriedad que a él mismo lo sorprendió, Brunetti inquirió:

—¿Nadie más la escuchaba?

Ella negó con la cabeza y meneó el dedo de un lado a otro.

—Ya se lo he dicho, *commissario*: era de mediana edad y corpulenta. Y hablaba en voz bastante baja —explicó.

Dejó que Brunetti imaginase cuánta atención le prestarían a alguien así en una conferencia en la que los hombres eran la mayoría entre los ponentes y los asistentes.

Brunetti estaba a punto de protestar, pero se detuvo unos instantes a considerarlo y después le dio la razón con la cabeza y dijo que tenía mucha curiosidad por ver qué resultados arrojaba el sistema.

—Yo también, *commissario*. Creo que fui la única que se molestó en escribir la dirección de la página. —Agachó la cabeza, le hizo un gesto para que se acercase y le habló con tono conspiratorio—: Quería probarlo primero con el personal de la *questura*, pero me eché a temblar pensando en las posibilidades.

La sonrisa de Brunetti afloró al tiempo que la de ella. El *commissario* le dio las gracias, dijo una vez más lo aliviado que estaba de verla de nuevo y subió a su despacho.

Tan solo unos minutos después de llegar al despacho, Griffoni apareció en la puerta.

—¿Tienes un momento? —preguntó ella al entrar.

—Uno y dos —contestó él sonriente.

Cuando se hubo sentado, Griffoni dijo:

—Creo que ya te conté que le había preguntado a uno de mis... —como siempre, la vacilación breve—, que le había preguntado a una de mis fuentes por Rubini.

—Sí, cuando te dije que quería enviar a su hija a una universidad de Estados Unidos.

Ella sonrió porque él se acordase y dijo:

—Y ahora le dice a la gente que su hija ha pedido plaza en el MIT y en Stanford; las dos la han aceptado y Stanford le ha ofrecido una beca parcial. —Sonrió y añadió—: Se ve que es un genio.

—Eso parece —dijo Brunetti, que estaba más o menos de acuerdo.

—Va a empezar las clases en enero —dijo Griffoni.

Mientras Brunetti esperaba a ver si su compañera pensaba explicar el interés que le despertaba la trayectoria académica de la joven, ella añadió:

—Tendrá que abonar los gastos básicos de manutención, lo que significa que los pagará Rubini.

Hizo una pausa en espera de la reacción de Brunetti.

—Por lo que he oído sobre su situación actual, no es probable que lo haga —dijo él con toda la neutralidad que pudo. —Al cabo de unos segundos, añadió—: Lo siento por la chica.

Griffoni asintió varias veces, sonriendo.

—¿Te puedo contar el final feliz? —le preguntó—. Por tu reacción doy por sentado que no te has enterado.

—¿De qué?

—De que Rubini ha encontrado la solución.

Esa vez fue Brunetti quien sonrió.

—Eso no me sorprende, pero confieso que tengo curiosidad por saber de qué se trata y cómo te has enterado tú.

—A través de la misma persona —respondió ella, refiriéndose a su fuente anónima.

—¿Y cuál es el final feliz?

—Al parecer lo han contratado dos marchantes de arte de Milán.

—¿A Rubini? —se extrañó Brunetti, y pensó en zorros y corrales de gallinas.

—Al mismo que canta y baila —dijo ella.

—¿Y qué quieren que haga?

—Según me han contado, Rubini gestionará la devolución de cuadros robados. Y de otras cosas.

Como Rubini era Rubini, Brunetti preguntó:

—¿Y qué gana él?

Y como Rubini era Rubini, Griffoni respondió:

—El doce por ciento.

—¿Cómo funciona eso?

—Pues se basa en la honestidad de las partes —dijo ella.

Brunetti apoyó la cabeza en las manos durante unos instantes, pero cuando las apartó, había tenido tiempo de reflexionar y dijo:

—De Rubini me fiaría si me diese su palabra. Pero de un marchante, sobre todo uno de Milán..., no sé. —Entonces, casi sin querer, añadió—: Además, lo que hace es ilegal.

Como si Brunetti no hubiera respondido, Griffoni dijo:

—Según me explicaron a mí, el servicio... —Hizo una pausa que le dio a él la oportunidad de reaccionar a esa palabra si quería. Al ver que no lo hacía, continuó—: El servicio funciona de boca en boca. Al parecer, Rubini conoce a todo el mundo en ese negocio.

A pesar de que no hacía falta confirmarlo, Brunetti asintió con la cabeza.

—O sea, que aprovecha lo que ya sabe.

Al ver la expresión de Brunetti, Claudia lo aclaró:

—Si sabe algo. O indaga por ahí y, cuando entra en contacto con los dueños actuales, les pregunta por el precio y espera a ver qué deciden los dueños anteriores.

Brunetti le dio un par de vueltas a lo de «dueños actuales», pero pensó que era mejor dejarlo tal cual y preguntó:

—Y si hay resultados, ¿le dan el doce por ciento?

—Eso es lo que me han dicho.

—¿Qué pasa si no consigue ningún acuerdo o si el precio es demasiado alto?

Griffoni debió de pensar que Brunetti se preocupaba por Rubini, puesto que explicó:

—No hay comisión, pero sigue teniendo un trabajo en la galería como «consultor artístico». Nadie sabe cuánto se saca al mes, pero paga impuestos, contribuye al sistema de pensiones y tiene cinco semanas de vacaciones pagadas al año por contrato.

—¿Ha empezado a trabajar en esto? —preguntó Brunetti.

—Como con todo lo relacionado con Rubini, corren rumores. Uno de ellos es sobre un grabado de Tintoretto que llevaba generaciones en una familia. Los propietarios lo recuperaron.

—¿Ha explicado alguien ese cambio tan repentino de ser un ladrón cualquiera a ser un gran negociador? —se interesó Brunetti.

—Su hija —dijo Griffoni.

Al ver la expresión de completa confusión que se apoderó del rostro de Guido, continuó:

—Le avergonzaba que su padre hubiera estado en la cárcel y amenazaba con no volverle a hablar si no dejaba de robar.

—Y cuando él accedió, ¿ella confió en su palabra?

Griffoni respondió al instante:

—Tú confías en su palabra.

Eso zanjó la conversación sobre Rubini.

23

A fin de retomar el asesinato de Inesh Kavinda, Brunetti sacó el cuaderno, lo abrió y le relató a Griffoni las conversaciones que había mantenido por la mañana, primero con Molin y luego con su esposa. Hablaba despacio, escuchándose con atención, puesto que sabía, tras años de experiencia, que muchas de sus ideas y opiniones no le quedaban claras hasta que tenía que expresarlas en voz alta, lo que le permitía identificar nuevas posibilidades. Al oírse hablar de Molin se dio cuenta de la antipatía que le despertaba el hombre.

—Molin intentaba mostrarse empático con Inesh. Al fin y al cabo, podría decirse que vivió con ellos durante años. Pero no me transmitió que su muerte o las circunstancias en las que se produjo lo hubieran afectado.

Brunetti se sorprendió pensando que esa distancia emocional era la misma que sentía un patrón por sus trabajadores. En cambio, la esposa de Molin sí lamentaba el fallecimiento de Inesh. Igual que la monja.

Le dijo a Griffoni que Gloria Forcolin sabía mucho más sobre Inesh y su vida, tanto en Italia como en Sri Lanka.

—Bueno, es que es mujer —dijo ella—. Claro que sabía más.

Cuando Brunetti la miró con cara de póquer y de no entender, aclaró:

—Porque ella hace preguntas, Guido.

Entonces, ante su silencio, añadió:

—Es lo que hacemos nosotras cuando hablamos con la gente: les hacemos preguntas y prestamos atención a las respuestas.

—¿No crees que eso es un poco simplista? —preguntó él, más que un poco ofendido por el comentario.

Griffoni tardó un momento en responder y, cuando habló, fue solo para decir:

—Lo que tú digas, Guido.

Brunetti aceptó la ofrenda de paz, miró la última observación que había anotado y dijo:

—Lo único que me dio la sensación de que le interesaba fue cuando mencioné que Inesh tenía artículos y libros sobre terrorismo. En los ochenta.

Claudia lo miró con el ceño fruncido, como si tratase de mantener el horror a raya.

—La estación de tren —dijo en voz baja.

Se refería a la bomba de Bolonia, uno de los peores atentados que se habían producido en aquellos tiempos convulsos.

Brunetti asintió con la cabeza y, sin ser consciente en absoluto de lo que hacían, mantuvieron un largo momento de silencio.

—Me acuerdo del general estadounidense al que secuestraron. Pero eso acabó sin derramamiento de sangre —dijo él, y añadió—: Creo que mataron a uno de nuestros senadores, pero no me acuerdo de cómo se llamaba. —Con intención de cambiar de tema, pensó en

Alvise y en Brandini y preguntó—: ¿Hay noticias de Brandini?

—Siguen patrullando juntos. Dos días más y a ambos les asignarán parejas nuevas.

Se miraron y los dos esperaron a que el otro dijese algo.

Al final, fue Griffoni la que decidió hablar.

—Se han llevado bien. Vianello está en la oficina de los agentes, así que oye lo que dicen y parece que nadie los considera un tema de conversación.

—No lo son —afirmó Brunetti.

Vio que Griffoni entendía la sabiduría comprendida en el comentario.

Ella le preguntó si quería ir a tomar un café; él dijo que no, que tenía que leer informes. Era cierto, sin duda; también lo era que llevaba semanas retrasando el momento de hacerlo. Griffoni dijo que se iba sola y dejó a Brunetti con los documentos.

En la bandeja de entrada había cuatro. Los sacó, los colocó sobre la mesa y se puso a leer. Robo, agresión, estafa y suplantación.

Abrió el último y encontró la típica historia de un auxiliar dental que, tras ver al dentista para el que trabajaba hacer y colocar dentaduras postizas e implantes a cambio de dinero en efectivo, decidió intentarlo por su cuenta. Así que, con una supervisión aparente mínima, chasqueó los dedos y tres meses después ya atendía a sus pacientes en una consulta privada de Venecia. No lo descubrieron hasta un tiempo después, cuando una antigua paciente del dentista con el que él trabajaba lo reconoció y se tomó la molestia de fotografiar los diplomas y verificarlos con las autoridades pertinentes.

El hecho de que, cuando llegó la policía, la consulta

estuviera desierta y todo el equipamiento continuase allí indicaba que alguien de la oficina que verificaba las titulaciones lo había llamado para avisarlo.

A lo largo de los años, siempre que Brunetti iba a la consulta de un doctor que no conocía, se tomaba la molestia de fijarse en los diplomas de la pared, y alguna vez hasta les había hecho fotos con el móvil. En una ocasión, cuando le llegó el turno, le dijeron que el doctor había tenido que irse a atender una urgencia y que si quería cambiar la cita a, por ejemplo, tres meses más tarde.

El informe del robo era aburrido porque era demasiado típico. Al volver de unas vacaciones, los inquilinos de un piso en la cuarta planta de un edificio habían encontrado la vivienda completamente arrasada por una o varias personas que habían roto el tragaluz de la cocina, habían registrado la casa a conciencia y habían encontrado las joyas de la mujer y la colección de monedas del Renacimiento del hombre.

Los dos últimos informes los leyó en un periquete. La agresión era en realidad una pelea de borrachos en un bar entre dos hombres que tenían abundantes antecedentes por el mismo delito. No era probable que encontrasen a un juez que considerase que merecía la pena llevarlos a juicio, así que Brunetti no se molestó en acabar de leer el parte.

Al ver que el caso de estafa se había producido en internet, Brunetti paró de leer antes del segundo párrafo, buscó el nombre de un agente de la Guardia di Finanza de Roma y le reenvió el informe. De pronto decidió que ya se había hartado, así que apagó el ordenador y se marchó de la *questura*.

24

A la mañana siguiente, Brunetti llegó a la *questura* mucho antes de las nueve y decidió ir directo a su despacho para colgar el abrigo y echarle un vistazo al correo electrónico. Mientras se desplazaba por la página mirando los nombres de los remitentes, se preguntó qué había pasado para que lo primero que hiciese al entrar en el despacho fuera mirar el correo. Se recordó que era el mismo hombre que se burlaba del cordón umbilical que unía a sus hijos a sus móviles y de la necesidad constante de saber quién estaba conectado y quién no y la cantidad de tiempo que desperdiciaban siguiendo los pasos de famosos a los que jamás conocerían y que vivían en lugares donde una persona en su sano juicio no querría estar.

¿Por qué no podía ser más como Paola, que, al menos, mostraba un interés formal en su cibermundo, en sus costumbres y gustos? En una ocasión había intentado alabar la paciencia que tenía con ellos, pero Paola había rechazado la mera idea diciendo: «Supongo que lo mínimo que podemos hacer es prestarles atención de vez en cuando».

Volvió a centrarse en los correos electrónicos: todos

eran urgentes y pocos, importantes. Al cabo de unos minutos, apagó la pantalla y fue abajo.

Encontró a la *signorina* Elettra en su despacho, con la mesa despejada a excepción de la pantalla y el teclado del ordenador y unos cuantos papeles dentro de una funda transparente de plástico. Miró el alféizar y se alegró de ver un inmenso ramo de rosas rojas.

Ella vio que observaba las flores.

—El *vicequestore* ha hecho que las envíen —dijo.

—Es un alivio para todos que haya vuelto, *signorina*, no solo para el *vicequestore* —señaló Brunetti, y hablaba en serio.

—Es usted muy amable, *commissario*. —Levantó la mirada, le sonrió y dijo—: Me ha dado tiempo de probar el sistema de triangulación de nombres de la mujer francesa con la lista que usted me dio. —Y con modestia—: He hecho algunos cambios en el programa para que el alcance hacia el pasado sea mayor.

Pensando que cualquier pregunta sería impertinente, Brunetti se limitó a decir:

—Excelente.

Ella se encogió de hombros de manera casi imperceptible.

—Era cuestión de aplicar algunas sencillas reglas nuevas.

Y ahí se quedó el sistema de la señora francesa.

La *signorina* cogió la funda, se la entregó y le dijo:

—Me he tomado la libertad de enviarles copias escaneadas de todo lo que hay ahí a la *commissario* Griffoni y al *ispettore* Vianello. Espero que no le importe.

—Claro que no. Así ahorramos tiempo —dijo Brunetti.

Le dio las gracias, se llevó la documentación a su despacho, cerró la puerta, fue a su mesa y se puso a leer.

No había ningún comentario editorial de la *signorina* Elettra a modo de introducción. Fue a la última página y vio que tampoco había una conclusión final.

Se quitó la chaqueta y la colgó del respaldo de la silla. Tenía curiosidad por saber qué sacaría a la luz el sistema de la secretaria (o de la señora francesa).

Rubini aparecía en la búsqueda por su relación con otras dos personas cuyos nombres se mencionaban. Sus antecedentes penales empezaban después de que se sacara la carrera de Historia del Arte y obtuviera, para sorpresa mayúscula de Brunetti, matrícula de honor. No era de extrañar que normalmente se llevase los mejores cuadros; sus profesores se enorgullecerían del talento de su alumno.

A continuación estaban los antecedentes penales en orden cronológico. Brunetti vio cuánto tiempo de su vida había pasado Rubini en la cárcel o en arresto domiciliario. La obsesión que tenía por robar recordaba a la obsesión de los jugadores: lo que contaba era la partida, daba igual ganar o perder, mientras sintiesen la emoción del juego.

Durante la época universitaria, Rubini había vivido en una dirección de Cannaregio que debía de estar cerca de Fondamenta Nuove; el segundo año se había mudado con él un alumno de la Facultad de Historia, Federico Nesi. Había copias de los contratos registrados en el Ufficio Anagrafe. Con la llegada del segundo inquilino, el propietario de la vivienda había pedido poner el contrato a nombre de ambos y un aval de los padres para asegurar el pago de las mensualidades, prueba segura de que el arrendador estaba acostumbrado a alquilar viviendas a estudiantes universitarios.

Entonces la *signorina* Elettra había descubierto que

otro de los integrantes de la lista de Brunetti, Renato Molin, domiciliado con su tía en el Palazzo Zaffo dei Leoni, también había estado matriculado en la Facultad de Historia. En una nota al margen, la *signorina* Elettra había escrito: «Incluyo algunas cosas que quizá le resulten interesantes; entre ellas, una tesina de fin de carrera que no parece concordar con una cátedra en Historia Medieval de Italia».

Brunetti le echó un vistazo a la cubierta: *Las ovejas alzan la vista, pero no hallan sustento.* Le pareció un título extraño y fuera de lugar en una universidad que carecía de cursos de agronomía.

El *commissario* no se fijó en el resto de la cubierta, sino que se puso a leer el texto. No tardó en sumergirse en el líquido amniótico en el que había pasado los primeros años de universidad. Leyó cosas sobre «la explotación perpetua», «las barreras de clase y de riqueza», «la represión de los pobres» y «la indiferencia de la clase dominante ante los campesinos y los trabajadores». Se emocionó con la retórica apasionada, tan común entre sus primeros profesores, sobre todo los que enseñaban Historia y Filosofía. Pero en ese momento, ay, reconocía la ausencia de un argumento claro o de objetividad histórica. Pensó en un grafiti que había visto en una pared: «Capitalismo = Robo». Esa misma mano podría haber escrito esos artículos, la misma mente que hacía esa equiparación. Durante un momento deseó haber leído la introducción para estar seguro de a qué siglo se refería, si al xx o al xv. Sin embargo, cuando la ira de Molin no recayó sobre la revuelta de los campesinos, sino que pasó a la OTAN y a los democristianos, Brunetti comprendió dónde estaba.

Entonces se acordó de un comentario que había hecho su madre cuando él se había dejado llevar por el embrujo del Mundo Mejor que sus compañeros de la universidad estaban tan convencidos de conseguir. Les había ofrecido el pequeño salón de su casa a sus amigos como sede de una reunión y había pasado días diciéndole a su madre que comprase una marca mejor de café y tuviera listas unas cervezas y unas cuantas botellas de vino, por si sus amigos querían tomar algo mientras hablaban.

Durante la reunión, ella se había quedado en la cocina, atenta a todo, siempre lista para preparar otro café si se lo pedían o para abrir otra botella de vino cuando se terminaba la anterior. Sus amigos hablaban de cómo garantizarles una vida mejor a los trabajadores de la tierra, a los obreros de las fábricas, a todos los campesinos pobres que vivían bajo el pesado yugo del capitalismo.

Cuando se marcharon los cinco jóvenes a quienes él más admiraba y a quienes más quería impresionar con la pureza de sus ideales, su madre se puso a lavar los vasos que habían dejado sobre la mesa.

«¿Qué te ha parecido, *mamma*?», le había preguntado él, deseoso de que ella, una de las trabajadoras de la tierra, expresase admiración y respeto por aquellos jóvenes.

Ella había continuado lavando los vasos sin prisa; Brunetti recordaba que siempre lo hacía con agua fría para ahorrar. El silencio lo molestó, porque consideraba que, de algún modo, era una falta de respeto hacia la llegada del Nuevo Orden.

Cuando se lo preguntó por tercera vez, su madre vació el agua del fregadero y se secó las manos enrojecidas con el delantal. Al final se dio media vuelta y dijo: «¿Te has dado cuenta de que ninguno de tus amigos ricos me ha prestado atención, Guido? Esperaban que les hiciera café y les sirviera vino y cerveza mientras ellos hablaban de la libertad de los... campesinos». Después de esa velada, Brunetti fue incapaz de leer u oír esa palabra sin estremecerse.

«Yo solo fui a la escuela cuatro años, Guido, así que no entiendo qué significan algunas de las cosas que han dicho. Pero lo que sé es que no se les ha ocurrido pensar qué quería yo ni qué significa para mí la libertad.» Ya tenía las manos secas. Se había quitado el delantal y lo había colgado del clavo que había detrás de la puerta de la cocina. «Y no me lo han preguntado, Guido, porque para ellos yo no soy nada.» Le sonrió, pero no le dio un beso; le dio las buenas noches y salió de la cocina.

Brunetti se frotó los ojos y se dijo que los tenía cansados de tanto mirar la pantalla. Cuando volvió a sentirse bien, continuó leyendo lo que le había enviado la *signorina* Elettra. Entre los documentos estaba la tesina de Rubini, que comparaba la representación de las manos de Jesucristo de seis pintores del Renacimiento, y también la de Nesi: un análisis de la producción de acero de Rusia entre 1939 y 1945. Pensó que ninguna de las dos contribuiría de manera significativa a la investigación de la muerte de Inesh. La *signorina* Elettra no había encontrado la tesina de Molin, de la que solo había perdurado el formulario de entrega.

La siguiente información era la lista de alumnos de una asignatura de Historia Moderna de Italia: los tres jóvenes estaban matriculados y la clase la daba el *professore* Giuliano Loreti.

El nombre le vino a la memoria haciendo un salto de décadas y arrastró a Brunetti al caso que había traído el concepto de terrorismo a Venecia. El *professore* Loreti había sido un posible candidato democristiano para las elecciones al Parlamento. Originario de Brescia, el único hijo de un empresario industrial adinerado ya era asesor de la comisión parlamentaria relacionada con la ley de empleo y, un día, había desaparecido sin más. El día que eso ocurrió, había impartido una clase, pasado la tarde en el despacho, cenado en casa, le había dicho a un vecino que salía a tomar algo con unos amigos y, después de eso, nunca más se supo ni se encontró ningún rastro de él. En un momento en el que los secuestros eran frecuentes y salvajes se atribuyó la desaparición al terrorismo de izquierdas y la investigación, que no llegó a ninguna conclusión, se basó en esa sospecha.

Brunetti, que no estaba orgulloso de sus capacidades, abrió Google y buscó al difunto profesor. Averiguó que Loreti se había educado con los jesuitas, había estudiado en Estados Unidos y se lo consideraba, en el momento de su muerte, una de las grandes esperanzas del moribundo partido democristiano. Tanto *La Repubblica* como *Il Corriere della Sera* mencionaban su brillante reputación académica y sus «ataques despiadados a las políticas de la izquierda».

Brunetti miró por la ventana, reflexionó sobre todo eso y volvió a concentrarse en la información que la *signorina* Elettra había proporcionado sobre Renato Molin. Al acabar el segundo curso, Molin se había ausentado de la universidad durante tres años, tras los cuales había regresado siendo una persona diferente cuyo interés era la historia medieval de Italia. Acabó el doctorado en seis años y se quedó para empezar el lento ascenso por la escalera del éxito; al cabo de tan solo dos décadas más, consiguió una cátedra.

Federico Nesi había dedicado los primeros años de universidad a estudiar Historia y Ciencias Políticas. Las asignaturas no se le habían dado bien, y tal vez esa fuese la razón por la que había abandonado la universidad de manera temporal y había regresado al cabo de unos años para estudiar Economía, seguida de un máster en Dirección y en Banca.

En su caso, la trayectoria ascendente había empezado con su primer empleo como director de una sucursal de un banco que hacía tiempo que había dejado de existir. Había pasado a otro, para después abandonar el barco como las ratas un año antes de que a ese también lo mandasen al cementerio de bancos. Había fallecido un año después de jubilarse como director de un banco que lo había sobrevivido.

No había pruebas de que al finalizar la universidad hubiera seguido relacionándose con alguno de los otros dos hombres; no había siquiera fotografías de ellos juntos en cenas oficiales ni habían salido mencionados en algo tan poco relevante como algún pie de foto en *Il Gazzettino*, cosa que habría estado sujeta al poder de la lupa de la *signorina* Elettra.

Brunetti echó la silla hacia atrás y cruzó las piernas. Molin no solo había sido compañero de clase y de piso de Rubini, sino que se sorprendió al averiguar que también había sido testigo en su boda. Nesi se hizo banquero, Molin se forjó una carrera profesional en el mundo universitario y Rubini fue a la cárcel.

Brunetti se acercó al archivador del otro extremo del despacho y sacó el álbum de recortes que había encontrado entre las pertenencias de Inesh. Volvió a la mesa y lo hojeó hasta que dio con un ensayo de Belisario, el nombre que tal vez hubiera escogido un joven con ambiciones de grandeza. Era evidente que lo había escrito a máquina y fotocopiado; a nivel visual era presentable, salvo por algunas correcciones de aspecto torpe que había al final, como si el autor hubiera decidido introducir a mano algunos cambios a la palabra *medieval* después de sacar la hoja de papel de la máquina de escribir, con lo que había creado su propio palimpsesto. Brunetti reconoció los arcos altos y curvos de la eme mayúscula, que también aparecían en el documento de entrega de la tesis doctoral, de modo que así descubrió la identidad de Belisario.

El mensaje del artículo, por muy anticuado que estuviese, era claro: los ricos se mantenían en el poder con la connivencia de las clases cultas, que animaban al Pueblo (que Belisario siempre escribía con mayúscula) a votar en las elecciones a los representantes lamebotas de la Élite (también con mayúscula inicial) que hacían promesas que no tenían intención de cumplir y le aseguraban al Pueblo que sus votos redundarían en mejores tiempos y una sociedad más honesta y equitativa.

Para Brunetti era duro, por lo embarazoso que le resultaba, leer ese tipo de textos, puesto que era un eco casi perfecto de la retórica que tanto lo había persuadido durante sus primeros años de universidad. Había votado a tipos similares que prometían tiempos mejores y una sociedad más equitativa.

—Y míranos ahora —dijo en voz alta.

Oyó pasos y levantó la mirada, avergonzado solo de pensar en que alguien lo hubiese pillado hablando para sus adentros, pero no era más que un agente uniformado que pasaba por delante de su puerta.

En la actualidad, sus propios hijos manifestaban casi los mismos ideales, basados en la misma visión idealista de la humanidad que había henchido al joven Brunetti y lo había llevado a apoyar ciertas ideas y a ciertas personas (siempre hombres). Había tenido la esperanza de que los preceptos de su generación hicieran del mundo un lugar mejor y llevasen al poder a personas más valedoras (siempre hombres). En cambio, los políticos atrofiados de siempre (aunque hoy en día había alguna que otra mujer) seguían vistiendo los mismos trajes caros esperando a que les llegase el turno de chupar del bote.

Fijó la vista en los papeles, pasó una página y encontró un breve artículo del *professore* Loreti. Se puso a leerlo e identificó de nuevo el tipo de argumento que la derecha había insistido en utilizar hasta el colapso del sistema financiero de 2008. Impedir que el gobierno controlase el mercado y los precios; confiar en que los bancos y los líderes de los grandes negocios harían lo mejor para los clientes y los trabajadores y reforzar y hacer cumplir las leyes italianas sobre inmigración ilegal.

Al leer eso, a Brunetti le vinieron a la memoria los *tris* que había visto en las cartas de los restaurantes dirigidos al turismo. Tres tipos de pasta como primer plato: espaguetis con tomate, lasaña y raviolis con espinacas y *ricotta*, todos ellos amontonados en el mismo plato. Un *tris*. Te llenaba y mantenía el hambre a raya durante un rato. ¿Quién iba a negarse a eso?

Cuando hubo acabado el artículo del *professore* Loreti, pensó que más valía hacer las cosas bien y hojeó el resto de los materiales del álbum hasta que encontró un manifiesto de una sola página que firmaba Belisario. Tras leer tan solo dos párrafos, Brunetti se preguntó por qué Molin había escogido ese alias y no Sansón, dado que estaba dispuesto a no dejar títere con cabeza en el sistema social y financiero de Occidente y reírse mientras los bloques que lo componían se le derrumbaban encima de la cabeza. La suya y la de todos. Eliminar la propiedad privada de todas las grandes empresas, confiarle el poder al Pueblo, creer en la bondad y la igualdad de los seres humanos. Eliminar los ejércitos, dejar que la gente del pueblo se abrace entre sí y no poseer más que los demás. Belisario no ofrecía consejos sobre cómo conseguir todo eso, pero el *commissario* estaba seguro de que en alguna parte encontraría la respuesta.

Sin detenerse a darle forma a esa idea, Brunetti había concluido que, si Molin era Belisario, Nesi tenía que ser, con bastante probabilidad, Eneas. Nesi había abandonado a los otros dos, pero se había llevado consigo esos papeles y debía de haberles dado la importancia suficiente para guardarlos el resto de su vida. Había vivido con los otros dos durante un tiempo y después había salido flotando de su mundo para abrazar el mundo de las finanzas, del éxito y de la riqueza. Y, sin embargo, esos documentos habían sobrevivido.

Brunetti sacó el móvil y marcó el número de Carlo. Sin perder tiempo, le dijo al librero que quería hablar con su amigo, el hijo de Nesi.

—Ya sabía él que esto pasaría —dijo Carlo—. Lo supo en cuanto le dije que la policía había encontrado los papeles.

—¿Qué más dijo? —preguntó Brunetti.

—Que no le gusta. Que su padre era un buen hombre y no deberían meterlo en este asunto.

—Carlo —dijo Brunetti—, ¿cómo sabe él que hay algo en lo que meterlo?

La respuesta a la pregunta fue un silencio prolongado.

—Supongo que... —empezó a decir Carlo, y calló.

—Dilo, Carlo.

—Supongo que piensa que eso es lo que pasa cuando tratas con la policía. Que ya no te sueltan.

—¿Y tú opinas lo mismo?

—La mayoría de la gente lo piensa.

—Eso ya lo sé, pero no te pregunto por la mayoría. Te lo pregunto a ti.

Brunetti oyó otra voz, a la que Carlo respondió:

—En la estantería de la izquierda. Tercera balda desde arriba. —Y acabó diciéndole a Brunetti—: Pero yo no lo creo, *commissario*.

—Vale. En ese caso, quiero pedirte un favor. ¿Podrías llamarlo y decirle que me gustaría charlar con él de los papeles? Eso es todo. No me interesa su padre, no tengo motivos para preguntarle sobre él. Solo quiero saber de dónde sacó la documentación.

—¿Y quiere que se lo pida yo?

—Carlo, yo no sé ni quién es. Un hombre joven que se apellida Nesi, no sé nada más. Y tampoco quiero saberlo. Sobre él no. Quiero que me hable de los papeles que tenía su padre —repitió Brunetti con especial énfasis en la palabra *papeles*.

Dejó pasar unos cuantos segundos y le preguntó:

—¿Se lo pedirás?

Las ruedas del tiempo siguieron girando un poco y después un poco más.

—De acuerdo —dijo Carlo.

Y colgó.

Pasó casi una hora antes de que lo telefonease y dijera:

—No le hace gracia, pero ha dicho que sí.

—Te lo agradezco, Carlo. ¿Dónde y cuándo?

—Mañana. Propone que se siente usted en uno de los bancos del *campo*. Me ha dicho que lo avise de que lo grabará con el teléfono, para que no haya margen de error.

—Buena idea —respondió Brunetti con honestidad—. ¿A qué hora?

—A mediodía.

—Esa es la hora del duelo del *Solo ante el peligro* —dijo Brunetti.

—¿Cómo?

—Nada, eres demasiado joven para haberla visto, Carlo.

A la mañana siguiente, Brunetti le echó otro vistazo al álbum de recortes, que, por algún motivo, aún consideraba propiedad de Inesh. Tenía tiempo, así que lo leyó de nuevo, esa vez con más calma. El *commissario* volvió a avergonzarse de lo inmaduros que eran los argumentos o lo que los autores consideraban argumentos. Tanto Eneas como Belisario eran inteligentes, pero una segunda lectura hacía aparecer agujeros en las afirmaciones y permitía que aflorasen los falsos argumentos: *reductio ad absurdum*, *ad hominem*, *post hoc*, el callejón sin salida (efectivo sobre todo al hablar del tema de los inmigrantes). Brunetti se dio cuenta de que allí no había pensamiento; más bien era una convicción o una creencia tan fuerte que las otras opiniones no merecían consideración alguna.

Belisario componía frases largas que parecían expresar ideas complejas con claridad, pero que acababan siendo una maraña sintáctica de contradicciones, mientras que Eneas escribía con mayor claridad, pero tenía menos cosas que decir. No obstante, ambos estaban de acuerdo en que, en ese momento histórico, solo la violencia serviría como arma efectiva en la lucha por la igualdad.

A las once y media cerró el álbum, lo guardó en el maletín y bajó la escalera con él. Una vez fuera de la *questura*, giró a la izquierda. La *riva*, incluso ese tramo insignificante delante de la *questura*, estaba abarrotada de gente que caminaba en ambas direcciones. Brunetti intuyó que eran turistas, aunque no era capaz de explicar cómo lo sabía: era una combinación de la ropa, las zapatillas deportivas y un halo de incerteza respecto del lugar en el que estaban. Los que parecían más apocados podían ser aquellos que se daban cuenta de que, aunque supieran dónde se ubicaban, no iba a servirles de mucho.

Escogió ir por Rio della Tetta, no porque fuese un camino más rápido, sino porque los adoquines rosados le producían gran deleite. Cruzó el Campo Santi Giovanni e Paolo, que ya estaba lleno de gente, y pasó de largo el canal donde habían encontrado el cadáver de Inesh, hasta que atravesó el puente que daba a Campo Santa Maria Nova.

Brunetti se detuvo delante del bar y observó a los que ocupaban los bancos. Excluyó a algunos por motivos de edad o porque parecían turistas. Justo delante de la tienda de Carlo un joven había colocado a su lado una bolsa de papel de algún establecimiento para impedir que alguien se sentase en el banco. Estaba ocupado escribiendo un mensaje con el móvil.

Brunetti, que llevaba los documentos en el maletín, se acercó a él con cuidado de mantenerse a un brazo de distancia.

—¿*Signor* Nesi? —le preguntó.

El joven se levantó, reprimió el impulso de ofrecerle la mano y contestó:

—¿*Commissario* Brunetti?

Era muy alto y muy delgado y tenía el rostro estrecho y la nariz de un noble medieval español. Sus ojos eran de color avellana y su aspecto repentino y veloz.

—Sí —contestó Brunetti, y señaló la bolsa que había en el banco—. ¿Me permite?

—Por supuesto, cómo no —dijo el joven.

Movió la bolsa de sitio y se sentó junto a ella, de modo que a Brunetti le quedó solo un extremo del banco, al otro lado de la bolsa. Se sentó, cruzó las piernas, se volvió hacia el joven y se colocó el maletín en el regazo.

Sin preparación alguna, ya que le parecía innecesario, abrió el maletín y sacó el álbum de recortes.

—Me gustaría darle las gracias por acceder a hablar conmigo —dijo, y continuó sin esperar a que Nesi respondiera—: Tal como Carlo le ha dicho, me gustaría saber más sobre estos documentos.

Les dio unos golpecitos con aire distraído.

Nesi dejó la bolsa en el suelo, delante de ambos, activó algo en el teléfono y, con cuidado, lo colocó entre los dos, en el banco.

—¿Por qué? —preguntó el joven.

—Porque podrían guardar alguna relación con un crimen.

—¿Y cuándo sucedió?

—Esta semana.

—¿De verdad? —preguntó Nesi con total seriedad, como si quisiera asegurarse de haber oído bien.

—Sí, el esrilanqués del canal.

Brunetti lo oyó suspirar y notó, incluso a pesar de que los separaba cierto espacio, que Nesi se relajaba y se tranquilizaba. También habló con mucha más calma cuando le preguntó:

—¿Qué relación tiene el asesinato con los papeles?

Antes de que pudiera responder, un niño pasó con un patinete, seguido de un perro que ladraba como un salvaje. En último lugar iba una adolescente que gritaba:

—¡Briciola! ¡Briciola! Basta ya, ven aquí.

El niño hizo un viraje a la izquierda y se metió en el pasaje estrecho que iba hacia Campo San Canzian; lo siguió el perro, seguido de la joven, seguidos del ruido cada vez menos audible.

Retomada la calma, Brunetti dijo:

—Eso es lo que intento averiguar.

La investigación acerca de la vida de Inesh en Venecia de momento no había arrojado ningún dato relevante: trabajaba, ahorraba dinero y luego se lo mandaba a su familia de Sri Lanka.

—Al parecer, no tenía enemigos ni deudas; así que, con los motivos habituales fuera del tablero, nos queda buscar cosas poco comunes. —Brunetti le dio unos golpecitos al álbum de recortes—. Estos papeles son poco comunes.

Nesi los señaló y preguntó:

—¿Cree que el motivo está ahí dentro?

Brunetti se encogió de hombros.

—Puede que sí, pero tengo que ver de qué manera encajan los documentos antes de entender algo.

—¿Encajar con qué?

—Con por qué querría alguien matarlo. —Incluso antes de concluir la frase, Brunetti cayó en que era la explicación más circular que había dado en su vida, así que prosiguió—: La documentación estaba en casa del hombre que fue asesinado. Su padre, *signor* Nesi, conocía a uno de los hombres que habita la vivienda de la que dependía la de la víctima, en la misma propiedad. Los documentos son de la época en la que su padre iba a la universidad con otros dos compañeros. —Se inclinó hacia delante con el álbum entre las manos y los codos apoyados en las rodillas y preguntó—: ¿Ha leído lo que hay aquí?

La risa que soltó Nesi, una risa sincera, brillante, nada forzada y sin sarcasmo, sino de simple diversión, dejó a

Brunetti pasmado. Poco a poco, el joven paró de reír y se volvió hacia el *commissario*.

—Yo estudio en la misma universidad a la que fue mi padre. Pero hago Lenguas Orientales. —Señaló el álbum y dijo—: Por eso me di por vencido con solo leer las primeras páginas. Me parecieron los delirios de un loco, pero cuando le hablé de ello a Carlo, dijo que quizá a alguno de sus clientes les interesaran los panfletos, así que le pedí que los vendiera por mí.

Brunetti se volvió a mirarlo y vio el último resquicio de su sonrisa.

—Pasó un año antes de que me diese diez euros por ellos, yo ya los había olvidado.

Brunetti se irguió contra el respaldo del banco antes de preguntar:

—¿Le habló su padre alguna vez sobre lo que hay ahí dentro?

La sonrisa de Nesi se evaporó; era como si se hubiera quedado helado. Cruzó los brazos delante del pecho y se volvió a mirar el árbol desnudo que tiempo atrás se erguía en el centro del pequeño *campo*. Al cabo de un rato, sin dejar de observar las ramas sin hojas, dijo:

—Mi padre era un hombre extraño.

—El mío también —contestó Brunetti sin pensar.

—El mío dijo, poco antes de morir, que cuando era joven había hecho algo terrible.

El padre de Brunetti, al que habían arrastrado a los últimos coletazos de la guerra cuando ni siquiera era adolescente, solo había dicho que había visto hacer cosas horribles, pero Brunetti no vio motivos para repetir eso, y mucho menos en ese momento.

Cuando estaba claro que Nesi no iba a añadir nada más, le preguntó:

—¿Dijo lo que era?

Nesi negó con la cabeza.

—Lo mencionó solo una vez, cuando le quedaban pocos días.

—¿Qué dijo exactamente? —preguntó Brunetti por curiosidad, no por insistencia.

—Que había hecho algo horrible, solo eso. Después se corrigió y dijo que él solo había ayudado. Insistió en eso. —Nesi entrelazó los dedos de las manos y prosiguió—: Lo más extraño es que dijo que lo hicieron porque los habían maldecido.

El joven hablaba con la confusión de alguien que se había criado en una época en la que ya nadie creía en las maldiciones.

—Los habían maldecido —repitió Brunetti sin inflexiones.

—Sí. Dijo que estaban malditos, corrompidos por el deseo. —Nesi negó con la cabeza y agregó—: Ni me lo pregunte. No lo explicó. Estaba hasta arriba de analgésicos y a mi madre y a mí ni siquiera nos reconocía. Pero no paraba de decir: «Todos queríamos. Todos queríamos», aunque no llegó a decir qué era lo que querían.

—¿Estaba lúcido?

Nesi se encogió de hombros.

—No tengo ni idea. Hablaba arrastrando las palabras, no sabía quiénes éramos. Podría haber estado en cualquier esquina, intentando hablar con desconocidos.

—Siento que sea tan doloroso —dijo Brunetti.

Se levantó y le dio las gracias a Nesi por hablar con él. Pensó que sería más considerado dejar al joven solo en el banco, a fin de que se recompusiera.

Brunetti dio media vuelta para marcharse, pero oyó que el joven decía:

—Le he traído lo que faltaba.

Cuando se volvió hacia él, Nesi le estaba ofreciendo la bolsa. Sin pensarlo, Brunetti la aceptó, le dio las gracias de nuevo y se dirigió a casa.

25

Brunetti esperó a llegar a casa para atreverse a mirar dentro de la bolsa. La dejó sobre la mesa de la cocina, puesto que el escritorio de Paola estaba cubierto de notas y papeles, libros y revistas. El logo de los supermercados STANDA del lateral de la bolsa le saltó a la vista como un conejo. Lo reconoció de inmediato: rojo chillón. Standa había colaborado con su madre en la crianza de sus hijos. La cadena de supermercados suministraba, en primer lugar, comida y bebida, aunque los niños acostumbraban a beber agua del grifo. Vendía también ropa: los primeros vaqueros que tuvo Brunetti eran de Standa, igual que el primer par de zapatillas deportivas. Aún recordaba la sensación lujuriosa de meter los pies desnudos en la suavidad de las zapatillas de lona y lo mullidas que eran las suelas.

Cerró los ojos y rememoró no solo una década de ropa interior de algodón blanco, sino también su primer jersey de cachemira, que le regaló su madre cuando acabó el *liceo* con las notas más altas de la clase y consiguió plaza en la Facultad de Derecho.

El jersey era gris, del mismo color que se le había

quedado el pelo a su madre, y tenía el cuello redondo. Era grueso, pero suave y dúctil, y para el joven Brunetti representaba un paso adelante, si bien no sabía en qué dirección. Aún lo conservaba, a pesar de que habían pasado tantos años, y lo llevaba durante las vacaciones, cuando salían a caminar por el campo. Y a veces se lo ponía en casa, por el simple placer de recordar el momento en el que abrió la caja y lo vio y sintió por primera vez el tacto de la cachemira.

Sin embargo, esa bolsa no contenía ningún jersey de cachemira, sino una carpeta llena de papeles cuya tapa azul estaba desgastada y muy descolorida por el tiempo y la luz. La sacó, la colocó sobre la mesa, dejó la bolsa en el suelo y se sentó. Delante de él había un montón de papeles que, en total, tenían el grosor de una guía de teléfonos. Se preguntó cuánta gente seguía usando eso como unidad de medida. Al parecer, los documentos estaban divididos en tres partes mediante unas gomas elásticas tan viejas que habían muerto, y la separación era susceptible de resurrección solo si se encontraba el trozo de goma marchita metiendo el dedo entre las hojas. Lo hizo y las dividió en tres secciones.

La primera y más gruesa guardaba relación con la bomba de la estación de tren de Bolonia y contenía artículos de revistas y periódicos a partir del primer día y durante un mes, momento en el cual se interrumpían de forma abrupta.

La segunda seguía el legendario secuestro en Verona del general estadounidense Dozier. De nuevo, los artículos eran de diferentes publicaciones y estaban en estricto orden cronológico. Al cabo de un mes también se acababan.

La última cubría la desaparición del *professore* Loreti

y contenía artículos tanto de *Il Gazzettino* como de los principales periódicos de tirada nacional.

Brunetti se acordaba de algunos de los sucesos que había allí: el *professore* había impartido una clase, que ese día era acerca de la misteriosa muerte del mariscal del aire y héroe Italo Balbo y las correspondientes repercusiones políticas. Después había comido un sándwich con un compañero, quien no recordaba que Loreti se hubiera comportado de manera extraña o hubiese hecho algún comentario relevante, sino que, según el compañero, había dicho que de allí se iba a casa a seguir escribiendo un artículo que tenía a medias.

El hombre a quien le compraba la prensa le vendió *Il Gazzettino* e *Il Corriere* en algún momento después de comer, pero no hablaron. Loreti había regresado a su piso de Castello y, al parecer, había leído y tomado notas de un reciente documento ministerial relacionado con la ley de empleo.

Su vecino de abajo se había encontrado con él en la escalera poco después de la hora de cenar, sobre las nueve, y Loreti le había dicho que había quedado con unos amigos para tomar algo. Y después había desaparecido.

Al día siguiente por la tarde, cuando no se presentó a dar clase, la universidad intentó contactar con él, pero el personal de administración no alertó a su hermana hasta un día después, cuando la llamaron para preguntar si conocía su paradero. Ella no tenía ni idea.

Después de eso, los acontecimientos se sucedieron tal como habían aprendido a hacer durante los peores años del terrorismo, los años de plomo: los *carabinieri* entraban en el domicilio de la persona desaparecida para buscarla; si no estaba, informaban a la Squadra Mobile, pero de todas formas la policía científica llevaba a cabo un registro del domicilio de la persona desaparecida. Dependiendo de los resultados, se alertaba a otras agencias gubernamentales o no. Si no había señales de violencia y nadie pedía un rescate, la investigación se trataba como una mera persona desaparecida y se delegaba el caso a la policía local, en cuyas manos permanecería mientras nadie pidiera un rescate.

Dada la posición social que tenía Loreti, la prensa había acudido jadeante, pero la policía los había decepcionado al no encontrar señales de lo que los ingleses llaman «juego sucio», de modo que la investigación se había degradado a un caso de persona desaparecida, momento en el cual los artículos se habían acortado e impreso en páginas cada vez más lejanas de la primera plana. Al cabo de un mes o dos, los artículos se sumieron en la oscuridad, igual que Loreti. Brunetti, que a menudo veía las cosas a través del filtro de la literatura, pensó en ello con una sonrisa traspuesta. Durante los primeros días, el caso Loreti se comparaba con algún crimen del pasado. Al cabo de un año, un nuevo crimen se comparó con la desaparición del profesor. Brunetti cayó en que, con el paso de los años y las generaciones, había quedado relegado al pasado distante: de acontecimiento sensacionalista a mera nota a pie de página.

Se puso a leer los recortes de los últimos meses y entre ellos encontró uno que le extrañó por estar fuera de lugar: un artículo sobre los primeros días de la desaparición de Loreti, en el que se afirmaba que la policía era optimista y opinaba que tarde o temprano encontrarían al *professore*. No se ofrecía ninguna prueba que demostrase esa tesis y no cabía duda de que no se había cumplido.

Medio palmo por debajo del último párrafo, alguien

había dibujado una cruz pequeña. No había nada escrito. Brunetti le dio la vuelta a la página, pero no había más que una hoja final en blanco.

Paola lo encontró en la cocina veinte minutos más tarde, al llegar a casa después de una de las tres únicas clases que impartía a la semana, cosa que deleitaba y escandalizaba por igual a toda su familia. La situación llevaba así tanto tiempo que las bromas al respecto ya habían perdido la gracia.

Entró en la cocina, dejó unas bolsas en la encimera, se acercó a ponerle las manos en los hombros y le dio una pequeña sacudida.

—¿Qué haces aquí? Ya sabes que puedes leer en mi estudio: la luz es mucho mejor.

Brunetti encogió los hombros, reacio a contestar que la mesa estaba llena de papeles. Tampoco habría tenido tiempo de decírselo, puesto que Paola había visto la bolsa.

—*Oddio*, Standa —exclamó, y la cogió por el asa—. No veo una de estas desde... desde hace más de veinte años. —La dejó sobre la mesa y retrocedió para mirarla—. No se lo va a creer nadie.

Sonriente, encantado con su reacción, Brunetti dijo:

—Nadie se va a creer que te haya hecho tanta ilusión.

—Yo adoraba Standa. Tenían de todo. De todo.

Puso la bolsa en el centro de la mesa y después la giró hacia la izquierda, con cuidado de que se viese bien el logo rojo, y luego rodeó la mesa y tomó una foto en la que salía Brunetti con la bolsa.

—Nadie se lo va a creer.

Paola dejó el móvil sobre la mesa y fue a guardar las cosas de la encimera. De espaldas a él, le preguntó:

—¿De dónde la has sacado?

—¿La bolsa?

—Sí.

—La ha usado alguien para traerme unos documentos.

—¿Documentos para ti?

Él asintió y, al ver que ella no decía nada, se dio cuenta de que no lo miraba a él, sino que estaba observando los armarios.

—Sí, para mí —dijo.

—¿Para qué?

—Para lo del hombre de Sri Lanka.

Se volvió hacia él y preguntó:

—¿Al que mataron?

—Sí.

—¿Y la bolsa era suya?

—No, de otra persona que llevaba los documentos dentro.

—Entonces ¿por qué dices que tiene que ver con el de Sri Lanka?

La pregunta se repetía, esa vez en boca de otra persona. Exacto: ¿por qué?, se planteó Brunetti. ¿Qué había pasado para que esos papeles acabasen teniendo algún tipo de relación con el asesinato de Inesh?

¿Y por qué se había interesado tanto el padre de Nesi en aquel secuestro? Brunetti le tenía alergia a esa palabra; era como un puñetazo en las entrañas y lo afectaba más que ninguna otra palabra o realidad; la llevaba dentro desde hacía décadas, cuando al principio de su carrera estaba en Cerdeña.

Sintió unos brazos a su alrededor y se dejó abrazar. Paola dijo:

—No digas nada, Guido. Estoy aquí, ya pasó todo. Lo que estés recordando ya pasó. Estás a salvo, nosotros estamos a salvo. Todo el mundo está a salvo.

Entonces dejó el habla de lado y lo arrulló con suavidad. Brunetti continuó tenso; quería decirle que nadie estaba a salvo, pero no era capaz de hablar.

Más tarde, tranquilo después de haber comido con sus hijos, tras los pitorreos y las bromas, gracias a la facilidad con que se comunicaban y a la preocupación tan poco invasiva de Paola, Brunetti fue al estudio de su esposa, donde el escritorio continuaba lleno de montones de papeles. Tal vez Paola sí trabajaba media hora más o menos de vez en cuando, reflexionó. De otro modo, ¿cómo habría publicado un artículo en algo llamado *The Henry James Review*?

Había dejado el libro de Pausanias en el sofá, así que lo abrió por la página donde había parado de leer: la descripción del Partenón. Mientras leía, Brunetti se maravilló ante la facilidad con la que Pausanias había unido los mitos con los hechos, muchos de los cuales aún podían verse dos mil años más tarde. Pausanias veía el mar desde la Acrópolis y por esas aguas había navegado Teseo como si no existiera diferencia entre la realidad del mármol blanco de los templos y las velas negras imaginarias de la nave de Teseo. Brunetti cerró los ojos un momento para visualizar ese barco y despertó cuando Paola le preguntó con un tono de voz del todo normal si pensaba volver al trabajo por la tarde.

Su intención era ir a la *questura* y aprovechó el trayecto para pensar qué cosas quería averiguar. El recuerdo de su experiencia en Cerdeña lo había afectado más de lo que pensaba, pero también le había soltado una pieza en el interior del cerebro y, cuantas más vueltas le daba, más interesante le parecía.

Cuando llegó al despacho, no perdió el tiempo, sino que fue directo a la página web del Ministerio del Interior y se sorprendió de saber acceder a los archivos de su empleador sin subterfugios y sin la necesidad de invocar los poderes de la *signorina* Elettra. Pero, por mucha información que buscase acerca del plan ministerial para la investigación de secuestros, apenas encontró nada. Lo mejor que desenterró fue el anuncio de una muestra de fotografías de personas secuestradas que se había inaugurado cinco años antes en Reggio Calabria.

Repasó la página entera y encontró una lista de crímenes, pero en ningún sitio se mencionaba el «*sequestro di persona*». Pensó en bajar a preguntarle a la *signorina* Elettra, pero se dijo que debía persistir y se quedó en su mesa. Al cabo de más o menos un cuarto de hora encontró un documento publicado por una revista cuyo título no reconocía.

Gracias a él, supo que entre 1980 y 1984 en Italia hubo ciento setenta y ocho secuestros. El Véneto fue una de las regiones más afectadas. No encontró ningún dato sobre a cuántas de esas personas habían rescatado con o sin previo pago mediante. Tampoco ninguna referencia a la ley que blinda de inmediato los bienes de los familiares de una persona secuestrada para imposibilitar el pago del rescate.

Se levantó y se acercó a la ventana, a estudiar la fachada de la iglesia de San Lorenzo, que siempre lo reconfortaba y ansiaba la mirada admiradora de Brunetti. Había leído acerca de la vida salaz de las monjas que siglos antes estaban recluidas en el convento contiguo y la destreza con la que lograban escapar al ancho mundo. Buena suerte para ellas, pensó mientras contemplaba el cielo encima de la iglesia.

Reflexionó acerca de la pregunta que le había hecho Nesi; era ingenua pero astuta, y Paola se la había repetido: ¿qué conexión había entre el libro de recortes y la muerte de Inesh? ¿Por qué le interesaba a la persona que había recopilado los documentos la desaparición del *professore* Loreti? ¿Era Nesi quien los había compilado?

Aún era media tarde, así que tenía tiempo de sobra para volver a hablar con Bocchese. Encontró al jefe de laboratorio trabajando, aunque, en lugar de en algo que guardase la más mínima relación con asuntos policiales, se dedicaba a una miniatura de bronce de un dios o un semidiós muy musculado, armado con una lanza. Al parecer, Bocchese intentaba meter el arma diminuta por el cilindro que era el puño cerrado del dios, mientras sostenía la lanza con unas pinzas con puntas de goma y la giraba con cuidado de un lado a otro a fin de hacer pasar el asta de bronce por el puño, donde parecía haberse quedado atascada. Bocchese apoyaba en la mesa la mano izquierda, la de la lanza, que Brunetti calculaba que medía unos cinco o seis centímetros de largo.

El *commissario* se detuvo a un metro de él; no quería causar ninguna molestia, por pequeña que fuese, y continuó observando. Al cabo de otro minuto, Bocchese dijo:

—Guido, tengo una botella de aceite en el cajón de abajo de la derecha y bastoncillos de algodón. ¿Me untas uno en aceite y lo pasas por la lanza?

Brunetti hizo lo que le pedía y deslizó el algodón impregnado arriba y abajo, a lo largo de la vara, mientras Bocchese la sujetaba.

—Muy bien —dijo el jefe de laboratorio.

Brunetti retrocedió sin apartar la mirada de la lanza y

las pinzas. Bocchese la movió de lado a lado, de lado a lado, y luego arriba y abajo, arriba y abajo, y de pronto la parte inferior pasó a través de la mano del dios hasta tocar la base de metal que había a sus pies.

Bocchese colocó ahora el dios, una vez erguido sobre la base, en el centro de la mesa.

—Qué bonito, ¿no? —dijo sin quitarle ojo.

—Sí que lo es. —Brunetti recordó lo reacio que era Bocchese a desvelar las fuentes de su colección y se limitó a decir—: Debes de estar muy contento de tenerlo.

Bocchese sonrió.

—Sí. Tardé un año en convencer al dueño.

Esa era más información de la que le había ofrecido nunca. Brunetti sonrió, asintió con la cabeza y dijo:

—Vengo a pedirte un favor.

—¿Algo de trabajo? —preguntó Bocchese, y acercó la mano derecha a la estatuilla.

—Sí, es por el trozo de hueso que llevaba el hombre del canal en el bolsillo del chaleco.

—¿Qué quieres saber? —preguntó Bocchese, y relajó la mano.

—¿Lo habéis identificado?

—Rizzardi le echó un vistazo. Puede que haya dejado alguna nota. Yo estaba ocupado —dijo, y levantó la figura un poco.

—¿Podrías mirarlo? —preguntó Brunetti.

Era evidente que eso le causaba un problema a Bocchese. Sin duda, no iba a llevarse la estatuilla al archivo, y tampoco parecía contento con la idea de dejársela a Brunetti. Cogió el teléfono, pulsó un dígito y le pidió a la voz que respondió que se acercase un momento.

Uno de sus ayudantes apareció segundos después de

que colgase, cosa que a Brunetti le hizo preguntarse por qué no se lo había dicho de viva voz.

Bocchese le indicó al ayudante lo que debía buscar y dónde, y después se limpió las manos con un paño de ante.

El otro volvió enseguida con una cajita pequeña de joyería, de las que se usan para anillos de compromiso.

—Dáselo al *commissario* —dijo Bocchese, y siguió limpiándose las manos.

Brunetti le dio las gracias al asistente, que asintió con la cabeza al entregarle la cajita y se marchó. Luego la abrió y vio el pedazo intacto de hueso cilíndrico; tenía unos dos centímetros de largo y era circular como un trozo de *penne*, aunque la idea de compararlo con la forma de la pasta lo incomodaba.

Lo movió hacia un lado de la caja y luego hacia el otro mientras buscaba cualquier identificación que pudiera haber señalado Rizzardi.

Al verlo, Bocchese cogió el teléfono de nuevo y marcó un dígito. Le contestaron y preguntó:

—¿Qué ha dicho Rizzardi?

Escuchó un momento, le dio las gracias al hombre y colgó.

—Es un segmento de dedo humano. El doctor ha cogido una muestra y lo ha enviado al laboratorio de Padua para identificarlo.

—¿Cuándo mandarán los resultados?

Bocchese alzó las manos como para protegerse de un atracador y dijo:

—Cuando los manden. —Bajó las manos y miró a Brunetti—. Vas a darme la lata con esto, ¿verdad?

—Sí.

—Si prometes no dármela a mí, se la daré yo a ellos y te llamaré en cuanto me digan algo.

—Me parece justo —concedió Brunetti, y dio media vuelta para marcharse—. Diles que es muy urgente.

—Ya me han dicho que están hartos de oírme decir eso.

Brunetti no hizo caso y preguntó:

—¿Hombre o mujer?

Bocchese volvió a marcar el número. Contestó la misma voz y, cuando se lo preguntó, respondió lo suficientemente alto para que Brunetti lo oyese:

—Hombre.

El *commissario* le dio las gracias a Bocchese, volvió a felicitarlo por la estatuilla y se marchó.

26

El lunes por la mañana, cuando salió a la calle, Brunetti se arrepintió de no haberse puesto una bufanda de lana. El otoño ya no se andaba con tonterías y, al parecer, había decidido cederle el terreno al invierno. No perdió el tiempo pensando en volver a casa a por una, sino que se abotonó el abrigo y se dirigió a la parada de San Tomà. Cuando giró en la calle que iba desde el *campo* hasta el *imbarcadero*, oyó el ruido de un *vaporetto* al meter la marcha atrás, así que alargó las zancadas. A medio camino se cruzó con los que se habían apeado y se preguntó cuál era el que aún estaba parado en el embarcadero: ¿el que iba hacia la derecha o hacia la izquierda? Si corría, quizá llegase a tiempo de cogerlo, pero eso solo importaba si era la embarcación que se dirigía hacia el Lido.

Avanzó dos pasos al trote, pero el sonido metálico de la barrera que impedía subir a bordo del barco, fuera el que fuese, convirtió la pregunta en irrelevante. Frenó el paso para oírlo mejor y creyó que se desplazaba hacia la izquierda, el camino opuesto a la *questura*. Cuando ya llegaba al *imbarcadero*, vio que no se había equivocado: el barco que quería coger venía desde la parada de San Silvestro y ya se veía a la izquierda.

Sacó la tarjeta iMob y la acercó al sensor. Las barras metálicas se abrieron y bajó al muelle a esperar el *vaporetto*. Unos años antes había inventado un sistema con el que controlaba la impaciencia que le producían los *vaporetti* y su paso de señorona por el Canal Grande. Cuando se estresaba más de la cuenta por el tiempo que ocupaba el lento avance del *vaporetto*, se preguntaba cómo se sentiría siendo un turista que veía todo aquello no solo por primera vez, sino por un euro con cuarenta. Sorprendentemente, siempre funcionaba a la hora de calmarlo y convertir la impaciencia en una necedad. Navegar por delante del Palazzo Ducale y Cà d'Oro, pasar por debajo de Rialto o la Accademia. ¿Y él no quería ver eso? ¿Quería que el trayecto fuese más rápido? ¿Quería que los actores de un escenario o los cantantes se movieran a mayor velocidad, que cantasen o hablasen más deprisa para que toda esa belleza acabase antes?

—Estoy para que me encierren —se dijo a sí mismo, y sobresaltó al hombre que tenía al lado.

Por suerte, llegaban a la parada de Riva degli Schiavoni. Brunetti se apresuró al otro lado para ser el primero en desembarcar; una vez en tierra, giró a la derecha y caminó a mayor velocidad con intención de alejarse del lugar donde se había avergonzado a sí mismo. Tras el primer puente se permitió frenar el paso y disfrutar del paseo cuanto pudiera. Era una de las vías más amplias de la ciudad y se extendía desde San Marco hasta la parada del Arsenal, donde se estrechaba y daba más espacio a I Giardini. Hacia la derecha, las vistas eran muy profundas, y lo único que interrumpía el horizonte del Lido y más allá eran las pequeñas islas y algún que otro barco.

Cuando entró en la *questura*, se sorprendió de ver a Vianello junto a la puerta, como si esperase a alguien. La solemnidad con la que lo miró al verlo reforzó la idea.

Sin preludio alguno, el *ispettore* dijo:

—Tengo algo que enseñarte.

Brunetti asintió con la cabeza. Vianello dio media vuelta y se dirigió hacia la oficina de los agentes a paso muy rápido.

Cuando entraron, no vio más que a dos policías, ambos ocupados en sus respectivos ordenadores. Uno de ellos, al ver al *commissario*, hizo un gesto lánguido, y este respondió inclinando la cabeza. El otro no había levantado la vista.

Brunetti se detuvo y miró alrededor de la sala, pero no vio nada que le pareciese fuera de lugar. Vianello retrocedió, lo cogió del brazo y lo llevó a la puerta del vestuario, donde, si querían, podían cambiarse de ropa los agentes antes o después de su turno.

Abrió la puerta y entró. Brunetti lo siguió. Impaciente, al final le preguntó:

—¿Qué pasa?

—Esta mañana he venido a buscar un par de zapatos que ayer me olvidé de llevar al zapatero. Los tenía en la taquilla, pero se me fue el santo al cielo y me los he dejado aquí toda la noche.

Aquello no tenía visos de ir a ninguna parte, pensó Brunetti.

—Y he encontrado esto —dijo Vianello, y se sacó algo de color rojo chillón del bolsillo.

Al principio Brunetti pensó que era un pañuelo de seda que alguien había usado para detener una hemorragia nasal, pero cuando Vianello abrió la mano, vio que era una braga muy roja y muy pequeña.

La miró fijamente y Vianello dijo:

—Estaba colgando del tirador de la taquilla de Alvise.

—¿Él la ha visto? —preguntó Brunetti al instante.

Vianello negó con la cabeza.

—¿Había alguien aquí?

El *ispettore* negó de nuevo, pero algo le delató a Brunetti que no había hecho la pregunta correcta.

—Cuenta —dijo Brunetti.

—Cuando he salido al pasillo, el teniente Scarpa venía hacia mí. Y me ha sonreído. No ha dicho nada, solo la sonrisa.

Los dos amigos se miraron. Vianello ladeó la cabeza y encogió los hombros; Brunetti frunció los labios y asintió. Entonces cada uno se fue a su mesa, ambos con la misma idea en la cabeza.

Brunetti había llevado consigo el segundo paquete de recortes, aunque no en la bolsa de Standa: no quería llegar con una larga cola de gente compartiendo sus recuerdos sobre la cadena de supermercados.

Volvió a leer los documentos de cabo a rabo. Durante las semanas posteriores a la masacre de Bolonia, la cifra de víctimas había ido aumentando día tras día, a medida que las víctimas más graves sucumbían a sus heridas y morían. La cifra había alcanzado los ochenta y cinco, pero eso no tenía en cuenta el sufrimiento de los muchos cientos de heridos.

Las revelaciones y los descubrimientos que se hicieron en torno a la motivación tras el atentado de Bolonia, muchos contradictorios entre sí, habían formado parte de su juventud: había crecido con los nombres de Musumeci, Gelli y Picciafuoco dando vueltas en una nube de acusaciones, certezas, dudas, horror y muchas otras emociones, todas tan fuertes como conflictivas. Mandaban a hombres a la cárcel para después soltarlos y detenerlos de nuevo. Las certezas más absolutas se desvanecían en un día y el bien y el mal se entrelazaban de manera horrible. Si a Brunetti le costaba pensar en términos absolutos, eso podía atribuirse a esos años y la falta de certezas sobre un acontecimiento que fue el más horrible de su tiempo.

La semana anterior, Brunetti había leído acerca de otro juicio y otra acusación, los mismos delitos de siempre y los mismos nombres de siempre: Bellini, Segatel, Catracchia. No había solución para el crimen que no se pusiera de manera directa en tela de juicio.

Mientras que, en la mente de muchos, el atentado de Bolonia se recordaba como un caso aún sin resolver, el secuestro del general estadounidense de la OTAN era una especie de película de los hermanos Marx. Las Brigadas Rojas se lo habían llevado de su piso de Verona y lo habían retenido cuarenta y dos días, a lo largo de los cuales el general había tenido permiso para jugar al solitario y lo habían obligado a escuchar música muy alta, hasta que lo rescató una unidad de las fuerzas especiales italianas (aunque se rumoreaba que la Mafia había ayudado) y todos sus captores acabaron detenidos. Durante las semanas que lo habían tenido en cautiverio, los secuestradores no habían expresado ningún interés en negociar la liberación de su prisionero ni se habían molestado en pedir un rescate, sino que parecían contentarse con enviar comunicados a los ejércitos estadounidenses e italianos para reivindicar sus ideales políticos.

Dado el extraño giro de tragedia a astracanada que había dado el asunto, Brunetti se preguntó por qué motivo estaba el fardo sobre el secuestro de Loreti entre los otros dos casos. ¿Qué relación tenían? ¿Era el nexo el terrorismo o el secuestro? Y, por amor de Dios, ¿qué tenía que ver con todo aquello un hombre de Sri Lanka que llevaba un hueso de un dedo humano en el bolsillo del chaleco?

Volvió a la ventana y continuó contemplando la fachada de la iglesia. De sus primeros maestros, Brunetti había aprendido a conocer y a venerar a los santos, sobre todo a los mártires, de modo que sabía que san Lorenzo era el santo patrón de los cocineros y también de los humoristas, aunque no recordaba el motivo. Si la memoria no le fallaba, lo habían quemado vivo, cosa que a Brunetti no le resultaba cómica en absoluto.

Observó la iglesia y el cielo de detrás durante un rato y, después, decidió que ya era hora de hablar del caso en profundidad con sus compañeros, así que llamó a Vianello y a Griffoni. El primero dijo que estaba en la oficina de los agentes y subiría al cabo de una hora. Griffoni volvía en esos momentos de Mestre, donde había pasado la mañana en el campo de tiro subterráneo de la *questura*, probando el arma nueva que le habían proporcionado.

—Hay un atasco enorme. No sé cuándo llegaré —dijo.

Por su tono de voz, Brunetti supo que era mejor no hacer bromas y le contestó que esperarían hasta que llegase.

27

Mientras tanto, a Brunetti le había llegado un archivo que describía el maratón de compras que había hecho el día anterior una pareja de jóvenes que hablaban muy bien el italiano, aunque con acento francés. Habían recorrido la ciudad comprando relojes, sobre los cuales habían mostrado la familiaridad de los auténticos coleccionistas y buenos conocedores, con una serie de tarjetas de crédito falsas y sus correspondientes pasaportes falsos. Habían estado en Fondaco dei Tedeschi, donde entraron en dos tiendas a adquirir un total de cuatro relojes: dos IWC y dos Rolex. Entonces, a modo de postre, habían ido cogidos del brazo hasta la Piazza San Marco y habían comprado, como regalo de aniversario del marido a la mujer, un Patek Philippe Calatrava mientras hablaban el mismo excelente italiano, esta vez con acento inglés, y una tarjeta distinta y su pasaporte británico.

Al acabar de leer el informe, Brunetti negó con la cabeza varias veces y no se rio. Años antes, cuando tenía más frescos los prejuicios de la juventud y aún no se había familiarizado en absoluto con las cosas que creía que debería despreciar, habría hecho justo eso: se habría reído y tal vez hasta habría levantado el puño a modo de manifestación de solidaridad por los ladrones, por haberles hecho una jugarreta a los ricos. No le cabía duda de que habría justificado semejante comportamiento como el derecho de la clase trabajadora a echarles mano a los juguetes de los pudientes y habría tenido el cuidado de insertar la palabra *explotación* en alguna parte de la frase.

Esas eran ideas que nunca había mencionado delante de sus padres y, a decir verdad, aunque compartía las opiniones adecuadas para cada época del año, nunca había logrado convencerse del todo de que eran ciertas. El acto de robar lo disgustaba entonces tanto como ahora. Sin embargo, en cuanto al engaño, Brunetti tenía una opinión mucho más elástica. Estaba mal cuando lo usaban contra él; en cambio, en su arsenal, era un arma útil. Para algunos tal vez fuese la prueba de un fracaso moral, pero Brunetti se había persuadido de que no era más que pragmatismo y supervivencia.

Griffoni y Vianello llegaron juntos, pasada más de una hora. Antes de que cualquiera de los dos pudiera hacer preguntas, Griffoni dejó su maletín sobre la mesa de Brunetti, lo abrió y sacó una pistolera de cuero marrón oscuro, que también abrió; a la vista quedó una empuñadura negra de metal y la promesa de una pistola: fina, liviana, letal.

—¿Qué es? —preguntó Vianello.

Griffoni sacó un librillo que parecía un folleto de instrucciones y leyó:

—Beretta 92X.

—Gracias —dijo Brunetti, y señaló la pistola con la cabeza como queriendo decir que no hacía falta que les enseñase nada más.

Vianello, que solo iba armado cuando llevaba el uniforme, dijo:

—Espero que seáis muy felices juntas.

Griffoni sonrió, guardó la pistolera en el maletín y lo dejó en el suelo.

Cuando se hubieron sentado los tres, Brunetti empezó a referirles la información y a hablar de las intuiciones que había ido acumulando los últimos días sobre lo que podía o no tener algún tipo de relación con el asesinato de Inesh Kavinda. A lo largo de la siguiente media hora les leyó algún fragmento de los manifiestos que había encontrado en el álbum de recortes, incluido su favorito: «Las clases que se benefician del sudor de los trabajadores son buitres y traidores, y hay que destruirlas. Mediante la violencia si fuese necesario».

Al acabar, dijo que quería hablar de la desaparición del *professore* Loreti, cuya asignatura habían cursado Rubini, Nesi y Molin. Les preguntó si tenían algo que añadir.

Griffoni los sorprendió a ambos al decir:

—No sé si sirve de algo, pero el tío de Loreti tuvo dos hijos.

Al ver la cara que ponían, se explicó:

—He estado media hora en un atasco, así que después de leer lo que había enviado la *signorina* Elettra, les he echado un vistazo a los archivos de prensa para ver si había mención de algún pariente. He encontrado un artículo breve en *Il Gazzettino* sobre una misa que celebró la familia un año después de la desaparición.

Dejó que lo sopesaran unos instantes y añadió:

—He encontrado a uno de ellos, un médico jubilado. Vive en Milán y me ha dicho que hará lo que pueda por ayudarnos.

Vianello extendió las palmas de las manos sobre la mesa, las miró y dijo, como si se dirigiera a sus dedos:

—*Povero Cristo*. No tenía ni cuarenta años. —Pensó un momento y añadió—: Espero que se escapase con una alumna o con la esposa de su mejor amigo.

Sacudió la cabeza para deshacerse de esa idea, se volvió hacia Griffoni y le dijo:

—No sé si esto tiene relevancia en el caso, pero creo que nos iría bien recordar lo locos que estábamos todos en esa época.

Vianello hizo una pausa, pero ninguno de los otros dos dijo nada.

—Pensad en las cosas en las que habíamos dejado de creer: la izquierda, la derecha, la Iglesia. —Entonces, como si desvelase la prueba definitiva—: ¿De qué otra manera sería alguien capaz de poner una bomba en una estación de tren a media mañana del primer sábado de agosto, aparte de estando loco? —Y aún con tensión en la voz, Vianello continuó—: Allí no había generales ni políticos ni cardenales ni banqueros, solo gente trabajadora que quería llevar a sus hijos de vacaciones.

Brunetti sospechaba que el *ispettore* los había dejado solos en el despacho mientras viajaba con la memoria al atentado de Bolonia.

Vianello negó con la cabeza y volvió en sí, pero se trajo un comentario consigo:

—No sé si sabéis que estuve a punto de no ser policía —dijo con su tono habitual—. Y creo que fue por culpa de esos tiempos locos.

Al cabo de un largo silencio para buscarle el sentido a lo que acababa de decir su compañero, Griffoni preguntó:

—¿Qué pasó, Lorenzo?

—Estuve a punto de tener antecedentes —respondió él, y se frotó la mandíbula como para comprobar si se había afeitado.

—¿Te refieres a antecedentes penales? —preguntó Griffoni con auténtica curiosidad.

—Sí.

—¿Por qué?

—Porque el día siguiente al atentado ataqué a un hombre. Le rompí las gafas.

—¿Cómo? —susurró ella.

—Él estaba en la barra de Rosa Salva, que está cerca de Rialto; tenía el periódico en la mano y lo leía en voz alta —explicó Vianello, la voz contenida por la fuerza de los recuerdos—. Y cuando terminó de leer el primer párrafo, anunció que a la gente de la izquierda que hacía cosas así deberían colgarla.

Brunetti recordaba oír comentarios por el estilo en aquella época y también en tiempos más recientes.

—¿Qué hiciste?

Vianello tardó un poco en responder y, cuando lo hizo, empezó con un dato que parecía irrelevante.

—Yo estaba allí con unos amigos. Solíamos hablar de política y quería que tuvieran una buena opinión de mí. —Dicho eso, se quedó en silencio un tiempo antes de retomar el relato—. Estaba al lado de ese hombre, así que le cogí el periódico y le di con él en la cara. Se le cayeron las gafas y se le rompió uno de los cristales. —Hizo una pausa y añadió una nota a pie de página—: En aquella época, las lentes todavía eran de cristal.

Brunetti esperó a que Griffoni hablase, ya que la conversación la había empezado ella. Sin embargo, miraba al *ispettore* sin decir nada.

Vianello continuó:

—Mis amigos y yo lo sabíamos todo sobre la política. Aunque tuviéramos dieciocho años, lo entendíamos todo.

Calló y los miró a ambos.

Cuando pensó que Vianello había terminado, Griffoni le preguntó:

—¿Y qué pasó?

—Yo había cumplido los dieciocho unos meses antes y, aunque parecía más joven, ya no era menor. El hombre se puso a dar voces y yo le contesté con más gritos. Llamaron a la policía, me trajeron aquí, avisaron a mis padres y les dijeron que iban a denunciarme por agresión. Entonces me mandaron a casa y me ordenaron volver al día siguiente con mis padres. —Levantó la mirada, esbozó una sonrisa jovial y dijo—: Ninguno se molestó en preguntarme la edad.

Ambos asintieron.

—¿Volviste? —quiso saber Brunetti.

—Sí. El agente a cargo del caso había hablado con la víctima y le había preguntado si aceptaría una disculpa. Y un cristal nuevo. —Vianello miró la pared y después a ellos—. El *commissario* que había entonces, Lucchin, dijo que tenía que ir acompañado de mis padres y pedirle perdón. Y a ellos les dijo que se asegurasen de que el cristal de las gafas lo pagaba yo. Si lo hacía, no me denunciarían.

Brunetti se acordaba del nombre del *commissario*. La historia no lo sorprendió.

—¿Y lo hiciste? —le preguntó.

Vianello asintió con la cabeza sin apartar la vista del suelo.

—En cuanto lo vi sin el periódico delante de la cara, comprobé que era un anciano. Debía de tener setenta años. —Vianello asintió varias veces más y prosiguió—: Y me di cuenta de que daba igual si yo estaba de parte de los buenos o de los malos. Me sentía avergonzado. Y tenía miedo. —El *ispettore* se cruzó de brazos y negó con la cabeza unas cuantas veces—. Y no era solo eso, el hecho de haber cometido un delito, sino que me avergonzaba de haberle pegado a un señor mayor. Agresión, daños a la propiedad privada. —Volvió a negar con la cabeza—. No sabría cómo explicaros el miedo que pasé solo de pensar en tener antecedentes por agresión. —Los miró y dijo—: Estaba tan asustado que creía que me iba a echar a llorar.

Ninguno se atrevió a preguntarle si lo había hecho.

—Le pedí disculpas y le dije muy en serio que lo sentía y que estaba avergonzado. —Vianello los miró a ambos, casi como si también les pidiese perdón a ellos—. No paraba de pensar que, cuando le pegué, podría haberse caído; que podría haberse hecho daño, haberse dado un golpe en la cabeza. Y que se lo habría hecho yo. A un hombre que podría haber sido mi abuelo. —Entonces, con la voz aún más ronca, dijo—: Y todo para impresionar a mis amigos y demostrarles hasta qué punto me tomaba la política en serio.

Se quedó callado un buen rato, y ninguno de sus compañeros se atrevió a hablar.

—Casi me arruino la vida.

Cuando el *ispettore* dejó de hablar, el silencio se extendió a su alrededor y envolvió a los otros dos. Cuanto más se prolongaba, más difícil era interrumpirlo. Al final, Vianello se puso en pie, colocó la silla en su sitio, cerca de la puerta, y se marchó. Griffoni también se levantó, pero dejó su silla delante de la mesa y se fue a su despacho.

Brunetti se quedó allí sentado un rato, consciente de que acababa de oír algo importante y necesitaba estar callado hasta dar con el significado. Vianello era el mejor de los agentes uniformados. No porque fuese su ayudante y su amigo, sino porque era el más sólido de todos, rápido y fiable, incapaz de mentirles a las personas con las que trabajaba.

¿Qué habría sido de él, se preguntó el *commissario*, si hubiera herido al anciano o si lo hubiera matado? ¿Cómo se recupera una vida tras una muerte? ¿Qué pasa con tu vida si se la arrebatas a otro con un empujón descuidado?

Había interrogado a más de una persona que se ganaba la vida matando a gente, asesinos a sueldo cuyo trabajo era liquidar desconocidos a cambio de dinero. Eran muy diferentes de la gente que mataba por accidente, de la gente que mataba por impulso, como podría haber sido Vianello. Se les veía la muerte en la cara, en los ojos, casi se les olía en la ropa. Brunetti nunca lo había dicho en voz alta, pero les había visto el mal en los ojos, una desconexión de la humanidad normal, y nunca les había visto ninguna señal de arrepentimiento o remordimientos. Los que mataban por accidente, si se les podía llamar así, al menos eran capaces de sentir remordimientos y, a veces, incluso vergüenza. Pero los profesionales no.

Aunque pareciese extraño, todos esperaban de Brunetti que pensara que eran especiales, que los respetase, tal vez por su valentía, sus habilidades, su inteligencia, cuando él a duras penas soportaba compartir espacio con ellos y jamás llevaba a cabo los interrogatorios en su despacho.

Pensó en los tres universitarios que vivían en Venecia en un momento en el que las décadas más explosivas de las protestas políticas perdían fuelle. Brunetti había llegado a creer que la apatía y la pasión eran dos puntos de la misma línea que estaban, aunque resultase sorprendente, más cerca de lo que la gente percibía. ¿Qué había dicho Vianello? «Para impresionar a mis amigos y demostrarles hasta qué punto me tomaba la política en serio.» ¿Acaso no habían sentido todos la misma presión y se habían dejado llevar por la necesidad de adaptarse a normas recién inventadas?

Brunetti se había salvado una vez más gracias a la sabiduría de su madre. En una ocasión, cuando trataba de desvelarle una nueva verdad, había mencionado que se la había explicado Beppe Tosatto, a lo cual su madre había respondido: «Siempre has dicho que era un idiota, ¿y ahora te explica las cosas a ti?». De ese modo, Guido Brunetti, a su corta edad, se había quitado la fiebre del entusiasmo político y había vuelto al estado saludable de no confiar en ninguno.

Pero quizá otros no hubieran tenido la suerte de contar con el sentido común de su madre y se hubiesen guiado solo por el suyo propio o el de los demás jóvenes de dieciocho años con los que se relacionaban. La gente joven anhelaba cambiar el mundo sin hacer caso del coste para ellos mismos o para los demás. Los mayores anhelaban que el mundo no cambiase, para no pagar el precio.

Contemplar la puerta cerrada del armario no le sirvió de iluminación, así que fue a la ventana con la esperanza de que otear algo en la distancia le hiciese mejor servicio. En el *campo*, había dos ancianos sentados en el banco de delante de la residencia. Ambos llevaban abrigos más gruesos de lo que pedía el día. Uno había apoyado el bastón en el banco y ambos parecían estatuas, con la cara hacia el sol. Daba la impresión de que hablaban, porque, de vez en cuando, uno u otro hacía un gesto lento con la mano y el otro asentía con la cabeza.

Se preguntó si Rubini y Molin acabarían de ese modo. O si lo harían Vianello y él. Viejas historias, viejas aventuras, viejos deseos. No obstante, los cuatro tenían esposas y, dado que los hombres acostumbraban a morir más jóvenes, no era probable que acabasen en ese banco.

—*Oddio* —exclamó en voz alta, preocupado por sorprenderse pensando en cosas así.

La historia de Vianello los había distraído cuando deberían haber estado hablando del caso Loreti y su posible significado. Volvió a pensar en el hueso que Inesh llevaba encima y continuó un rato inmerso en ello.

Llamó a Griffoni para encargarle que se ocupase de pedirle una prueba de ADN al tío o a uno de los dos primos del *professore* Loreti y le sugirió que le preguntase al que había sido médico si a él podían hacerle la prueba más rápido, tal vez en Milán.

Una vez hecho esto, volvió a contemplar el cielo. Había aprendido al inicio de su carrera profesional a resistir la tentación de decidir cómo solucionar algo cuando aún no había recabado todas las pruebas. Se acercó una hoja de papel, dibujó cinco círculos pequeños y en cuatro de ellos escribió el nombre de uno de los participantes: Molin, Rubini, Nesi, Loreti. En el quinto escribió el de Inesh. Lo pensó un rato y borró a Nesi de donde estaba y lo volvió a incluir, pero encima de una flecha que iba hacia el borde de la hoja. El único al que Inesh conocía era a Molin y el único que los conocía a todos era Molin.

Durante años, Brunetti había intentado domar la impaciencia por empezar y acabar las cosas y no responder de manera impulsiva en ciertas situaciones. A menudo, la respuesta era la repetición y la digresión, y decidió que en ese momento recurriría a esa técnica. Abrió el segundo cajón y sacó un juego de llaves que había en la parte de delante. Cerró el cajón, se metió las llaves en el bolsillo, sacó el abrigo del armario y volvió a arrepentirse de no haber cogido la bufanda. Salió del despacho y se dirigió hacia Cannaregio, específicamente a la calle que había a la vuelta de la esquina del Palazzo Zaffo dei Leoni.

28

La monja menuda abrió la puerta del muro y lo reconoció de inmediato. Ese día llevaba el abrigo desabrochado, quizá para tener más libertad de movimientos en el jardín.

—Ah, el señor policía. Bienvenido de nuevo. —Entonces, algo confundida, preguntó—: ¿Quiere entrar?

Él sonrió, todavía a un metro de distancia prudencial de la puerta, y dijo:

—Si me lo permite, *sorella*.

—La policía no viene a menudo —dijo ella, pero hizo una pausa—. No sé cómo se llama, *signore*, y creo que estaría más cómoda si pudiera llamarlo por su nombre.

—Guido Brunetti —dijo él—. Soy veneciano.

A ella se le escapó una risita.

—Uy, eso ya lo sabía de sobra, *signor* Brunetti.

—¿Me dice cómo se llama usted?

—*Suor* Benedetta —respondió ella, y entonces cogió aire con sorpresa y añadió—: Pero no lo he invitado a pasar. Entre, por favor.

—Gracias. Me gustaría hablar con usted. —Miró la hora y dijo—: Espero no interrumpirla ni apartarla de las oraciones.

—No, estaba en el jardín —contestó ella.

Miró de forma exagerada por encima de un hombro y por encima del otro con una paródica expresión de miedo en la cara. Entonces le hizo un gesto para que se agachase, cosa que él hizo, y le susurró:

—Estaba dándole de comer a Sara. Justo ahora ha terminado.

Brunetti se irguió, miró el reloj y dijo:

—Sí, es la hora, ¿verdad?

—Sí. —Después, con mucha cautela—: ¿Le gustaría conocerla?

—Me encantaría.

—¿Le gustan los perros? —preguntó ella.

Entonces dio media vuelta y echó a andar por el camino bien barrido que rodeaba el convento en dirección al gran jardín de atrás. Brunetti asintió con la cabeza y dijo que sí, que le gustaban mucho. Al fondo del todo, a unos cincuenta metros de distancia, vio una silueta oscura delante del muro alto de ladrillos que separaba el jardín del canal. Se volvió a preguntar si se trataba de Sara, pero cuando miró de nuevo en esa dirección, la silueta ya no estaba.

—Ya le he dicho que es muy lista —dijo *suor* Benedetta, que levantó la mano y continuó—: Espere aquí, *signor* Brunetti, que le pregunto si quiere venir a conocerlo.

Dicho eso, caminó despacio hacia la tapia del fondo. La perra salió de detrás de un gran macetero de porcelana y agitó la cola con adoración. *Suor* Benedetta se inclinó aún más y le habló con voz normal, aunque desde la distancia Brunetti no entendió lo que le decía.

Suor Benedetta se detuvo, se dio unas palmadas en la rodilla y la perra se acercó. De haber sido una máquina, se habría descuajaringado de tanto que sacudía la cola. La monja la llamó por su nombre, se volvió y señaló a Brunetti; debió de preguntarle a Sara qué pensaba de él, porque la perra lo miró y emitió una especie de sonido gutural.

—Muy bien, *cara*, ven a saludar al *signor* Guido.

La monja dio media vuelta y caminó hacia Brunetti al mismo paso que la perra nerviosa. Sara era de tamaño mediano y de pelo liso y castaño. Una de las orejas le colgaba y, al parecer, le faltaba un trozo. Era flaca y pisaba con delicadeza. Se detuvo a un metro del *commissario*, con la lengua fuera, y lo estudió.

—¿Qué te parece, Sara? —preguntó la monja como si su propia opinión de Brunetti dependiese de lo que decidiera el animal.

La perra metió la lengua en la boca y dio tres pasitos en dirección a él, que clavó una rodilla en el suelo y le tendió la mano con la palma hacia abajo.

—Qué guapa eres, Sara. *Bella e brava*.

Daba por sentado que cualquier amiga de *suor* Benedetta sería guapa y buena.

La perra avanzó otro paso y le olisqueó la mano. Miró a la monja, que tarareaba.

El ruido debió de ser el dato decisivo, porque le lamió la mano al *commissario* unas cuantas veces y después volvió con *suor* Benedetta como si quisiera recordarle a quién amaba de verdad.

Brunetti vio el banco para tres personas que había junto al muro. La monja debía de tener los ochenta cumplidos, había estado trabajando en el jardín y ya debía de habérsele pasado la hora de comer.

—¿Le importa si me siento, *sorella*? —preguntó Brunetti—. Llevo toda la mañana andando.

—Ay, debería haberle ofrecido nuestra hospitalidad. ¿Le apetece tomar algo? ¿Agua? ¿Zumo de manzana? —le preguntó con cara de culpa.

—No, *sorella*, con descansar un poco me basta.

Se acercó al banco y se sentó a un extremo. La perra se sentó delante de él. Brunetti le alborotó el pelo de la cabeza, cosa que pareció gustarle.

Suor Benedetta se quedó de pie un momento con actitud de anfitriona y después tomó asiento en el banco, con una mano en el reposabrazos. Se le escapó un «ah» involuntario.

Una vez sentada, se volvió hacia Brunetti y le dijo:

—¿Ha venido a conocer a Sara o tiene más preguntas?

—Me gustaría que me hablase de sus vecinos.

—¿De *il dottore* y su esposa? —preguntó ella, y señaló el *palazzo* con la barbilla.

—Sí.

—¿También tiene que ver con Inesh? —quiso saber.

De pronto, Brunetti fue consciente de lo brillantes que tenía los ojos.

Sara se levantó al instante y miró a su alrededor como si el sonido del nombre de su amo fuese un toque en el costado. Ambos se dieron cuenta.

—Lo echa de menos —dijo *suor* Benedetta—. Ahora que ya no está, no para de saltar el muro y buscarlo. —Estiró el brazo y Sara se acercó a lamerle la mano—. Nosotras también lo echamos de menos.

—¿Porque las ayudaba?

Ella respondió con el rostro tenso a causa de la confusión.

—No. Porque era bueno.

Brunetti se arriesgó y dijo:

—¿En comparación con su vecino?

Era evidente que una pregunta tan directa la había sorprendido. Bajó la mirada, entrelazó las manos en el regazo y dijo:

—A mí no me corresponde juzgar eso, *signore*.

A Brunetti de pronto se le ocurrió algo:

—¿Qué diría Sara? ¿Que su vecino es un hombre bueno?

Estiró el brazo para tocarle la cabeza a la perra y la dejó allí.

—Tampoco puedo hablar por Sara. Pero puedo hablar de esto —dijo, y le tocó la oreja recortada—. Esto pasó al otro lado del muro.

—¿Quiere decir que se lo hizo el *professore* Molin?

La monja tenía los hombros muy estrechos y ocultos bajo el hábito, un abrigo y un chal, pero Brunetti la vio encogerlos.

Ella siguió frotándole la cabeza a la perra y dijo:

—Una vez, Inesh la dejó aquí con nosotras y se fue un mes a Sri Lanka. —Antes de que Brunetti pudiera preguntárselo, añadió—: En esa época teníamos otra madre superiora y las cosas eran... más fáciles para nosotras. Y también para Sara.

—¿Qué pasó?

—La perra estaba triste porque no lo veía y, aunque le dábamos de comer y le habíamos preparado una cama en la caseta de las herramientas, volvía a la casa a buscar a Inesh.

Levantó la mirada y Brunetti asintió para animarla a continuar.

—A veces lo oíamos... —dijo ella, sin necesidad de especificar a quién se refería— gritándole a la perra, diciéndole lo que le iba a hacer si la cogía.

El *commissario* asintió de nuevo, y ella debió de percatarse de su buena voluntad y de su preocupación, porque interrumpió el relato para añadir:

—Teníamos miedo de que se quejase a la madre superiora o a ustedes, la policía, y de que tuviésemos que deshacernos de ella.

Cogió muchísimo aire y soltó un suspiro que a Brunetti le pareció doloroso.

—Entonces un día lo oímos gritándole y diciéndole palabrotas. Los arbustos son tan espesos que no vemos nada de lo que pasa allí, pero nos llegaban los ladridos, y entonces la oímos gemir y aullar y, cuando saltó el muro, le faltaba un trozo de oreja.

—¿Fue él? —preguntó Brunetti el policía.

—No lo sé, *signore*. No lo vi. —Le acarició la cabeza a Sara con más brusquedad y dijo—: Y ella no nos lo puede contar. —Se agachó y le preguntó a la perra—: ¿A que no, Sara?

Sara, encantada con que le prestasen tanta atención, retrocedió un poco y, para expresar su deleite, corrió en círculos un rato hasta que volvió y se tumbó a los pies de *suor* Benedetta con la boca abierta de par en par y los ojos cerrados de la felicidad.

—¿Lo conoce usted, *sorella*? —preguntó Brunetti en voz baja.

—De saludarnos con la cabeza, sí. Pero nada más. —Antes de que él pudiera hacer otra pregunta, dijo—: Las hermanas que llevan aquí más tiempo, yo llegué hace solo seis años, me han contado algunas cosas de él.

—¿Qué cosas?

—Que es profesor de universidad y que su esposa es amable cuando se cruzan con ella por la calle. En cambio, creen que él mató a los gatos.

—¿A qué gatos, *sorella*?

—Fue antes de que yo llegara, pero si una escucha y presta suficiente atención, se entera de cosas —empezó a decir.

Brunetti pensó que sería un gran recurso para la policía.

—¿Qué ha oído?

—El año antes de que yo llegara, hará unos siete años, uno de los gatos que vivían en el jardín y mantenían a los ratones a raya tuvo una camada de gatitos. Pero los parió allí —dijo, y señaló la otra propiedad—. Las hermanas que ya estaban en el convento me dijeron que desde aquí oían los maullidos de hambre, así que le dieron más comida de la habitual a la madre. Venía aquí a comer y se marchaba allí a cuidar de ellos. —Miró a Brunetti y después bajó la mirada—. Y un día ya no vino, y tampoco se oía a las crías.

—¿Cree que...? —empezó a preguntar Brunetti.

—No sé nada, *signore* —respondió ella con mucha tensión en la voz—. Yo solo le cuento lo que me contaron mis hermanas.

—¿Piensa usted que él...? —preguntó el *commissario*, pero dejó la frase en el aire, a medias.

—Sí.

Sin más explicaciones.

Brunetti asintió, se inclinó hacia delante y llamó a Sara, que se acercó enseguida. Le hizo unos mimos y después señaló el muro con la barbilla y preguntó:

—¿Todavía sigue saltando la tapia?

La monja negó con la cabeza.

—Es como si supiera que no va a volver —dijo, y se dio unas palmaditas en la rodilla.

Sara abandonó a Brunetti sin pensarlo dos veces.

—Los perros se enteran de las cosas de otras maneras.

El *commissario* no tenía mucha experiencia con perros, pero no dudaba de lo que *suor* Benedetta había dicho.

—¿Me permite otra pregunta, *sorella*?

—Por supuesto.

—¿Alguna vez le contó algo su amigo Inesh sobre sus patrones?

La monja lo pensó antes de responder.

—A menudo hablaba de lo amable que era la *signora* y de que muchas veces rezaba por ella.

—¿Y de su marido? —inquirió Brunetti.

—Al parecer, no sentía lo mismo por él.

Brunetti se rio y, como sabía que no debería haberlo hecho, se volvió a pedir disculpas.

—Ha sido por cómo lo ha dicho, *sorella*. La felicito por la elegancia de la frase.

—Se lo agradezco.

La monja le echó un vistazo breve al rostro y volvió a mirar a la perra. Brunetti esperó a ver si le daba explicaciones.

—Paso mucho rato sola aquí, en el jardín, y pienso en las conversaciones y las cosas que dice la gente y en cómo podrían decirse de otra manera y tener un efecto distinto.

Brunetti no tenía claro si había terminado, pero habló igualmente:

—¿No es la mansedumbre una de las virtudes que se supone que deben practicar, *sorella*?

Esa vez fue ella la que se rio.

—Habla como mi confesor.

«Santo cielo —pensó Brunetti—, la confesión aún existe.» Se acordó de cuánto lo humillaba confesarse de pequeño y el alivio que sintió cuando aprendió a mentirle al cura para que lo juzgase mejor persona. Desde entonces, había empleado mucha energía aprendiendo a controlar el impulso de conseguir que lo percibiesen como alguien mejor de lo que era.

—¿Hay quizá algo un poco más específico que pudiera ayudarme a entender de forma más precisa qué tipo de hombre es?

Mientras observaba a la monja con la perra, Brunetti cayó en que si ella apartase la mirada, aunque fuese un instante, la perra se le subiría al regazo. No por nada, cada caricia en la oreja iba acompañada de un pequeño empujón con la rodilla para evitar que Sara saltase.

Pensó en la pregunta que le había hecho Brunetti sin dejar de darle palmaditas a la perra. Al cabo de poco, juntó las manos y las apoyó en el regazo. Sara, al ver que lo tenía ocupado, se tumbó en la hierba seca.

—Su esposa llamó ayer a la puerta. Sí, ya lo sé, lo sé, pero es que ninguno de los dos se ha acercado nunca a hablar por encima del muro. Vino a preguntar si podía hablar con la madre superiora y le dijo que su marido quiere vaciar la casa de Inesh. Nos preguntó si sabíamos de alguna asociación benéfica que quisiera la ropa y sus pertenencias.

De poco había servido el precinto policial para impedir que entrase gente, pensó Brunetti, pero guardó silencio al respecto.

—¿Qué le dijo la madre superiora?

—Una de las hermanas tiene una sobrina que trabaja para los servicios sociales. La madre superiora le dijo que la llamaría y averiguaría a qué grupo le hace más falta. Se refería a qué grupo de refugiados.

—¿Y esto será pronto, *sorella*?

Su sonrisa delataba la paciencia que se aprende con una vida larga.

—Nada ocurre pronto, ¿no cree, *signore*? Llamará esta semana para preguntarlo.

—¿Les dijo por qué pretendía deshacerse de sus pertenencias?

Ella lo miró muy seria, como si se preguntase por qué quería saberlo.

—No lo dijo, *signore* —empezó a decir, y dejó la voz suspendida en el aire para que él supiera que no había terminado—. Pero hemos oído que le ha dicho a la gente que quiere vender el *palazzo*. —Hizo una pausa—. Y una de las hermanas ha oído que ya ha hablado con alguien.

Lo más probable era que se tratase del hotel, pensó Brunetti. Se levantó y le ofreció el brazo a la monja. Ella lo miró sorprendida, como si no le hiciera falta la ayuda. Pero llevaba un rato sentada al aire libre en un banco frío, inclinada hacia delante para acariciar a la perra, así que sonrió, aceptó que lo mejor era ser sensata, se cogió de su brazo y se levantó.

—Gracias —le dijo.

—Ha sido un placer, *sorella*.

Brunetti se inclinó delante de Sara, que lo miró sorprendida, se quedó inmóvil y emitió el ruido raro que hacía cuando se ponía nerviosa. Brunetti dio un paso a un lado y volvió a sentarse en el banco. Sara se puso de pie, y entonces él le tendió la mano poco a poco y la perra acudió enseguida.

—Es demasiado alto para ella, diría yo —dijo *suor* Benedetta—. Yo no tengo ese problema.

Sonriente, Brunetti se puso en pie despacio con intención de no asustar a Sara.

Suor Benedetta le apoyó la mano en el brazo y, juntos, seguidos por la perra marrón, fueron hasta la puerta de la calle. Una vez delante, Brunetti le dio las gracias por su tiempo y su ayuda y le preguntó si podía volver en verano a por unos pocos albaricoques y traer a su hija para que conociese a Sara. Añadió que le encantaban los perros.

Ella le dio un leve apretón con la mano.

—Me acordaré de su madre cuando rece —dijo, y le abrió la puerta.

Él asintió con la cabeza, salió y esperó a oír el ruido de la puerta al cerrarse. Cuando lo hubo oído, dobló la esquina, se detuvo ante la entrada del Palazzo Zaffo dei Leoni y llamó al timbre.

29

Brunetti esperó en la calle pensando que oiría pasos en el camino que iba hasta la puerta, pero alguien le abrió desde el interior del *palazzo* y no oyó más que un clic.

Entreabrió la puerta, entró, la cerró y tiró del pomo para asegurarse de haberlo hecho bien. Fue hacia el *palazzo* fijándose en las losas irregulares e inestables del camino.

Cuando levantó la vista, vio a Gloria Forcolin de pie en la puerta, con cara de estar tan sorprendida de ver a Brunetti como Brunetti de verla a ella. Al mismo tiempo, vio aparecer a Molin rodeando el *palazzo* desde atrás con la cabeza gacha y la mirada fija en el firme irregular, caminando con naturalidad hacia él.

Brunetti dio un paso amplio a la izquierda y subió los escalones hacia la mujer, de modo que se apartó del campo de visión de Molin.

En voz más alta de lo necesario, dijo:

—Vengo a hablar con su marido, *signora*.

Gloria no parecía entender qué hacía allí ni por qué se dirigía a ella de ese modo.

—¿Qué quieres?

—Como le digo —repitió Brunetti, aún más alto de lo necesario—: hablar de nuevo con su marido. ¿Está aquí?

Ella tardó un poco en responder, pero al final dijo:

—Acaba de empezar una sesión con el fisioterapeuta.

—Ah —dijo Brunetti, y frunció los labios en un gesto de decepción creíble—. ¿Cuánto cree que tardará?

—Al menos... —empezó a decir, y miró la puerta antes de volverse hacia Brunetti de nuevo y responder—: Al menos una hora.

Otra pausa, y Brunetti prácticamente la oía preparar las frases antes de decirlas.

—Entiendo —contestó él, esa vez haciendo hincapié en la decepción—. ¿Podría volver mañana?

Ella tensó la expresión, tal como sucede cuando una persona se enfrenta a una pregunta difícil.

—Sí, creo que sí. —Entonces descubrió la respuesta verdadera y dijo finalmente—: Sí.

Él abrió la boca para darle las gracias, pero era demasiado tarde, puesto que había dado media vuelta, había entrado en el *palazzo* y había cerrado la puerta sin hacer ruido.

Brunetti se volvió y fue de inmediato hacia la casa del jardín.

El precinto seguía en su sitio. Se dirigió a la parte trasera y comprobó el de la puerta de atrás. Una de las cintas de la equis estaba desalineada. Hizo una fotografía desde lejos y después otra de más cerca y luego comprobó las imágenes para asegurarse de que las señales de que alguien había manipulado el precinto eran visibles.

Brunetti regresó a la puerta delantera e hizo girar la llave en el cerrojo. La entreabrió y, con ello, arrancó las dos tiras de cinta. Pasó por encima de ellas al tiempo que empujaba la puerta para abrirla de par en par, entró y la cerró. La calefacción estaba apagada y el ambiente parecía más frío que fuera y también más húmedo.

Ya no era necesario evitar el contacto con las superficies. Podía haber rastros de muchas personas: Inesh, sus caseros, sus amigos y hasta los técnicos de la policía científica. El hecho de que se encontrase el rastro físico de una persona en el interior no proporcionaba información sobre cuándo lo había dejado ni por qué.

El recuerdo de la paz que se respiraba en el salón lo atrajo al rincón donde estaba el buda. Estudió la disposición de los objetos alrededor de la estatua y después sacó el móvil y buscó la foto que había tomado la vez anterior. Aunque las piedras y la concha continuaban intactas y las flores marchitas seguían en el mismo lugar, la estatua estaba a unos pocos milímetros de donde había estado al principio, distancia que confirmó al ver una fina franja de madera sin polvo que había quedado al descubierto al moverla. Era improbable que, contando con décadas de formación y experiencia, el equipo de la científica hubiera cometido un fallo en esa ocasión y hubiese movido las cosas sin pensar o sin anotarlo. Lo más probable era que la persona que había retirado la cinta policial y había entrado dejase la precaución de lado por culpa de las prisas y los nervios y descentrase la estatua un tanto.

Brunetti abrió las fotos que había tomado de los libros y se acercó a la biblioteca con el móvil en alto para ver si los había tocado la misma mano descuidada. Y, en efecto, eso parecía. Colocó la pequeña pantalla junto a los libros en italiano de la estantería y se puso a cotejarlos uno a uno con los de la foto, si no por título, sí por color y tamaño. Cuando se acercaba al final de la hilera, se percató de que los dos libros que alentaban a cometer actos de violencia en pos de objetivos políticos ya no estaban, con lo que

Leonardo Sciascia era libre de hacer migas con Oriana Fallaci.

Al ver que alguien había manipulado posibles pruebas, Brunetti sintió un gran alivio por haberse llevado el álbum de recortes que contenía los panfletos y los manifiestos. No tenía ni idea de si algún día se presentaría en la sala de un juzgado, pero el hecho de que alguien hubiera entrado en la casa a echar un vistazo y, tal vez, llevarse algunas cosas lo convertía en más interesante para el juez.

Se irguió y recorrió la casa entera sin prisas, poniendo atención en los lugares donde Inesh podría haber escondido algo. Dado que no tenía ni idea de qué podía haber oculto, no sabía estimar el tamaño ni las dimensiones. Un profesional de los allanamientos de morada le había dicho en una ocasión que la mayoría de la gente tendía a esconder cosas (sobre todo dinero)... ¿Dónde era? ¿En lugares altos como la estantería de arriba o en sitios bajos como los zapatos del armario? Era lo uno o lo otro, pero Brunetti ya no se acordaba. Fue a la cocina: el ladrón le había dicho que esa parte de la casa era el escondrijo preferido de la mayoría. En una ocasión, Brunetti había encontrado joyas robadas (un collar de diamantes y un anillo de rubíes) dentro de un pavo congelado, en el congelador del sospechoso.

Al cabo de media hora, dejó de jugar a los detectives y regresó a ver el buda. No tenía flores frescas que dejar delante de la estatuilla, así que se contentó, y esperaba contentar también al buda, con recolocar las tres piedras y la concha formando un dibujo que lo satisfacía más. Al salir de la casa, pegó bien las dos mitades de la equis, hizo presión hasta que se adhirieron al marco y después escribió su nombre en la parte superior e inferior de ambas. Dejó atrás el precinto de plástico encima del marco de madera, rodeó la casa e hizo lo mismo con el de la puerta trasera. El mensaje no le pasaría por alto a nadie que intentase abrir cualquiera de las dos puertas. Si «Bru» no los ahuyentaba, «netti» tal vez sí.

Le sonó el móvil y lo sacó para ver quién era. Era el número de la *signorina* Elettra.

—*Sì?* —respondió.

—¿Pensaba volver a la oficina?

—Sí.

—Hay unas cosas que quizá quiera leer.

—Estoy cerca de Santi Apostoli. —El cálculo fue automático—. Quince minutos.

—Muy bien —dijo ella, y colgó.

Brunetti fue directo al despacho de la *signorina* Elettra, que estaba de pie junto a la ventana. Tenía las manos vacías: ni papeles ni carpetas ni archivadores. Le sonrió al *commissario* cuando entró y se acercó a la mesa. Él se fijó en que volvía a llevar las zapatillas Stan Smith; ese día, las que tenían la clásica marca de cuero verde en el talón. Los vaqueros eran azules, desteñidos, pero con aspecto de ser nuevos; el jersey fino era del color de las flores del avellano. Brunetti no veía claro si se rebelaba contra la estación del año o si estaba a punto de viajar al hemisferio sur.

—¿Qué pasa? —preguntó él.

—Bocchese me ha dado el ordenador —respondió ella.

—¿El suyo?

—No, el del *signor* Kavinda.

Al oír el apellido de Inesh, el respeto con el que la *si-*

313

gnorina Elettra había tratado al fallecido lo alegró; la mayoría de las víctimas de asesinato, sobre todo las mujeres, acababan pareciendo miembros de la familia.

—¿Bocchese no ha podido abrirlo?

—No, pero porque hay una dificultad añadida cuando hay que lidiar con ciertas...

Tal vez fuese la expresión de Brunetti, paciente y ansioso por comprender, lo que la hizo interrumpir la frase.

—La contraseña del señor Kavinda está en cingalés. No se les había ocurrido, así que nada de lo que han intentado funcionaba.

Brunetti sabía, tras años de experiencia, que la *signorina* Elettra tenía mucha paciencia con el equipo de la científica y parecía profesarle un respeto y un cariño especiales a Bocchese porque compartía su interés por las miniaturas renacentistas de bronce, una afición que no abundaba entre los trabajadores de la *questura*. Además, uno de los hombres de Bocchese había instalado el diminuto dispositivo de escucha que había debajo del primer cajón del escritorio del *vicequestore* Patta.

—¿Y usted...?

—Yo lo he solucionado y después he buscado un traductor de cingalés que da clases de Literatura Cingalesa Moderna en la Universidad de Colombo.

La *signorina* Elettra se sacó un pañuelo de lino blanco del bolsillo de los vaqueros y limpió una capa de polvo invisible del teclado; cuando acabó, miró a Brunetti y dijo:

—Le he pedido que lea los correos electrónicos del señor Kavinda. Me he tomado la libertad de describirle su situación, la de sus empleadores, su asesinato y lo que leía. Le he pedido que traduzca cualquier cosa que considere que podría tener importancia.

—¿A qué idioma? —preguntó Brunetti.

—Al inglés.

Brunetti asintió con la cabeza y preguntó:

—¿Qué ha descubierto?

—Dice que muy poco. La mayoría de los correos electrónicos que le mandaba a su esposa eran para que los leyese toda la familia; se dirigía a mucha gente por su nombre, como si les escribiera directamente a ellos. —Abrió el cajón y sacó unas hojas de papel—. Esto es todo lo que ha enviado el traductor. Dice que podría traducir el resto, pero que sería tirar el dinero.

A Brunetti le interesó eso, así que preguntó:

—¿Cómo pagamos esto?

—Como siempre —respondió ella—. Gastos de oficina.

—Cómo no.

La *signorina* Elettra le entregó los papeles.

—Écheles un vistazo. Usted conoce más a las personas de las que habla, así que lo entenderá mejor.

Brunetti, con la esperanza de que estuviera en lo cierto, cogió las hojas muy agradecido, volvió arriba y cerró la puerta al entrar en el despacho.

Leyó los correos electrónicos que el profesor de Colombo había traducido y no encontró nada aparte de halagos para Gloria Forcolin, a quien Inesh llamaba «*madame*» por su generosidad y su gentileza. Al señor Molin lo trataba de «amo» y en una ocasión describía cuánto se había enfadado al descubrir indicios de la presencia de Sara. Inesh había intentado que la fuerte reacción del «amo» pareciera ridícula, pero no lo había conseguido. Molin se había enfadado tanto y se había puesto tan receloso ante la posibilidad de que hubiera un animal viviendo y escarbando en el jardín abandonado que Inesh la mantenía

315

oculta y la había enseñado a desaparecer bajo la maraña agresiva y frondosa de las zarzas o saltar el muro y refugiarse en el jardín del convento cuando olía que el amo o la *madame* se acercaban a su casa.

Dos semanas antes, Inesh le había escrito a su esposa que el hecho de que Sara disfrutase tanto escarbando en el jardín había tirado por tierra su tranquilidad y quizá hasta le hiciese perder el hogar, puesto que se había acostumbrado demasiado al entorno y ya no huía cuando se acercaba el amo. Peor aún era que había encontrado cosas y las había dejado en sitios donde él podía verlas, e Inesh temía la reacción del amo si descubría lo que ella había encontrado. A resultas, había dejado de darle de comer y siempre que la veía le lanzaba piedrecitas con la esperanza de alejarla de allí y dirigirla a un lugar seguro.

En el último mensaje que el profesor de Literatura Cingalesa Moderna había traducido, Inesh le decía a su esposa que Sara había vuelto de nuevo y había hecho tal estropicio que tenía miedo de cómo iba a reaccionar el amo, que quedarse allí podía ser peligroso para ambos. La última frase traducida decía: «Si me la llevo, me costará más encontrar un sitio nuevo para vivir, pero llevármela es la única opción moral». Brunetti dejó la hoja a un lado y pensó en las últimas palabras de Inesh, puesto que, hasta cierto punto, esos correos electrónicos eran eso. La perra habría sido responsable de que lo echasen de casa, pero su única opción moral era llevársela si eso ocurría.

Brunetti marcó el número de Molin, el que Paola había sacado del listín de miembros del personal. Le explicó que ya no podía desplazarse él al *palazzo* y le pidió al *professore* que fuese a la *questura* para entrevistarse con él a la mañana siguiente. Tal como Brunetti sabía que haría, Molin arguyó el impedimento de su estado físico. Tras ciertas idas y venidas, Molin accedió a regañadientes a que Brunetti se presentase en el Palazzo Zaffo dei Leoni con dos compañeros a las nueve de la mañana.

Tan pronto como se pusieron de acuerdo, llamó a la *signorina* Elettra y le pidió que mandase copias de las traducciones de los mensajes de Inesh a Griffoni y a Vianello y les dijese que debían estar en Campiello de la Cason a las nueve menos cuarto de la mañana siguiente.

Brunetti pensaba en poco más que en un café y aún se abotonaba el abrigo cuando salió de la *questura* y fue al bar de Sergio, el de la esquina. Cayó en que lo que de verdad necesitaba era salir unos minutos de la oficina y, aunque solo fuera eso, quitarse de la cabeza a Inesh y sus opciones morales. Bamba, el camarero senegalés, le sirvió un café y le preguntó:

—¿Le apetece comer algo, *signore*?

Tras echar un vistazo a lo que había, negó con la cabeza y dijo:

—No, gracias, Bamba. Me vale con el café.

Se lo bebió, pagó y emprendió el camino de regreso hacia la *questura* con el espíritu apaciguado por el contacto con lo cotidiano.

Mientras caminaba, Brunetti vio dos gaviotas apostadas en un canalón, en una de las casas que había junto al canal. Pensando en animales, se dio cuenta de que había pasado gran parte de su vida odiando a las gaviotas. Pero ahora que, durante tres años seguidos, había observado la pareja que anidaba en el tejado del edificio de delante de su casa y había visto cómo se defendían de los ataques de otras gaviotas y criaban a los polluelos, admiraba su coraje y su determinación y estaba más que encantado con las crías.

Una de las gaviotas se subió a las tejas del tejado inclinado con el cuello estirado y se puso a graznarles con violencia a un par de cámaras de vigilancia: una que apuntaba hacia la derecha, se supone que para captar las caras de los que iban a la *questura* desde esa dirección, y otra que apuntaba a la izquierda con el mismo propósito.

—Ahí queda nuestra *privacy* —musitó Brunetti para sus adentros.

Era consciente de que un motivo de que eso ocurriese era que el italiano no tenía una palabra propia para ese concepto y había tenido que tomar prestada la palabra del inglés, de ahí *La Legge sulla Privacy*. ¿Cómo podías hacer una ley sobre privacidad si el concepto no existía en tu idioma? Con la mente ocupada con cosas así, cruzó la puerta de la *questura*, donde se quedaría hasta que llegase la hora de ir a casa y volver a las trivialidades de la vida.

30

A la mañana siguiente, ambos estaban en Campiello de la Cason cuando apareció Brunetti, cosa que le hizo preguntarse si sería buena táctica que los policías llegasen tarde. Seguramente no, decidió. Un hombre como Molin se ofendería si lo hacían esperar y, en cambio, se sentiría halagado por su puntualidad.

Brunetti los condujo hacia el Palazzo Zaffo dei Leoni pasando por delante de la puerta del convento, a la vuelta de la esquina. Al frente vieron algo que se movía en el suelo; resultó ser una gaviota que desgarraba con violencia los restos comestibles de lo que había sido una paloma.

Espantada por su llegada, el ave agarró la comida con el pico, echó a volar y se encaramó al muro que había al final de la calle.

Sin quitarle ojo al pájaro mientras continuaba comiendo, Griffoni comentó:

—Me gustaría saber cómo clasificarán eso los tipos o las máquinas que ven los vídeos.

Sin entender en absoluto de qué hablaba, Brunetti preguntó:

—¿A qué te refieres?

Ella levantó el brazo al instante hacia la gaviota, que aún comía.

—Ha matado a la paloma y ahora se la está comiendo.

Vianello lo entendió antes que Brunetti.

—Es cierto. Ya ni nos fijamos en ellas, ¿verdad?

Brunetti miró la hora, vio que faltaban unos minutos para las nueve y no intentó disimular la irritación.

—¿De qué habláis?

Esa vez fue Vianello el que señaló la gaviota.

—Está delante de la cámara de vigilancia, así que quienquiera que esté supervisando las pantallas, la verá desayunando. —Al cabo de una pausa, añadió—: Qué asco.

Brunetti se acordó de la otra gaviota y de la otra cámara. Sacó el móvil, ya sin preocuparse por la hora, y marcó el número de la *signorina* Elettra.

Al cabo de dos tonos, la oyó decir:

—*Sì, commissario?*

No quería perder el tiempo, así que decidió no hablar en clave y le preguntó:

—¿Puede acceder a las cámaras de vigilancia?

—Supongo que sí —respondió ella con calma, reaccionando al humor de Brunetti—. Depende de a cuáles. En gran parte de la ciudad todavía no hay o las han instalado y no están operativas. —Dejó pasar unos instantes y le preguntó—: ¿Cuál es la ubicación de las que usted quiere?

—En Cannaregio, cerca de Campiello de la Cason —dijo Brunetti—. Hay dos en una farola, en la intersección entre Calle Valmarana y Calle del Traghetto. Una apunta hacia Calle Valmarana.

—Un momento, *signore* —dijo ella.

Brunetti oyó el familiar clic-clic-clic de sus dedos en

el teclado. Se le pasó por la cabeza que así era como debía de sentirse un jugador cuando la bola hacía clic-clic-clic al girar en la ruleta.

Y enseguida volvió y le dijo:

—Funcionan, al menos en esa calle. Pero la cobertura llega hasta el Canale dei Santi Apostoli.

Eso quería decir, según entendía Brunetti, que en el lugar donde habían asesinado a Inesh no funcionaba ninguna cámara.

—Me gustaría saber quién entró o salió por la puerta del *palazzo* la noche que asesinaron al *signor* Kavinda.

—¿De qué hora a qué hora, señor?

Vianello le había dado un silbidito alrededor de las once.

—Desde las ocho hasta las once.

—Por supuesto, *commissario*. ¿Y luego?

—En cuanto lo haya visto, me escribe un mensaje.

—Sí, *commissario*.

Colgó.

Cuando llegaron a la puerta y llamó al timbre, Brunetti miró la hora.

—Solo seis minutos de retraso.

Griffoni sonrió.

—Por cómo lo dices, parece el típico que, si tuviera que hacernos una factura, incluiría hasta el último segundo.

Vianello se rio, pero no dijo nada.

Transcurrió un minuto y Brunetti resistió la tentación de volver a llamar. Se inclinó hacia ellos con cuidado de hablar en voz baja y dijo:

—Este retraso en contestar se conoce como la afirmación de la autoridad. Demuestra desde el principio quién está al mando.

—Me acordaré, señor —dijo Vianello.

Griffoni se limitó a enderezar la espalda un poco más.

La puerta se abrió con un ruido sordo. Brunetti la acabó de empujar, permitió que los otros dos entrasen primero, la cerró sin hacer ruido y los guio hacia la puerta del *palazzo*.

Allí estaba el *professore* Molin, en el último escalón, con una mano en el pomo de la puerta y la otra en la empuñadura del bastón; se inclinaba hacia la izquierda, como tenía por costumbre. Dado que se sostenía con la ayuda de las manos, nada lo obligaba a estrecharles la mano a los agentes, y se limitó a apartarse un poco para dejarlos pasar.

Cuando ya habían entrado y Brunetti había cerrado la puerta, se volvió hacia Molin y dijo:

—*Professore* Molin, esta es mi colega, la *commissario* Griffoni.

Molin asintió con la cabeza.

—*Piacere* —dijo.

Griffoni repitió la palabra y le añadió «*professore*» al final.

Brunetti, que se volvió hacia Vianello como si fuera, por ejemplo, un trozo de seto que se le hubiera pegado a la manga de la chaqueta, se limitó a decir:

—El agente Vianello.

Molin miró a Vianello, pero no se molestó en saludarlo con la cabeza.

Dio media vuelta y, haciendo un uso conspicuo del bastón, los condujo por el pasillo central de losas de piedra de la planta baja y, con evidente esfuerzo, hasta el primer piso, por la escalera.

Arriba se detuvo como si necesitase un descanso y Griffoni paseó la vista por las paredes. Cuatro cotas de malla, con señales de desgaste en las partes de cuero y las hebillas, flanqueaban el pasillo; entre ellas colgaban espadas y picas. Había un mapa de Jerusalén que Brunetti sospechaba que era moderno, por lo brillante que era la pintura. Por el lado derecho asomaba un extremo de una considerable grieta horizontal que había en la pared. En la de enfrente había retratos lúgubres de hombres infelices y mujeres que se miraban con sospecha y desaprobación.

Molin se detuvo delante de la tercera puerta de la izquierda y se volvió hacia Griffoni y Vianello, que contemplaban un retrato de un cardenal de especial seriedad, cuya expresión pesimista parecía oscurecerle hasta el color rojo de la sotana.

Al ver que Molin se había parado, Griffoni se dirigió a él y señaló el retrato:

—¿Es uno de sus antepasados, *professore*?

—Quizá sería mejor llamarlo pariente, Claudia —dijo Brunetti con una pizca de reproche en la voz.

Con cara de confusión, ella asintió con la cabeza.

—Por supuesto —dijo—. A eso me refería, a si era un pariente.

A todos les quedaba claro que la *commissario* Griffoni no entendía que los antepasados dejaban herederos, mientras que los parientes no tenían esa obligación y, por tanto, *antepasado* era un término comprometedor, si bien muchas veces correcto, para atribuir a un cardenal.

Tal vez porque ella era la que había preguntado por su familia, Molin la miró cuando contestó.

—Es el cardenal Giovanni Molin. Fue obispo de Brescia desde 1755 y lo hicieron cardenal en 1761.

Griffoni volvió a fijarse en el retrato. Molin prosiguió:

—Lo enterraron allí. Se puede visitar la tumba en el Duomo Nuovo.

Brunetti esperó a que continuase y se preguntó si Molin pensaba que con eso bastaba para satisfacer a su público. Al parecer, no, dado que añadió:

—Mi parte de la familia desciende de un hermano menor suyo.

Griffoni asintió cual alumna dócil, como para indicar que sabía que las familias podían tener diferentes vertientes y que no era posible que un cardenal fuese tu antepasado.

Recuperado gracias a la mención de su familia, Molin dio un paso adelante y abrió la puerta a una habitación que resultó ser la sala de estar; entró renqueante, sujetó la puerta para que entrasen los demás y la cerró sin hacer ruido. Les señaló el sofá donde podían dejar los abrigos, cruzó la sala despacio y se sentó en una silla de madera con reposabrazos y el asiento acolchado. Desde ahí les indicó otras tres sillas de madera de respaldo recto, colocadas formando un semicírculo delante de la suya. El ambiente era aún más lúgubre que en el pasillo y las paredes estaban más cargadas de láminas y cuadros.

Inmunes a ese desaire, los tres agentes tomaron asiento, Griffoni en el centro.

Brunetti sacó el cuaderno, lo abrió y pasó las páginas con el pulgar hasta la primera que encontró en blanco. Cuando ya la tenía, dobló el cuaderno por la espina y se lo puso sobre la pierna derecha. Mientras lo hacía, Vianello sacaba el móvil de la chaqueta del uniforme y se lo colocaba en el mismo sitio. Lo puso a grabar y se lo acercó a la boca para dictar la fecha, el lugar y el nombre de la persona interrogada, además del nombre y el rango de los policías presentes. Una vez hecho, se dirigió a Brunetti y dijo:

—Puede empezar cuando quiera, *commissario*.

Después volvió a dejar el móvil sobre el muslo derecho.

Brunetti prescindió de las formalidades y las fórmulas de cortesía y empezó.

—*Professore*, hemos venido aquí por las dificultades que tiene usted para desplazarse a la *questura*. No obstante, se trata de un interrogatorio formal y, como ha visto, lo estamos grabando. Nuestra intención es indagar en la muerte de Inesh Kavinda, un esrilanqués que, durante un periodo de unos ocho años, vivió en la casa que hay en el jardín de esta finca, en la parte trasera de su hogar, el Palazzo Zaffo dei Leoni.

»El *signor* Kavinda fue asesinado y nos gustaría saber todo lo que pueda contarnos sobre el contacto que usted mantuvo con él durante los últimos meses de su vida.

Molin respiró hondo para indicar lo cansado que estaba de que lo importunasen con ese tema.

—Podría considerarse un problema logístico, supongo; mover una cosa de un sitio a otro.

La respuesta los sorprendió a todos. Entonces soltó una risita breve para que supieran que bromeaba y continuó:

—En este caso, la cosa soy yo y el *signor* Kavinda era la persona que me ayudaba a ir de un lado a otro. En resumen, *signori*, siempre que yo salía de casa, él venía conmigo y me cogía del brazo cuando lo necesitaba.

—¿Es a consecuencia del ictus que tuvo usted hace un tiempo? —preguntó Brunetti.

Molin asintió con la cabeza y el *commissario* dijo:

—Lo siento, *professore*, pero tiene que responder con palabras. Es por la grabación.

Molin lo miró con sorpresa momentánea, aunque enseguida comprendió y dijo:

—Por supuesto. —Añadió—: Sí, por el ictus. Me debilitó el lado izquierdo y a veces me caigo.

Levantó la mano derecha, como si apartase algo, y después la bajó al regazo y esperó a la siguiente pregunta.

La pregunta llegó.

—¿Se acuerda de lo que hizo la noche en que murió el *signor* Kavinda?

Molin asintió con la cabeza y dijo:

—Fuimos a dar el paseo de siempre.

—¿Por dónde?

—Fuimos hacia Fondamenta Nuove. Solo hay dos puentes y no suelen darme problemas.

Brunetti cerró los ojos y siguió el trayecto de los dos hombres, que pasaba por delante de la iglesia de los Gesuiti hasta Fondamenta Nuove.

—Es un buen paseo —lo interrumpió Vianello por sorpresa, y se volvió a sonreír a Molin—. Por la distancia, digo —se explicó con evidente admiración.

—Si lo hago todas las noches... —empezó a decir Molin, pero dio un giro—. Ahora me acompaña uno de mis alumnos del doctorado; lo hace todas las tardes y así comentamos su tesina: el sitio de Bari.

—¿Eso ocurrió durante la guerra? —preguntó Griffoni.

La interrupción sobresaltó a Molin. Parecía tan sorprendido que debía de haberse olvidado de ella.

—Los sitios siempre suceden durante alguna guerra —dijo y, después, como el que no consigue resistirse a comerse el último pastelillo de nata que queda en el plato, añadió—, *dottoressa*.

—Me refería a la última, 1944 —dijo ella, como si hubiera tenido que pensar la fecha.

—No, *dottoressa*. La de 1068. Duró tres años.

Griffoni cerró la boca, agachó la cabeza y dio la impresión de sentirse avergonzada. Brunetti le echó un vistazo disimulado a la expresión de Molin y vio que se alegraba de haber puesto a esa mujer en su sitio.

El silencio se extendió por toda la sala; desde fuera se oyó lo que parecían gritos de niños, criaturas armando jaleo y dando chillidos de excitación.

A fin de dejar atrás la ignorancia de Griffoni y avanzar con la conversación, Brunetti preguntó:

—¿Todavía da el mismo paseo todas las tardes?

Molin negó con la cabeza.

—No. Vamos a Strada Nuova y llegamos hasta San Felice.

Como para redimirse por haber sido tan necia, Griffoni dijo:

—Creo que es más o menos la misma distancia; en cambio, el puente es mucho más grande.

Victorioso pero cortés, Molin le sonrió y asintió con la cabeza.

El móvil de Brunetti le dio la noticia con un pitido de que le había llegado un mensaje.

31

Los tres hicieron lo posible por no reparar en el ruido. Aunque tanto Vianello como Griffoni reprimieron el impulso de mirar hacia el móvil de Brunetti, Molin presintió algo. Los miró con sospecha uno a uno, como un foco que busca un rostro culpable en el escenario del crimen. Vianello carraspeó y Griffoni se sacudió una pelusa de la manga. Con eso consiguieron distraer a Molin, y Brunetti leyó el mensaje.

«21.46. Dos personas salen y giran a la izquierda, hacia Calle Valmarana: un hombre alto de unos sesenta años, con cojera y bastón, y otro corpulento de piel oscura. Caminan del brazo hasta la esquina y giran hacia Calle del Traghetto.

»22.33. El hombre del bastón entra a Calle Valmarana desde Calle del Traghetto sin usar el bastón y anda deprisa hacia la puerta. Saca las llaves del bolsillo y abre la puerta. Entra y la cierra.»

Brunetti se guardó el móvil en el bolsillo y, sonriéndole al *professore* Molin, dijo:

—En general, *professore*, ¿cómo describiría su relación con el *signor* Kavinda?

Molin ladeó la barbilla, como se hace cuando oyes un ruido extraño.

—No estoy seguro de haber entendido la pregunta, *commissario*.

—¿Cómo se llevaba con él? ¿Lo tuteaba o lo trataba de usted?

Eso sorprendió tanto al *professore* que contestó sin pensar:

—¿Que si lo tuteaba? ¿A un sirviente?

Se hizo el silencio en la sala de estar, aunque no todos tenían el mismo motivo. Desde fuera, la voz de una mujer interrumpió el ruido que hacían los niños jugando y correteando; sin duda, intentaba que parasen y volvieran a casa.

Sin hacer caso del griterío de los niños, Brunetti habló un poco más alto.

—Pensaba que, quizá, después de tantos años... Bueno, que quizá habían adquirido cierta confianza.

Cuando Molin permaneció en silencio, Brunetti, como si excusase una vulgaridad, dijo:

—A veces pasa.

Pero, al parecer, no en el mundo del *professore* Molin.

Sin entender por qué motivo alguien podría pensar que su reacción a la pregunta fuese inusual, Molin prosiguió:

—Era de una parte del mundo donde las clases sociales son... menos flexibles, digamos, de lo que son aquí, *commissario*. Allí la gente sabe cómo enfrentarse a todas las situaciones porque hay normas. —Se irguió en la silla—. Ambos obedecíamos esas normas.

—O sea, que podría decirse que saben cuál es su lugar —comentó Brunetti con una sonrisa inquisitiva en el rostro.

Molin permitió que su propia sonrisa hiciera las veces de respuesta, pero entonces se acordó de la grabación y añadió:

—Sí.

—¿Alguna vez habló con él, por ejemplo, sobre su país o su religión, o de cómo aprendió a hacer las reparaciones de la casa?

Antes de responder, Molin miró a Vianello y a Griffoni como si les pidiera ayuda.

—Esos temas no me interesan —dijo—. No veo motivos para hablar de ellos.

—Una pérdida de tiempo, claro —convino Griffoni.

—Exacto.

—¿Podría explicarnos por qué le prohibió usar el jardín al difunto *signor* Kavinda? —preguntó Brunetti.

—¿Quién...? —empezó a decir Molin, pero dio la impresión de cambiar la pregunta antes de que acabase de pronunciar la frase—. ¿Quién haría algo así?

Brunetti sonrió indulgente mientras esperaba a que Molin recordase que era precisamente lo que él había hecho. Al ver que guardaba silencio, el *commissario* decidió darle un empujoncito no muy delicado.

—Al parecer usted, *professore*.

—¿Quién le ha dicho semejante cosa?

—Alguien a quien se lo dijo el *signor* Kavinda —contestó Brunetti con calma y, sonriente y afable, añadió—: Y puede que su esposa recuerde que le pidiera que no se metiese en el asunto.

—A mi esposa no le interesan esas cosas —presumió Molin.

—Y a usted tampoco, me imagino —dijo Brunetti. El *professore* resopló con desprecio.

—Por supuesto que no. —Con eso pretendía poner

331

fin a la conversación. Molin se irguió un poco más en la silla y preguntó—: ¿Ha terminado?

Brunetti cruzó los brazos y miró por la ventana con aire pensativo. Vio un pino alto que le servía de anfitrión a una especie de hiedra invasora que había alcanzado la copa, la había rodeado y había bajado hasta la mitad del tronco por encima de sí misma. Sintió la tentación de pronunciar en voz alta la observación de que, desde donde estaba sentado, era evidente que el jardín llevaba años abandonado, pero resistió el impulso, le lanzó una mirada breve a Molin y dijo:

—Eso depende, *professore*, de las respuestas que nos proporcione a otras preguntas.

—¿Como cuáles? —exigió saber Molin, habiendo tirado por la ventana la farsa de la paciencia.

—Como el cambio en sus simpatías políticas —dijo Brunetti.

—Mis simpatías políticas, tal como usted las llama, *commissario*, son asunto mío.

—Pero antes no; hace años no lo eran —observó Brunetti—. Las expresaba usted de manera bastante activa.

—¿Cómo? ¿Cuándo?

—Cuando colgaba manifiestos por la ciudad —dijo Brunetti, dando por sentado que los carteles que había encontrado en el álbum de recortes se habían exhibido por la ciudad—. Quería enseñárselos a todo el que pudiera verlos.

—¿Qué tipo de manifiestos?

Brunetti hizo una pausa y cogió el cuaderno. Lo hojeó. Al final encontró lo que, al parecer, estaba buscando, abrió la página en cuestión y leyó:

—«Las clases que se benefician del sudor de los trabajadores son buitres y traidores, y hay que destruirlas.

Mediante la violencia si fuese necesario». —Pasó la página despacio, echó un vistazo a las líneas de texto, pasó otra página. Con un gesto muy pedante apartó el cuaderno un poco, tal vez para ver la verdad aún mejor—. «A menos que los trabajadores se la arranquen de las espaldas y la destruyan, la clase dirigente destruirá no solo al obrero, sino a sus hijos y a los hijos de sus hijos.» —Miró a Molin, cerró el cuaderno y lo sostuvo en la palma de la mano como si pudiera pesarlo moviéndolo arriba y abajo—. ¿Le suena, *professore*?

Molin miró a Brunetti, después a Griffoni y por último a Vianello, como si esperase encontrar entre ellos una pequeña grieta por la que escabullirse.

—Yo no... —empezó a decir, pero después continuó con un tono de voz que parecía un intento de determinación—: Quiero hablar con un abogado.

Su voz tenía el sonido de las cenizas.

Brunetti le dijo que tenía derecho a hacerlo en privado, tras lo cual, Molin los dejó en la sala de estar y se apresuró a salir al pasillo para hacer la llamada. El *commissario* prefería no detener a Molin sin una orden judicial y sabía que tardaría un tiempo en organizar todo lo que había descubierto de modo que conformase un caso convincente contra él.

Al menos los gritos y los chillidos habían cesado, y Brunetti podía pensar con más claridad. Por desgracia, lo que pensaba eran cosas en las que podría haber caído antes: esa noche, Molin podría haberle dicho a Kavinda que lo dejase solo porque quería caminar sin ayuda. No había pruebas físicas que vinculasen a Molin con el asesinato; el cuchillo podía estar en el fondo de cualquiera de los canales entre Rio de la Panada y Palazzo Zaffo dei Leoni. Y Loreti podría haberse fugado con la señora de la limpieza.

Al cabo de unos diez minutos, Molin regresó a la sala de estar con apariencia de tranquilidad, aunque emitía el residuo débil de la excitación. Volvió a su asiento y entonces se dio cuenta de que, con las prisas, se había olvidado el bastón.

—He hablado con mi abogado y me ha dicho que no tengo ninguna obligación de seguir conversando con ustedes; así que, si no les importa, les agradecería que se marchasen de mi casa.

No cabía duda de que estaba bastante claro, pensó Brunetti. Se levantó y los demás lo siguieron. Molin se acordó del bastón, lo cogió y caminó detrás de ellos. Cuando se acercaban a la salida, volvieron a oír los gritos de los niños; pero esa vez parecía que el ruido provenía de la parte trasera del *palazzo*.

Molin tiró fuerte de la puerta y la abrió de golpe: el ruido aumentó. Era repentino, breve, frecuente, y ya no sonaba a gritos de niños, sino a ladridos de perro.

Brunetti dejó a los demás en los escalones y se apresuró por el túnel de ramas hacia el muro que separaba ambas fincas. No le costó avistar a *suor* Benedetta, ataviada con el hábito negro. Estaba a tan solo unos metros del muro, llamando con insistencia a Sara, que ladraba como loca.

La perra, que no estaba lejos del banco en el que a *suor* Benedetta le gustaba descansar, se lo pasaba bomba: se agachaba sobre las patas delanteras, daba saltos enormes y aterrizaba en la misma postura, todo sin parar de ladrar como una descosida, con una alegría incontenible. Tenía la cola hacia Brunetti, así que él no veía qué le provocaba tanta felicidad. Y ruido.

—Basta ya, Sara. Basta. No seas mala, ¡no seas mala!

El ruido enloquecido de Sara eclipsaba las órdenes de la monja.

Cada frase podría haber sido una caricia para la perra, que saltaba aún más alto y aterrizaba en el mismo sitio con las patas delanteras. Brunetti alcanzó a ver que tenía un palo fino de color blanco ante sí: su objetivo todas las veces que tomaba tierra.

—Sara, basta ya. Basta.

Las órdenes de *suor* Benedetta eran inútiles. Brunetti decidió intentar sorprenderla. Continuó en dirección a la perra enloquecida, pisando suave y con cautela. Cuando llegó al muro, estaba a tan solo unos metros de ella; apoyó las manos en el borde para inclinarse hacia el otro lado, casi como si fuera la propia perra aterrizando en el suelo, y gritó:

—Sara, Sara, calla ya. Basta. Siéntate.

Fue como si le hubiese pegado un tiro. Los ladridos dejaron de oírse y ella se quedó petrificada, sin atreverse siquiera a mirar al hombre a cuya voz había obedecido. Se había sentado sobre la cola y gemía de miedo.

Brunetti saltó la tapia como pudo y se acercó a la monja, que tenía la cara roja y la expresión congelada. La llevó al banco y la ayudó a sentarse. No se volvió hacia la perra hasta entonces: Sara estaba paralizada, con la boca abierta y babeando. Vio que había saliva en el suelo.

—¿Está bien, *sorella*? —preguntó Brunetti, y se agachó delante de ella.

Ella asintió, incapaz de hablar.

—¿Qué ha pasado? —le preguntó, y después le cogió la mano derecha y le dio un apretón suave—. Ya está, *sorella*. Ya ha parado. Ahora dígame qué ha sucedido, por favor.

La anciana abrió la boca, pero parecía incapaz de hablar. Brunetti volvió a apretarle la mano y dijo:

—Ya pasó, *sorella*. Todo está bien.

Era consciente de que era casi como hablar con una niña asustada.

—La... la he traído para darle de comer —consiguió decir al final, y respiró hondo antes de continuar—. Ella ha aprendido a no hacer ruido. Pero he olvidado el cuenco del agua dentro. Así que he dejado la comida en el suelo y, mientras ella comía, he ido a buscarlo.

»Aún no había salido cuando se ha puesto a ladrar, parecía que se hubiera vuelto loca de repente. Estaba en su lado del muro, ladrando sin parar. —Negó con la cabeza pensando en lo que había pasado—. Nunca había hecho nada parecido.

Se le acompasó la respiración.

Al oír una voz detrás de él, Brunetti se volvió y vio que los otros tres salían del túnel de zarzas. Avanzaron unos cuantos pasos hacia el muro bajo y se detuvieron. Sara seguía sentada, pero agitaba la cola de lado a lado.

—Y entonces lo vi —continuó la monja.

Brunetti se volvió hacia ella.

—Igual que la otra vez. Me había traído algo. Pero esta vez es más grande y he visto lo que era. —Miró a Brunetti mientras las lágrimas le caían por las mejillas—. Que Dios se apiade de su alma.

Brunetti lo supo, pero se dijo que no lo sabía.

—¿Está usted bien, *sorella*?

Ella asintió con la cabeza.

Él se levantó, miró a su alrededor, vio a Vianello acercarse a él y alzó la mano como un guardia de tráfico para que se detuviera.

Dio dos pasos hacia la perra, que estuvo a punto de levantarse para ir hacia él.

—No —dijo con fiereza.

La perra se tumbó y escondió la cabeza debajo de las patas.

Se aproximó más a ella y vio lo que había en el suelo.

—Sara —dijo—. Eres muy buena. —Se dio unas palmadas en la rodilla y añadió—: Buena chica. Ven aquí.

Con cautela, preocupada, la perra levantó una pata y luego la otra y, con cuidado de hacerse pequeña, se arrastró prácticamente hasta su lado. Él no apartó la vista de ella y, cuando vio que estaba junto a él, dijo:

—Siéntate.

Ella obedeció.

Hasta ese momento no se permitió mirar hacia el lugar donde Sara había estado jugando con lo que había desenterrado en el otro jardín. No tenía del todo claro si el hueso era de una pierna o de un brazo, pero sabía que era un humano.

32

Después de eso, todo fue relativamente sencillo. Brunetti llamó a la *questura* y pidió que la policía científica volviese al Palazzo Zaffo dei Leoni con una orden de registro y que enviasen a dos agentes más en una lancha distinta. Sí, él estaba allí y esperaría en el sitio. Le sugirió a *suor* Benedetta que se llevase a Sara adentro, ya que continuaba asustada, y que si la madre superiora le ponía pegas, debía decirle que eran órdenes de la policía. Entonces volvió al otro lado del muro.

Le dijo al *professore* Molin que no podía moverse de allí hasta que llegaran los dos agentes que iban a llevarlo a la *questura*. Además, le advirtió de que cualquier cosa que dijese podría utilizarse en su contra en un juicio, igual que cualquier otra cosa que encontrasen durante el registro de su propiedad. Le pidió a su esposa que permaneciese en el jardín hasta que llegase la lancha a buscar a su marido.

—¿Y después? —preguntó como ausente.

Eso la había destrozado. Brunetti se dio cuenta cuando le miró la cara y vio la sumisión que transmitía su postura: encorvada hacia delante, con las manos moviéndose de forma independiente y la vista clavada en el suelo. Dando pasos lentos hacia el costado, fue hasta el muro y se apoyó en él, con una mano a cada lado, como si ya supiera que necesitaría su ayuda para erguirse de nuevo. Bajó la cabeza, dejó que le cayeran los hombros y se sentó en silencio, mirando la hierba alrededor de sus pies.

Molin, en cambio, se había quedado tieso, como si pensase que lo iban a atacar. ¿Estaba preparándose igual que los residentes del Bari medieval para resistir el sitio? Brunetti se lo imaginaba haciendo acopio de comida y bebida, buscando el arco y las flechas, la armadura, la espada. Mientras el *commissario* lo observaba, el *professore* miró alrededor del jardín como si buscase piedras pesadas que subir a las murallas y lanzarlas a los atacantes cuando llegase el momento. Cada vez que Brunetti lo miraba, Molin parecía haberse vuelto más duro y compacto.

Pero entonces, mientras lo vigilaba, vio que Molin miraba el hueso blanco y liso por encima del muro y que, al verlo, cambiaba de rumbo de repente. Se empequeñeció, se encorvó, dio unos pasos titubeantes y clavó el bastón en la hierba densa y la tierra margosa de debajo. Como si necesitase un ancla, apoyó la otra mano sobre la que ya se aferraba a la empuñadura del bastón y se permitió temblar un poco.

Miró a su esposa, tal vez evaluando si había sitio para él junto a ella. Gloria, que aún comulgaba con lo que había sido su matrimonio, levantó la cabeza y lo miró fijamente. Brunetti se quedó helado al verle la expresión. Al parecer, a su marido le pasó lo mismo, porque agachó la cabeza, levantó el bastón, lo movió hacia un lado describiendo un gran arco y usó el impulso para volverse hasta darle la espalda al hueso sin soltar el bastón.

Brunetti había hecho un voto de silencio y permaneció allí, tranquilo pero atento. Sabía que ese era el momento de mayor riesgo, tanto para el acusado como para el acusador; un momento en el que ambos debían controlar sus impulsos y guardar silencio. Años de experiencia le habían enseñado a morderse la lengua y eliminar todo rastro de expresión de su postura o de la cara o incluso, pensaba a veces, del latido de su corazón.

Molin musitó algo y después asintió para sí y se reafirmó. Sabiendo que así provocaría al hombre y conseguiría que repitiese lo que había dicho, Brunetti se quedó aún más quieto de lo que había estado Sara; de haber tenido cola, se habría sentado sobre ella. Molin no tenía ni idea de lo rápido que jadeaba.

—*È stato Nesi* —dijo—. Fue Nesi.

Brunetti había decidido que no se movería hasta la siguiente repetición, que no tardó:

—*È stato Nesi*.

¿Había pasado Molin las últimas décadas preparándose para ese momento y decidiendo que había que presentar a Nesi, que llevaba años muerto, como el asesino de Loreti? Rubini seguía vivo y podría negar las acusaciones, así que para Molin era mejor, al menos de momento, no mencionarlo y nombrar solo al pobre e indefenso Nesi. No era necesario rendirse antes de que una de las murallas quedase comprometida o de que una de las torres de la esquina se derrumbase.

Eso fue solo el inicio de lo que sucedió durante lo que Brunetti no pudo evitar llamar, más tarde, el sitio del Palazzo Zaffo dei Leoni. No tardaron tres años en franquear las murallas como en el caso de Bari, ni siquiera tres meses. Enseguida encontraron los restos de Loreti, enterrados en una tumba recién removida, en el centro del amplio matorral de arbustos y hierbas que ocupaba gran parte del jardín del *palazzo*. Confirmaron la identidad del cadáver mediante la prueba de ADN del primo de Loreti que Griffoni había puesto en marcha, y el laboratorio de Padua también confirmó que los huesos habían sido enterrados más o menos en la misma época de la desaparición. La causa exacta de la muerte no se podía determinar: el forense hablaba solo de posibilidades, todas ellas desagradables.

Molin, en su declaración (nunca habló de una confesión) culpaba de todo a Nesi e insistía en que Nesi era el que quería poner su atrevido plan en práctica, el que había invitado a Loreti a tomar algo en el *palazzo* de su amigo y que había matado al profesor a puñaladas. Loreti se lo había buscado por oponer resistencia cuando habían intentado llevarlo a la casa del jardín, donde pensaban retenerlo como prisionero hasta obtener un rescate.

Al oír esto durante el primer interrogatorio, Brunetti no había conseguido evitar replicar:

—¿Como los ucranianos?

Tras lo cual, Molin, sorprendido, había respondido: «Exacto», antes de pensar lo que decía.

El registro de la casa de Nesi, donde aún vivían su esposa y su hijo, no aportó ninguna prueba: ni diario secreto ni voz de ultratumba ni señales de arrepentimiento más allá de confesarle a su hijo que «había hecho algo terrible».

Rubini, cuando lo llamaron para interrogarlo, afirmó repetidamente que no tenía ni idea de qué hablaba Brunetti. Había perdido la fe en la política y ya no se acordaba de por qué le había interesado. Mantenía que, si algo le importaba, eran la belleza y su familia. No hubo manera de moverlo de ahí ni había más pruebas, aparte de la afirmación sin corroborar de Molin, de que estuviera al tanto del plan para secuestrar a Loreti. Además, en el registro de la universidad había documentación que certificaba que había recibido una beca para estudiar en Cuba durante seis meses, que había empezado el mes anterior a la desaparición de Loreti y había terminado cinco meses después, cuando la noticia ya era historia.

Al acusar a Nesi, Molin reconocía que había sido cómplice del asesinato y con eso bastaba para condenarlo.

En el segundo juicio, este por el asesinato de Inesh Kavinda, la ausencia de una confesión y la falta de algo más definitivo que pruebas circunstanciales no convencieron a los jueces. A pesar de que originalmente Molin había afirmado que la noche del asesinato había regresado al *palazzo* con Inesh, los vídeos de las cámaras de seguridad habían demostrado lo contrario. Molin dijo que debía de haberse confundido con las fechas. Al fin y al cabo llevaban meses haciendo el mismo paseo, así que era fácil equivocarse de día. Además, Inesh lo dejaba a menudo en Campiello de la Cason, desde donde era bastante normal que regresara solo a casa.

En cuanto a la motivación, en el momento de su muerte, Kavinda contaba entre sus posesiones con un fragmento de hueso que pertenecía al *professore* Loreti, cuyo cadáver se encontró en el jardín del *palazzo* cuyo propietario era el acusado. Los jueces no le dieron gran importancia a ese detalle.

Tras sopesar las pruebas, los jueces decidieron que no eran suficientes para respaldar la acusación de que el *professore* Molin había asesinado al *signor* Kavinda. No obstante, permaneció en arresto domiciliario mientras el tribunal evaluaba el recurso interpuesto en el otro caso de asesinato. En ese momento, la Consulta Araldica tomó la decisión de denegarle a Molin el estatus de noble, así que al menos ese caso se cerró.

Brunetti no tenía duda alguna respecto de quién había matado a Inesh, por quien había acabado sintiendo una gran afinidad, y por eso supo aceptar la condena que consiguiese en lugar de lamentarse por la que quería.

La esposa de Molin regresó a casa de su padre, con lo que Molin se quedó solo para cuidar del *palazzo* durante el arresto domiciliario. No encontró a nadie capaz de descubrir qué había provocado las goteras del desván y la grieta que había en la pared de la primera planta, que ya tenía medio palmo de amplitud. Las costas de los dos juicios eran enormes y se había quedado sin más opción que vender el *palazzo*. Su esposa accedió y una empresa hotelera enseguida se puso en contacto con ellos. En ese momento, cual villano de cuento de hadas, intervino la Soprintendenza di Belle Arti, que decretó que no se podía acordar una compraventa sin que los compradores presentasen un plan de restauración con su aprobación. Los dos presentados por la empresa hotelera han sido rechazados.

De modo que el *palazzo* sigue allí, sin vender y sin posibilidad de venderlo. Los arbustos y las zarzas, la hiedra y las enredaderas han empezado a devorar la casa del jardín, y hasta los túneles de zarzas siguen creciendo con desenfreno.

La única que ha ganado con todo esto es Sara, que ahora es libre de escarbar en cualquier parte que le plazca del jardín del *palazzo*. Ha tenido la suerte de la llegada de una nueva madre superiora, una mujer cuya actitud ante los animales es mucho más franciscana que benedictina y que le ha concedido libertad de acceso a todo el jardín del convento. A Sara le parece bien y va de un jardín a otro sin que nadie se lo impida. Como los aristócratas de siglos pasados, disfruta del orden formal y la pulcritud de la residencia urbana y del exceso indómito de la naturaleza de la finca rural. A la manera de san Francisco, considera a los humanos como hermanos y hermanas y, así, pasa los días en armonía con la naturaleza y la humanidad.

Otros títulos de la autora en Booket: